NOTRE ANNÉE CACHÉE

NOTRE ANNÉE CACHÉE

SARINA BOWEN

Tuxbury Publishing LLC

NOTRE ANNÉE CACHÉE

IVY YEARS, TOME 2

SARINA BOWEN

TRADUIT PAR
LAURE VALENTIN

TUXBURY PUBLISHING LLC

ILS EN PARLENT

« J'ai non seulement dévoré ce livre après l'avoir acheté, mais j'ai aussi acheté et lu l'intégralité de cette série New Adult (*The Ivy Years*) en une *semaine*. Waouh, elle est géniale ! Du pur New Adult. » **Tammara Webber (*Easy*), auteur de best-sellers classés au *New York Times*.**

« La série *Ivy Years*, de Sarina Bowen, est ma série New Adult préférée de tous les temps ! » **Elle Kennedy (*The Deal*), auteur de best-sellers classés au *New York Times*.**

« Cette très jolie histoire vous touche au cœur pour ne plus vous lâcher. » *Mille et une pages*

« Un joli petit bijou... mon coup de cœur » *Elsa Makeup*

PARTIE UN

CHAPITRE 1
LE RÔLE DU GARDIEN

SCARLET

DÈS L'INSTANT où le bourdonnement de la porte automatique du garage se fit entendre, je m'élançai.

Je n'avais pas besoin de regarder par la fenêtre pour vérifier que mes parents s'en allaient. Quand trois fourgons de journalistes étaient garés au bord de votre pelouse, vous n'ouvriez pas cette porte à la légère. Au cours de l'année qui venait de s'écouler, les chaînes d'informations avaient pris l'intérieur de notre garage en photo au moins un millier de fois. Juste au cas où le résultat serait suffisamment intéressant pour être diffusé.

Mais l'heure n'était pas aux réflexions.

La voiture de mes parents accélérait à peine dans la rue que j'avais déjà ouvert la porte de mon armoire. Les sacs de sport – déjà pleins – et le carton de livres dégringolèrent. En deux allers-retours, je les transportai au rez-de-chaussée, dans la buanderie.

Puis je remontai à l'étage pour sortir le petit mot du tiroir de mon bureau et le placer au centre de mon lit.

Maman et papa – je me suis emmêlé les pinceaux, l'emménagement a lieu aujourd'hui. Ça commence à 15 h. Alors j'y vais. Je vous appelle ce soir. Désolée pour le cafouillage. Bisous, S.

Il y avait tellement de semi-vérités dans ce bref message que ce n'en était même pas drôle. Mais c'était notre manière de procéder, ici à la Casa Ellison. Nous déformions la vérité chaque fois que le besoin s'en faisait sentir. Je n'avais rien connu d'autre pendant toute ma vie, même s'il m'avait fallu dix-sept ans avant de prendre conscience de mon aveuglement.

La dernière chose que j'emportai au rez-de-chaussée fut Jordan – ma guitare. Je n'irais nulle part sans elle.

Enfin, je remontai en courant, déboulant une dernière fois dans ma chambre. Ce n'était pas pour des raisons sentimentales. Même la pièce était belle – des dimensions généreuses et de jolis meubles en bois d'érable –, elle avait constitué ma cellule de prison au cours de cette dernière année.

Ma dernière mission consistait à remiser mon équipement de hockey dans le placard. Les patins, la crosse de gardien, les épaulettes. Je pris soin de les cacher soigneusement, en espérant que ma mère ne les trouverait pas avant longtemps. Les choix que j'avais faits ces dernières semaines lui avaient déjà mis les nerfs en pelote. Mieux valait retarder le plus possible le moment où ils apprendraient que j'abandonnais le hockey.

Refermant la porte du placard, je m'avançai vers la fenêtre pour jeter un œil entre les lames de mes volets. Trois caméramans étaient regroupés sur le gazon. C'était illégal. Ils n'étaient pas censés franchir les limites de la propriété. Mais les policiers municipaux ne faisaient pas respecter la loi. Pas pour ma famille, en tout cas. Si notre maison brûlait, je n'étais même pas certaine qu'on prendrait la peine de venir éteindre l'incendie.

Les journalistes sur notre pelouse étaient probablement en train de discuter sport, météo ou n'importe quel sujet qui les intéressait quand il n'y avait aucune actualité à filmer. L'un d'eux mélangeait un jeu de cartes dans ses mains, ce qui signifiait qu'ils n'allaient sans doute pas tarder à s'installer sur leurs chaises de jardin pour une partie de poker.

Parfait.

Après avoir dévalé les marches pour la dernière fois, je m'empressai d'ouvrir la porte donnant sur le garage. Comme d'habitude, le garde du corps de mon père avait refermé la porte extérieure en partant. Ce sale type servait au moins à quelque chose. Mes parents le présentaient comme « notre chauffeur », encore un euphémisme. Personne ne voulait évoquer la véritable raison de sa présence.

Pourtant, quand il sortait de chez lui, un homme inculpé à plusieurs reprises pour abus sexuels sur enfants préférait faire surveiller ses arrières par un ancien tireur d'élite.

Aussi rapidement que possible, je chargeai toutes mes affaires dans mon véhicule avant de fermer délicatement les portières. Derrière le volant, je pris une minute pour faire l'inventaire de mes possessions. J'avais mon sac à main, qui contenait mon nouveau permis de conduire. Et j'avais tous mes bagages, dont Jordan.

Mais aucun équipement de hockey.

Très bien.

Je démarrai le moteur tout en appuyant sur la télécommande du garage. On m'avait appris qu'il était criminel de mettre une voiture en marche sans laisser d'abord le moteur se réchauffer. Mais à situation désespérée, moyens désespérés. Le moteur allemand dernier cri allait devoir me pardonner cette incartade, car je comptais utiliser l'élément de surprise à mon avantage.

Dès que mon 4x4 fut capable de passer sous la porte toujours en mouvement, je fonçai en marche arrière dans l'allée. Malheureusement, les fourgons de télévision m'empêchaient de voir la rue. Je dus marquer un temps d'arrêt pour m'assurer que personne n'arrivait à ce moment-là.

Les caméramans abandonnèrent leur jeu de cartes, l'air indécis. Ils venaient juste de voir et de prendre la voiture de mon père en photo lorsqu'elle était passée – si jamais la journée s'avérait juteuse en informations à son sujet, ils l'auraient dans la boîte.

Moi, en revanche, je ne présentais guère d'intérêt, surtout pendant le week-end de la fête du Travail. Et surtout *seule*.

Un bref coup d'œil m'apprit que personne ne s'était emparé de son appareil photo. *Yesss !*

Je reculai précautionneusement – en termes de discrétion, percuter un fourgon de télé ne serait pas idéal – et m'engageai dans la rue. Je passai devant les autres maisons de notre paisible ville universitaire du New Hampshire, le cœur battant la chamade.

Mon évasion était enfin arrivée. Cela faisait *un an* que j'attendais ce moment.

En filant à l'anglaise, je m'étais épargné une scène devant les caméras de télévision, savamment orchestrée par ma mère en larmes, sur le thème notre-fille-parfaite-s'en-va-en-fac. J'en avais terminé avec les représentations sur commande dans l'arène des médias.

Mon départ impromptu m'évitait aussi d'avoir à dire au revoir à mon père. Même avant tout ce tapage médiatique, notre relation n'avait jamais été au beau fixe. Je l'avais toujours considéré comme un père du siècle précédent – strict et trop occupé pour m'accorder du temps, sauf quand je patinais. (Dans ces moments-là, il n'était jamais trop occupé, mais n'en demeurait pas moins strict.)

Si nos rapports étaient plutôt froids auparavant, à présent ils étaient carrément polaires. Ancien bourreau de travail, mon père passait désormais tout son temps dans le fauteuil de son bureau. Quant à moi, je ne me rendais plus dans cette pièce où la colère et le silence pesaient dans l'atmosphère.

Parfois, cependant, il m'arrivait de le regarder à la dérobée. Et je me demandais s'il avait vraiment fait tout ce dont on l'accusait. Et pourquoi.

Et comment j'avais pu vivre sous son toit pendant si longtemps sans le deviner.

Mon cœur était lourd de sinistres questions. Pourtant, même si j'avais osé les formuler à haute voix, je n'aurais pu faire confiance à aucun membre de ma famille pour me répondre avec honnêteté.

· · ·

Je pris de la vitesse sur les routes de traverse en direction de l'autoroute 91. C'était Shannon Ellison qui abandonnait Sterling, au New Hampshire, dans le rétroviseur. Mais dans une heure et demie, ce serait Scarlet Crowley qui descendrait de sa voiture à Harkness, dans le Connecticut.

« Scarlet Crowley », murmurai-je. J'allais devoir apprendre à réagir à mon nouveau nom. Ce serait bizarre. Mais à bien y réfléchir, ce ne serait pas aussi bizarre qu'abandonner le hockey. Je jouais depuis que j'avais cinq ans. Pendant quatorze ans, ce sport avait été toute ma vie. À onze ans, j'étais devenue gardienne de but, passant de si nombreuses heures entre les poteaux que même la nuit, je surveillais les cages dans mon sommeil.

Le rôle du gardien n'est pas uniquement de sauter sur le palet. Le rôle du gardien est d'englober toute la patinoire en un seul coup d'œil – d'analyser toute la scène qui se déroule avant que le palet s'envole vers le filet. J'avais appris à déterminer qui était en possession du palet d'après la simple posture de ses épaules. J'observais mes adversaires et prédisais qui allait tenter un tir et qui allait faire une passe. J'assistais au déroulement de la partie comme un joueur d'échecs – qui se prépare plusieurs coups à l'avance et envisage toutes les issues possibles.

Mon lycée avait remporté les trois derniers championnats de l'État. D'affilée.

Toute une étagère de trophées dans notre salon témoignait de mes performances de gardienne de but. Encore un an plus tôt, j'estimais ces distinctions amplement méritées. Or, en réalité, j'étais loin d'être aussi douée que je le croyais.

Si le rôle du gardien est d'anticiper les lacunes de la défense, dans ma vie personnelle, j'en avais été incapable. Quand les accusations sordides au sujet de mon père avaient commencé à entacher nos vies, je n'avais rien vu venir. Rien du tout. Comme un coup violent asséné avec force en pleine poitrine, toute la laideur de la situation m'avait percutée de plein fouet, me déstabilisant et me coupant le souffle.

À présent, ma vie d'avant était révolue. J'avais eu un an pour m'habituer à cette idée et cela faisait longtemps que j'avais dépassé le stade du choc et du déni. Maintenant, il ne me restait que mon plan B. Certes, il n'était pas parfait, mais c'était ma seule option.

Deux heures plus tard, je me tenais sur un chemin pavé, dans une somptueuse cour. Difficile d'admirer l'architecture gothique et les pelouses impeccables, tant mon cœur jouait les marteaux piqueurs dans ma poitrine.

Tous les étudiants de première année devaient être aussi nerveux que moi. Mes camarades craignaient sans doute de se perdre ou appréhendaient la rencontre avec leurs colocataires. Ma plus grande peur était tout autre. Le bureau des inscriptions avait-il noté le bon nom sur mes documents administratifs ? Et qu'allais-je bien pouvoir faire dans le cas contraire ?

En atteignant le premier rang de la file d'attente, je patientai, muette et angoissée, tandis qu'une étudiante de dernière année guillerette parcourait la liste de noms agrafée à son porte-documents. Elle chantonnait tout bas mon nouveau nom tout en le cherchant.

— *Scarlet Crowley. Scarlet Crowley. Scarlet Crowley.*

Je me mis à transpirer.

Dépassant le début d'alphabet, où j'aurais normalement dû me trouver, elle fit tourner les pages jusqu'à la dernière. *Ajouts et changements*, lisait-on.

— Ah, vous voilà, s'exclama-t-elle, rayonnante.

Elle me tendit un bout de papier qui me permettrait de récupérer ma carte étudiante.

— Vous n'étiez nulle part, mais on vous a retrouvée.

J'espérais qu'elle avait raison.

Munie de ma carte flambant neuve, sur laquelle était inscrit mon tout nouveau nom, je me dirigeai vers le bâtiment Vanderberg, porte A. Le verrou s'ouvrit dans un déclic satisfaisant lorsque je présentai ma carte devant le lecteur. Hissant mon sac de sport, je m'engageai dans les vieux escaliers en marbre pour monter au deuxième étage. Il y avait deux chambres par palier, avec une troisième porte sur laquelle on pouvait lire *salle de bains*. Je n'eus pas besoin d'utiliser ma clé, car la chambre 31 était déjà ouverte. J'avançai la tête dans l'encadrement de la porte et aperçus deux filles penchées de part et d'autre d'un tapis rouge vif.

— Salut.

Deux têtes se levèrent brusquement. Elles consacrèrent la minute qui suivit à m'examiner attentivement, sans la moindre gêne. L'une d'elles avait de magnifiques cheveux blonds, tandis que la brune arborait une dynamique couette haute.

— Bonjour ! Je m'appelle Katie ! annoncèrent-elles à l'unisson.

Je n'aurais pas de mal à me souvenir de leurs prénoms. C'était déjà ça.

— Je m'appelle Scarlet, répondis-je en traînant mon énorme sac de sport dans la chambre.

Mais Katie Couette inclina la tête et me demanda :

— Je croyais que notre troisième coloc s'appelait Shannon ?

— Il y a eu un changement, répondis-je. Shannon ne vient pas.

Parce que je l'ai laissée à la maison.

— Oh ! dit Katie Blonde. Et d'où viens-tu, Scarlet ?

— Miami Beach, lui dis-je.

Chronomètre : j'étais là depuis trente secondes et je lui avais déjà menti deux ou trois fois, selon la manière dont on tenait les comptes. Et non des moindres.

Il me fallut trois aller-retour jusqu'au parking pour m'installer. Les Katie ne me proposèrent pas leur aide. Elles se contentaient de décorer leurs bureaux avec des photos de famille, tout en essayant de déterminer quelle fête de première année leur paraissait la plus prometteuse.

Mais j'étais trop heureuse d'être là pour me laisser décourager par leur indifférence. Et la chambre 31 se trouvait dans un splendide édifice en retour d'équerre. Les Katie et moi étions affectées dans un appartement à trois chambres, une petite pour Katie Couette et une légèrement plus grande pour Katie Blonde et moi-même. Nous disposions également de notre propre salle commune, avec parquet en bois et banquette de fenêtre donnant sur la cour.

C'était franchement classe.

— Il nous faut un canapé de toute urgence, remarqua Katie Blonde. Ils en vendent d'occasion dehors.

— D'accord, j'irai voir, acquiesçai, sur un ton que je voulais le plus enthousiaste possible.

Après l'année solitaire que j'avais passée, sans aucun ami, je n'avais qu'une seule envie : m'intégrer. Et encore, je ne leur demandais pas grand-chose. Je n'étais pas venue pour être populaire ni extraordinaire. Je voulais juste être l'une des leurs.

Même si pour cela, il me fallait mentir en permanence.

— Nous y jetterons un œil sur le chemin du réfectoire, proposa Katie Blonde.

— Super, approuvai-je.

Une heure plus tard, je suivis les Katie en direction de la résidence Turner. À Harkness, les étudiants étaient séparés en douze résidences. C'était un peu comme à Poudlard, mais sans les choipeaux magiques. Tous les étudiants de première année logés dans notre aile du bâtiment Vanderberg relevaient de la résidence Turner, mais nous n'y emménagerions pas avant l'année prochaine. Pour l'instant, nous étions tous regroupés autour de la Cour des Nouveaux.

Je fis passer ma carte devant le lecteur de la résidence Turner et fus accueillie par un autre déclic. J'eus du mal à contenir ma joie lorsque Katie Couette poussa la porte déverrouillée pour nous laisser entrer. Scarlet Crowley était *entrée*, les amis ! Mon évasion fonctionnait.

Le réfectoire de la résidence Turner était ancien et majestueux. Le plafond en voûte à croisée d'ogives se dressait sur deux étages au-dessus de nos têtes. Les fenêtres en verre plombé étaient encadrées de marbre et une immense cheminée occupait le fond de la salle. Je suivis les Katie dans un espace cuisine, où nous dûmes nous familiariser avec le fonctionnement des files d'attente et des différents buffets.

— Bon, ce n'était pas si compliqué, en fin de compte, déclara Katie Blonde une fois que nous eûmes pris place autour d'une table.

— La cafétéria de mon pensionnat n'était pas aussi belle, observa Katie Couette. Et elle sentait toujours la sauce bolognaise.

— Pouah, fit Katie Blonde. Et toi, dans quel lycée étais-tu, Scarlet ?

— J'étais scolarisée à la maison, mentis-je.

J'avais passé tout l'été à peaufiner l'histoire qui accompagnerait ma nouvelle identité. J'aurais pu choisir un lycée de Miami et prétendre l'avoir fréquenté, mais j'aurais couru le risque de rencontrer un ancien élève. Et cela aurait été vraiment trop gênant.

— Waouh, se récria Katie Couette. Pourtant, tu as l'air normale !

J'éclatai de rire. Si seulement elle savait.

Cette nuit-là, je me réveillai en sursaut. Pendant un moment, j'ignorai où je me trouvais. La chambre m'était étrangère. Et mon rêve me hantait.

C'était le même rêve que j'avais fait pendant toute l'année. Je jouais au hockey, bien sûr. Ce n'était pas un cauchemar. Mais dans le rêve, je sortais de l'enclave pour atteindre le palet, qui glissait alors loin de moi. La foule hurlait pour que je le renvoie à l'opposé du but. Mais le palet filait toujours, précipité vers un trou noir. Même si les voix autour de moi se faisaient de plus en plus pressantes, le trou était sombre, terrifiant, et je ne voulais pas aller récupérer le palet. Quelque chose, au fond de mes tripes, m'en empêchait.

À ce moment-là, je me réveillais toujours en nage.

Plutôt nul, n'est-ce pas ? On aurait pu s'attendre à ce que mon esprit trouve quelque chose d'un peu plus imaginatif, comme des tronçonneuses, des zombies ou des vampires. Mais c'était toujours le même rêve.

Je me retournai dans mon lit étroit en écoutant les ronflements de Katie Blonde. J'avais laissé les Katie m'entraîner dans une fête dont elles avaient entendu parler, hors du campus. J'avais bu une bière tiède dans un gobelet en plastique et m'étais déhanchée sur une musique assourdissante. Si le but de la soirée ne m'avait pas paru évident au premier abord, sur le chemin du retour les Katie m'avaient fourré sous le nez les douzaines de numéros qu'elles avaient ajoutées à leurs listes de contacts.

— Et ce joueur de crosse, avec les tatouages ? Oh, mon Dieu – tellement canon ! s'était extasiée Katie Blonde.

— Il paraît qu'il a un piercing… *en bas* !

Elles avaient gloussé un bon moment après ça. Les Katie étaient typiquement le genre de filles *au courant*. Elles connaissaient le nom du quarterback de l'équipe de football américain, et à quelle fraternité étudiante il appartenait. Elles connaissaient les noms des bâtiments consacrés aux sociétés secrètes dans tout le campus – granite ancien, façades sans fenêtres. (« On appelle ça des *cryptes* », avait ajouté Katie Blonde avec emphase.)

Et de toute évidence, les Katie avaient beaucoup plus de points communs entre elles qu'avec moi. Elles adoraient toutes les deux Sephora ! Au lycée, elles jouaient toutes les deux au hockey sur gazon ! Elles étaient toutes les deux à fond sur Maroon 5 ! *LOL* et *OMG* et *MDR* !

Je n'étais pas jalouse. Pas exactement. (Hockey sur gazon ? *Pitié*.) Mais j'étais douloureusement consciente que l'année qui venait de s'écouler avait dressé une barrière entre moi et le reste du monde, et que même un changement complet d'identité n'y pouvait rien. En restant à l'écart de la vie pendant un an, j'étais devenue une observatrice – je regardais et je réfléchissais. Avant ça, j'étais une fonceuse, une battante.

Je ressemblais davantage à une Katie. Enfin, techniquement, j'étais une Shannon. Mais… c'était du pareil au même.

Pour m'amuser, j'essayai de me figurer ce qui se passerait si je racontais la vérité aux Katie. Qu'adviendrait-il de leurs mines enjouées ?

Bon, les Katie, je ne viens pas de Miami, même si c'était là que nous allions tout le temps en vacances. En réalité, je suis du New Hampshire, où mon père était un célèbre joueur et entraîneur de hockey. Il a remporté la Coupe Stanley avec l'équipe de Toronto avant ma naissance. Il était conseiller en défense chez les Bruins quand j'étais petite, puis il a accepté un poste d'entraîneur universitaire quand je suis entrée en maternelle.

À moins qu'elles ne soient fans de hockey et extrêmement perspicaces, le visage des Katie serait toujours radieux à cette étape de mon récit. Elles songeraient à tous les sportifs canon que je rencontrerais (et avais rencontrés) au fil des ans.

Mon père a également fondé une association caritative pour permettre aux enfants défavorisés de Nouvelle-Angleterre d'apprendre gratuitement le hockey. Généreuse initiative, n'est-ce pas ? Surtout quand on sait que mon père a toujours été – et est encore – une brute épaisse. Mais dans le hockey, ça vous rapporte encore plus d'argent. Bref, tout s'est bien passé pour lui – et pour moi – jusqu'à l'année dernière, quand un gamin qui habitait une ville de la région a décidé de se tuer.

Si je prononçais cette phrase à haute voix, les Katie commenceraient à froncer les sourcils, vaguement inquiètes, même si elles n'avaient pas l'habitude de lire les grands journaux nationaux.

Le garçon – qui s'appelait Chad – a laissé un message d'adieu. Et dans ce mot, il révélait au monde que mon père l'avait violé à plusieurs reprises l'année de ses douze ans.

C'était le moment de l'histoire où toute Katie qui se respecte aurait pris ses jambes à son cou. Leurs tentatives pour se montrer sympathiques envers moi ne résisteraient jamais à ce genre de bassesse. Elles se ficheraient bien que je n'aie appris les crimes dont mon père était accusé qu'en lisant le *New York Times*, comme tout le monde.

Cette année, j'avais compris quelque chose au sujet des mauvaises nouvelles. Elles ne survenaient pas brusquement, comme dans les films. Ce n'était jamais un simple coup de téléphone à minuit, ou quelqu'un qui frappait à votre porte à l'heure du dîner. Les mauvaises nouvelles dans la vraie vie – les trucs vraiment glauques – vous arrivaient insidieusement. L'appel reçu à minuit n'était qu'un avant-goût des réjouissances à venir. Il était suivi par un fourgon de télévision devant votre maison, puis un autre. Puis dix. Et même après le départ des journalistes, l'accalmie n'était que temporaire. Car trois autres garçons finissaient par se manifester, avec des témoignages similaires. Et tout le cycle recommençait.

Quand j'avais dit aux Katie que j'avais été scolarisée à domicile, je regrettais presque que ce ne soit pas le cas. L'année dernière, je n'avais conservé qu'une seule amie, pas une de plus. Une seule personne était restée à mes côtés alors que toute la ville me tournait le dos. Le pire, c'était que je n'étais pas responsable de ces crimes, mais tout le monde s'en fichait. Plus personne, à l'exception de ma copine Anni, ne s'asseyait à côté de moi. Je ne m'étais rendue à aucune fête ni aucun événement pendant un an, car j'étais devenue un paria. L'équipe de hockey m'avait retiré mon statut de capitaine à peine deux semaines après me l'avoir accordé. Même l'entraîneur s'était mis à favoriser des gardiennes de but plus jeunes. (À moins que nous soyons en train de perdre. Dans ce cas-là, il ne se gênait pas pour m'envoyer à la rescousse.)

L'opinion publique contre mon père s'était figée dans l'horreur un an plus tôt environ. Il avait été arrêté et accusé des pires atrocités qu'un homme puisse commettre. Et tant pis si je n'étais pas au courant – et ne comprenais *toujours* pas ce qui s'était vraiment passé. J'étais l'engeance d'un fou, fruit d'un foyer malade. Et quiconque me traitait avec courtoisie risquait d'être contaminé par cette puanteur.

Pas étonnant, dans ce cas, que j'aie effectué les démarches nécessaires l'été passé pour changer légalement de nom. Quand les documents officiels étaient enfin arrivés, j'avais contacté le bureau des admissions à Harkness pour leur transmettre mes nouvelles informations.

Shannon avait disparu, et Scarlet était née. J'espérais qu'elle serait capable de me sauver.

J'avais toujours vaguement peur d'être reconnue et démasquée. Malheureusement, je ne pouvais rien faire de plus, à moins d'adopter un déguisement bidon. Heureusement, seul un étudiant de Harkness avait fréquenté mon ancien lycée. Andrew Baschnagel avait deux ans de plus que moi et je ne le connaissais pas vraiment. Je savais juste qu'il était du genre geek. Comme les étudiants de première année étaient au nombre de 5000, et que je n'avais jamais discuté avec cet Andrew, c'était un risque que j'étais prête à courir.

De toute façon, je n'avais pas le choix.

Scarlet Crowley n'avait aucun compte Facebook, et aucun profil sur Twitter. Si l'on saisissait mon nom sur Google, on n'obtenait pas grand-chose. (Une chance, car je n'avais pas pensé à vérifier avant.) Apparemment, il existait une Mme Scarlet Crowley qui enseignait les mathématiques en classe de quatrième, dans un collège de l'Oklahoma. Ses élèves ne semblaient pas beaucoup l'apprécier, à en juger par leurs tweets au sujet de ses cours.

Mais, *honnêtement*. Si vous aviez le choix entre être identifiée comme une prof sévère adepte des contrôles surprises ou comme la fille du pédophile présumé le plus tristement célèbre de la nation, que choisiriez-vous ?

Je choisirais la prof de math, les yeux fermés.

CHAPITRE 2

BONJOUR, PSYCHO

SCARLET

EN AVANT, *la fac. À nous deux.*

Je marchais à grandes enjambées sous le soleil de septembre, en direction de mon tout premier cours magistral, et je me sentais bien. Grâce à la fête du Travail, la rentrée tombait un mardi et je me rendais vers le bâtiment où se trouvait la classe de Statistiques 105. Ce cours était un prérequis pour l'inscription en première année de médecine et j'éprouvais une certaine appréhension. Je posai mon sac par terre, à côté d'une chaise libre, et jetai un œil aux élèves qui entraient dans la classe en file indienne, comme si je pouvais prévoir ma réussite ou mon échec à ce cours rien qu'en les regardant. Y avait-il d'autres étudiants de première année, d'allure aussi nerveuse que la mienne ? Où étaient-ils tous des experts aguerris en mathématiques ?

Le résultat de ma recherche ne fut guère concluant. Je remarquai beaucoup de maigrichons aux cheveux en bataille. Aucune Katie à des kilomètres à la ronde.

Mon tour de classe s'acheva brusquement lorsque mon regard se posa sur de larges épaules, deux rangées devant moi. Surmontées par une épaisse tignasse rousse, elles appartenaient à un garçon d'une beauté hors du commun. Alors que je l'admirais, il tourna la tête et me surprit en flagrant délit. Trop tard, je baissai les yeux sur le cahier ouvert devant moi.

Heureusement, le professeur prit la parole au même moment. Tous les yeux se tournèrent vers l'avant de la salle, où un homme mince, vêtu d'une chemise blanche stricte, se présentait.

— Nous allons entrer dans le vif du sujet en abordant les concepts d'estimation et d'inférence ! Au travail.

Les doigts crispés sur mon stylo, je commençai à prendre des notes. Au bout d'une demi-heure, il devint évident que le cours de statistiques exigeait de suivre également l'option caféine. Tandis que le professeur traçait un autre graphique sur le tableau blanc, mon regard dériva vers la seule personne intéressante dans cette salle.

Ses cheveux étaient d'une belle couleur chaude – on aurait dit du caramel relevé par une pincée de poivre de Cayenne. Il avait l'air fort, sans être trop massif comme ces joueurs de football dépourvus de cou. Son torse donnait envie d'y poser la tête. J'étais en train d'admirer le frémissement de son muscle du bras quand il écrivait, lorsqu'il leva à *nouveau* les yeux et croisa mon regard.

Oups. Repérée pour la deuxième fois ! J'étais mortifiée.

Je gardai les yeux rivés sur le professeur pendant le reste de l'heure. À la fin de la session, je rassemblai mes affaires et me ruai hors de la salle. Mon prochain cours – solfège – avait lieu trois bâtiments plus loin et je n'avais que quelques minutes pour m'y rendre. Or, apparemment, la salle de classe ne se trouvait pas à l'endroit escompté. Extirpant du fond de mon sac la carte du campus, je correspondais au parfait cliché de l'idiote de première année. Je parvins à m'orienter et détalai dans la bonne direction. Arrivant enfin devant la classe de solfège, je posai la main sur la porte que l'étudiant précédent avait maintenue ouverte pour me permettre de passer.

— Merci, fis-je en haletant.

— De rien, répondit une voix grave.

Son intonation amusée me fit aussitôt lever les yeux.

C'était *lui* – le canon aux cheveux auburn. Il m'adressa un bref sourire. Je profitai de cette fraction de seconde pour admirer les taches de rousseur qui mouchetaient son nez avant d'entrer précipitamment à sa suite dans la salle de classe.

Cette fois, je m'assis au premier rang pour ne pas être tentée de le regarder.

BRIDGER

Pendant les vingt premières minutes du cours de solfège, tout se passa bien. Le professeur commença par nous expliquer comment les ondes sonores faisaient vibrer le tympan humain. J'avais toujours eu un faible pour les sciences et, pour l'instant, cette matière me semblait plus facile que la chimie niveau avancé que je suivais par ailleurs. Youpi !

C'est alors que le cours prit une tout autre direction.

— Quand les sons sont organisés en musique, et que cette musique est jouée lentement, en mode mineur, l'auditeur éprouve souvent une certaine mélancolie, expliqua le professeur.

Il s'approcha d'une sono et enfonça la touche « lecture » pour nous faire écouter un passage de trois minutes du *Requiem* de Mozart.

Au départ, la musique était lente et suave. Au fur et à mesure de sa progression, alors que les ondes sonores se répercutaient contre les bureaux en bois et le cristal des vitres, les poils se dressèrent sur ma nuque.

— Fermez les yeux, demanda le professeur sur l'estrade.

J'obéis et me laissai transporter par les violons et le refrain en latin entonné par le chœur. L'atmosphère de ce morceau était sinistre et dramatique. On ne pouvait le nier. Et mon cœur s'y abandonna. Je me sentis alors submergé par ce simple chant, interprété pour la première fois il y avait plus de deux siècles.

Si j'avais suivi ce cours un an plus tôt, peut-être ne m'aurait-il pas ému de la sorte. Mais je traversais actuellement une mauvaise passe. Si ma vie était un film, la bande-son de cette année aurait été composée sur ce genre d'accords inquiétants. Et je ne pouvais rien y faire. J'avais une seule mission : faire bonne figure et rester dans la course.

À la fin du morceau, le professeur aborda le sujet du tempo et du rythme. Je prenais des notes dans mon cahier tout en essayant de me familiariser avec ce jargon inconnu. La musique classique ne m'avait jamais intéressé. Mais ce créneau horaire ne m'offrait aucune meilleure option et j'avais besoin de suivre quelques cours en arts et littérature pour obtenir mon diplôme. Harkness était pointilleux sur le sujet – ils ne voulaient pas que je me contente d'être un féru de sciences. Et un joueur de hockey.

Un *ancien* joueur de hockey.

À la fin de la semaine, mes coéquipiers aiguiseraient tous leurs patins et descendraient sur la glace. Ils reprendraient leurs exercices et se disputeraient au sujet des garnitures à choisir pour la pizza.

Pendant que moi, je ferais quoi ? Que je mangerais des nouilles chinoises en me prenant la tête sur l'organisation de mon emploi du temps éreintant. Cette année ne serait qu'une enfilade de cours, de boulots à temps partiel, de révisions, de babysitting…

Et de secrets bien gardés.

Les risques d'échouer étaient si nombreux que je ne les comptais même plus. Je pouvais perdre mon emploi à temps partiel ou tomber malade. Ma petite sœur pouvait tomber malade. Ma mère pouvait être traduite en justice. La liste était longue comme le bras. Et même si rien de tout cela ne se produisait, je n'en restais pas moins vulnérable. L'université risquait de découvrir le secret que je leur cachais – un secret roux d'une trentaine de kilos – et me montrer la sortie sans ménagement.

Malgré ma place dans cette somptueuse salle, au cœur du silence poussiéreux de l'un des plus anciens établissements d'Amérique, j'étais sur la corde raide.

Quelques rangées plus loin, la fille que j'avais surprise en train de me regarder en cours de statistiques prenait des notes. Elle avait posé la tête sur sa main, faisant glisser sur le côté sa chevelure brillante. La peau laiteuse de son cou était dégagée et, si je m'étais trouvé juste derrière elle, j'aurais été tenté de tendre la main pour sentir sa souplesse sous mes doigts. Elle noircissait frénétiquement le cahier ouvert devant elle, comme si sa vie en dépendait.

Sa ferveur la trahissait, c'était une étudiante de première année qui voulait réussir sa rentrée. Sans le moindre doute.

L'an dernier à la même époque, je lorgnais les petites nouvelles comme on dévorerait du regard un buffet à volonté, en me demandant quelle saveur goûter en premier. À la fin de l'année, mes coéquipiers avaient même inventé une blague à mon sujet. « Quel est le genre de filles de Bridger ? » La réponse était : « Celles qui respirent. »

Vous pourrez dire ce que vous voudrez, mais j'avais une bonne raison de me montrer aussi hédoniste… ou *salaud*, pour les plus directs d'entre vous. En un sens, j'étais déjà conscient de la direction que prenait ma vie. Certes, je ne pouvais pas prédire mon avenir avec exactitude, mais je savais que tout irait de mal en pis – que ma mère s'était payé un aller simple vers l'enfer. L'année passée avait été ma dernière occasion de mener une vie insouciante où l'alcool coulait à flots. Et j'en avais profité. Je ne regrettais absolument rien.

Sachant cela, vous me pardonnerez mes quelques coups d'œil admiratifs en direction de la jolie fille du premier rang. Parce qu'un regard par-ci par-là était tout ce que je pouvais encore me permettre.

Après le cours, je me dirigeai vers le nouveau foyer étudiant récemment rénové pour acheter un sandwich et réviser quelques pages. Seuls les nouveaux de première année et les bosseurs invétérés entamaient leurs devoirs dès le jour de la rentrée. Mais ce semestre allait s'avérer le plus difficile de ma vie, et j'allais devoir changer mes habitudes si je voulais réussir.

Il ne restait qu'une table libre. Avant même de toucher le siège, j'aperçus la jolie fille des cours du matin qui se frayait un chemin à travers la foule à la recherche d'une place. Elle avait cet air typique des étudiants de première année, comme une biche dans les phares d'un camion. La carte du campus dépassait de la poche arrière de sa jupe. Lorsque son regard se dirigea vers moi, je me baissai au ras du sol pour ouvrir mon sac à dos et en sortir mon manuel de solfège.

Je comptai jusqu'à dix avant de me redresser. Comme je l'avais prévu, la fille se précipitait déjà vers ma table, qu'elle croyait inoccupée.

Ça fonctionnait comme un *charme*.

En me laissant tomber sur ma chaise, je la vis s'arrêter net à quelques mètres de moi. Son cou vira au rouge et elle me fixa en clignant des paupières. Sans doute essayait-elle de deviner comment je m'étais débrouillé. *Bon sang. Encore lui !* semblait-elle penser.

— Allez, assieds-toi, lui dis-je en riant.

Je posai mon livre et mon sandwich sur la table tout en lui désignant une chaise vide.

Après une légère hésitation, elle fit glisser son assiette de salade et son Coca Light sur la table.

— Je ne mords pas, fis-je. Sauf si tu es un morceau de dinde et de la salade de chou à la sauce russe entre deux tranches de pain de seigle.

Le visage rouge comme une pivoine, elle prit la place que je lui proposais.

— Je te jure que je ne te suivais pas.

Je déballai mon sandwich en souriant.

— Sans blague. D'habitude, les psychopathes n'ont pas l'air aussi terrifiés quand ils rencontrent la personne qu'ils harcèlent.

Elle secoua la tête.

— C'est juste… peu importe. Un concours de circonstances.

— Alors… commençai-je en prenant une bouchée.

Elle était mignonne avec ses joues roses. Je me demandais ce que je pourrais bien lui raconter pour continuer de la faire rougir ainsi.

— Alors… répéta-t-elle en s'emparant de sa fourchette.

— Tu vas suivre les cours de stats et de musique ?

— Sans doute, fit-elle. Mais l'un de ces deux cours sera un plaisir, tandis que l'autre risque bien de m'achever.

Ses yeux avaient une intéressante nuance noisette. Sans être une bombe atomique, elle était tout de même très attirante. Je décelais dans son expression une gravité que n'avaient pas les filles avec lesquelles je sortais en temps normal. Mais ça lui allait bien.

De toute façon, je ne la reluquais pas. À quoi bon ?

Elle but une gorgée de soda avant de passer négligemment sa langue rose sur ses lèvres. Pendant un instant, j'oubliai ce dont nous étions en train de parler. Les cours. C'est vrai.

— Même chose pour moi.

— N'est-ce pas ? acquiesça-t-elle. Les stats s'annoncent terribles, mais j'en ai besoin pour m'inscrire en première année de médecine. Autant m'en débarrasser dès le début.

— Ah, répondis-je en souriant. Alors tu es en première année. Comment se passe la rentrée ?

— Ce n'est que ma deuxième journée. Un peu tôt pour me prononcer.

— Des colocs sympa ?

Elle fit la grimace.

— Ça pourrait être pire.

— Regarde le bon côté des choses. Dans deux ans, tu auras droit à une chambre individuelle.

— J'ai hâte d'y être.

Elle piqua un morceau de salade du bout de sa fourchette.

— Et toi, tu comptes suivre ces deux cours toute l'année ?

— Bien sûr. Les stats, sans hésiter. Je n'avais pas encore eu l'occasion de choisir ce cours, c'est tout. Pour le solfège, je ne sais pas trop. À cause de mon emploi du temps, il me faut un cours qui a lieu le mardi et le jeudi. Sur le moment, ça m'a paru facile. Mais maintenant, je n'en suis plus si sûr. Tous ces discours sur les intervalles et les demi-tons. On aurait dit qu'il en oubliait de parler anglais.

— Ah bon, vraiment ?

Elle se carra dans sa chaise et son haut se souleva légèrement. Je m'efforçai de ne pas jeter un coup d'œil à la bande de peau lisse que l'on apercevait au niveau de sa taille.

— Comment est-ce possible de comprendre les statistiques, mais pas la musique ?

— Je crains que la musique soit l'un de ces trucs qu'on finit par gâcher en les examinant de trop près. Comme l'astronomie. Avant, j'adorais regarder les étoiles. Et maintenant, chaque fois que j'admire le ciel, je dois me demander si c'est une naine rouge que je vois, ou une étoile géante.

— Ce ne sera pas le cas, affirma-t-elle. Tu ne te diras pas en écoutant ta chanson préférée : ce serait tellement mieux en do mineur. L'inverse est possible, en revanche. Tu entendras des détails que tu n'avais encore jamais perçus. Tu comprendras pourquoi le changement de tonalité au beau milieu d'un morceau te laisse une impression différente.

— Peut-être. Mais certaines choses sont belles, tout simplement, qu'on les comprenne ou pas.

Elle sourit alors et l'effet fut radical. De franchement jolie, elle en devint éblouissante.

— Attends... belles qu'on les comprenne ou pas. Tu veux dire, comme l'art par exemple ?

— Bien sûr. Ou le corps d'une femme.

Je souris en attendant sa réaction. Et voilà – ses joues rougirent à nouveau.

Elle déglutit.

— D'accord... mais est-ce que ces choses ne sont pas encore plus belles quand on les comprend ?

— Je vais devoir y réfléchir, Psycho.

Elle leva les yeux au ciel.

— S'il te plaît, ne m'appelle pas comme ça.

— Mais je n'ai pas le choix. Parce que tu ne m'as pas encore donné ton prénom.

Ses joues s'empourprèrent encore davantage.

— C'est vrai. Je m'appelle Scarlet.

Écarlate, comme son visage. Je me penchai par-dessus la table pour prendre sa main dans la mienne. Je pouvais au moins faire *semblant* d'être un gentleman.

— C'est un plaisir de faire ta connaissance, Scarlet. Je m'appelle Bridger.

— Bridger…

Elle fronça les sourcils en me serrant la main.

— Est-ce que tu joues au hockey, Bridger ?

— Peut-être, dans une vie antérieure.

Mais sa question m'avait étonné. On ne pouvait pas dire que j'étais la star de l'équipe.

— Pourquoi ? Tu es une fan de hockey ?

Brusquement, son visage se ferma.

— Peut-être, dans une vie antérieure, répondit-elle en reprenant mes propres mots. Le hockey ne m'a pas épargnée, dernièrement.

Je repris mon sandwich.

— Tu veux dire qu'un *joueur* de hockey n'a pas été très sympa avec toi ?

Elle m'adressa un drôle de sourire.

— En quelque sorte.

— Très bien. Écoute, je crois qu'on devrait passer un accord tous les deux. Si je me noie dans le jargon du solfège, tu pourrais peut-être me lancer une perche. Et de mon côté, si tu as besoin d'aide avec les stats, je verrai ce que je peux faire.

Une fois de plus, son sourire ravageur illumina ses traits.

— Marché conclu, Bridger. Mais je crois que j'y gagne au change.

Elle embrocha une olive sur sa fourchette.

Par la suite, Scarlet se détendit un peu. Je lui racontai une partie de mon histoire – les côtés positifs. Je lui expliquai que j'étais en troisième année et que je préparais simultanément une licence et un master en biologie.

— Je voulais continuer en médecine, mais je ne pense pas pouvoir changer d'orientation après mon diplôme.

Évidemment, je passai sous silence mes tristes raisons.

— J'espère que le master me permettra de décrocher un emploi.

— C'est intelligent.

— Nous verrons bien. La charge de travail est écrasante.

Elle m'expliqua qu'elle venait de Miami Beach, où je n'avais jamais mis les pieds. Naturellement, elle me demanda d'où j'étais originaire.

— De Harkness, sous le soleil du Connecticut, répondis-je.

— Pratique pour les trajets, observa-t-elle.

— C'est sûr. Mais au moins, toi, tu peux partir de temps en temps. Moi, je suis coincé ici à vie.

Bon sang, je ne voulais pas lui donner l'impression de me plaindre. J'étais content d'avoir été admis à l'Université de Harkness. La plupart des habitants n'avaient jamais visité le campus.

Ma montre émit une sonnerie pour me rappeler que je devais passer chercher Lucy à l'école.

— L'appel du devoir, annonçai-je en froissant l'emballage de mon sandwich. On se voit jeudi, en cours ?

Scarlet me sourit – un grand sourire, chaleureux comme le soleil qui brille dans le ciel au-dessus de la plage.

— Ça marche, dit-elle.

Maintenant, j'avais une agréable perspective.

— Super. À plus tard.

Je récupérai mes affaires et sortis du foyer étudiant à petites foulées.

CHAPITRE 3
LE SIGNAL

SCARLET

JE SURVÉCUS à la première semaine sans catastrophe notable. J'appris par cœur les horaires des réfectoires et je compris quelle bibliothèque était consacrée à quelle matière.

Les neuf autres étudiants de mon cours d'introduction à l'italien étaient sympathiques, mais le prof était une véritable enflure. C'était un cours de style immersif, de sorte qu'il était strictement interdit de parler anglais dans la classe. Chaque mot non italien qui échappait accidentellement de la bouche d'un étudiant pendant le cours était accueilli par un grondement sec de la part du chargé de travaux dirigés.

— Le… oups !

En face de moi, de l'autre côté de la table de conférence, la fille menue aux lunettes carrées qui venait de parler plaqua une main sur sa bouche.

— *En italiano !* aboya Eduardo.

J'adressai un clin d'œil amical à la jeune femme effrayée, m'attirant un regard noir du professeur.

Je m'en fiche, mec. Ma ville entière m'a regardée de travers pendant toute l'année. *Vas-y, montre-moi ce que tu sais faire.*

Le jeudi soir, j'appris une autre leçon plutôt éloquente de la vie en résidence universitaire. J'avais passé une heure à la bibliothèque pour réviser mes notes de statistiques. En revenant dans notre chambre, je poussai la porte sans la moindre hésitation. Il fallut un long moment à mon cerveau pour comprendre ce que je voyais. Sur le lit de Katie, quelqu'un était à quatre pattes. Pourtant, ces grosses fesses nues n'avaient rien à faire là. M'étais-je trompée de chambre ? Non, mais ces deux miches ne pouvaient appartenir à la frêle Katie Blonde... et des fesses *poilues*, qui plus est ?

Ce ne fut pas une, mais *deux* têtes, qui se tournèrent pour me regarder. Au même moment, mes pieds comprirent ce qu'ils avaient à faire. Aussi rapidement que possible, je fis volte-face et refermai la porte, avant de me diriger d'un pas indécis vers la banquette de fenêtre pour y déposer mon sac de cours. Le regard perdu de l'autre côté de la vitre, j'écoutai les deux bruits distincts qui me parvenaient. D'abord, le crépitement des gouttes de pluie contre les carreaux. Le nez en l'air, je vis le ciel s'assombrir. Il pleuvait à verse.

Par-dessus ce bruit de fond, j'entendais les grognements étouffés et rythmés d'un type qui s'apprêtait à...

Beurk !

Aussitôt, j'entrouvris la fenêtre de quelques centimètres, laissant les sons et l'odeur fraîche de la pluie pénétrer dans la pièce.

Même si ce n'était pas moi, dans cette chambre, j'éprouvais une honte inexplicable. Je n'étais plus un bébé et l'idée que mes semblables puissent coucher ensemble n'aurait pas dû me dégoûter. Et pourtant, je me sentais toute retournée, comme un enfant qui vient de surprendre ses parents en pleine action.

Maintenant que j'y songeais, ça ne m'était jamais arrivé.

Je devais penser à autre chose, et vite. Comme il pleuvait à torrent dehors, mieux valait ne pas sortir. J'enfonçai mes écouteurs dans les oreilles et augmentai le volume des solos de guitare que j'espérais apprendre. En m'efforçant de ne pas penser à Katie Blonde et Cul Poilu dans la pièce d'à côté.

Au fond, pour une étudiante de première année, j'étais plus blasée que les autres. J'étais plus informée que je n'aurais dû l'être sur toutes sortes d'obscénités criminelles. Mais la sexualité normale des jeunes de dix-neuf ans demeurait un mystère à mes yeux. Chez moi, nous ne parlions jamais de sexe. Nous vivions en Nouvelle-Angleterre. Nous parlions sport et météo.

J'avais appris les bases de la reproduction humaine, bien évidemment. Grâce aux cours de bio et aux *Cosmo* que je lisais au salon de coiffure, je connaissais le mécanisme. Mais je n'avais aucun exemple de mise en situation. Pire encore, j'avais honte de ma propre curiosité. Or quand vous passiez votre année de termi-nale ostracisée par les jeunes de votre âge, vous n'aviez aucune occasion d'apprendre les ficelles du métier. Pendant que les autres filles de ma classe vivaient leurs premières amours et histoires sans lendemain, j'étais toute seule dans ma chambre à jouer avec Jordan.

Ce n'était pas un hasard si j'avais donné à ma guitare un nom de garçon. Dans ma vie, c'était ce qui se rapprochait le plus d'un petit ami.

Je regrettais de ne pas avoir Jordan avec moi en cet instant. Mais il était inaccessible, car je le rangeais sous mon lit, c'est-à-dire à quelques mètres de…

Pouah.

Une heure plus tard, quand la porte de notre chambre s'ouvrit, je fis semblant d'être absorbée dans ma musique. Katie Blonde raccompagna son invité dans le couloir avant de revenir dans la salle commune. Elle se campa devant la banquette et me lança un regard assassin.

— Tu n'as pas vu mon signal ?

Retirant mes écouteurs, je me tournai vers la porte de notre chambre. Bien en évidence, un bandana rouge était accroché à la poignée. C'était donc *ça*. Je croyais qu'elle l'avait oublié là par hasard.

— Désolée, je n'avais pas vu le rapport.

Elle ricana.

— Oh si, tu l'as vu, le rapport.

Sur ce, elle retourna dans notre chambre tandis que je restais assise là, les joues en feu.

Plus tard ce soir-là, les Katie discutèrent d'une soirée organisée par une fraternité étudiante et à laquelle elles prévoyaient de participer. Mais elles rencontraient un problème de taille – il leur fallait de nouveaux collants et elles n'avaient aucun moyen de se rendre au centre commercial.

De l'autre côté de la rue, ma voiture était garée sur son emplacement à 300 $ par mois. Mais je n'avais aucune envie de leur proposer mes services.

Quand le samedi arriva, je m'acquittai d'une corvée que je repoussais depuis un moment. Je montai dans la nouvelle voiture que mes parents avaient achetée et pris la route d'Orange, la ville voisine, jusqu'à une adresse que j'avais cherchée dans les pages blanches.

Je me garai devant la maison et aperçus une voiture dans le garage, ainsi qu'une autre dans l'allée. Au moins, il y avait de grandes chances qu'elle soit là.

À peine avais-je appuyé sur la sonnette que l'entraîneuse Samantha Smith vint m'ouvrir.

— Ça alors, Shannon ! s'exclama-t-elle, un grand sourire aux lèvres. Quel bon vent t'amène ?

Elle s'avança sous le porche.

— Installe-toi. Il fait si doux dehors, je devrais sortir plus souvent.

Je m'assis tristement sur une chaise en osier. Pour tout dire, j'étais venue jusque chez l'entraîneuse, car je ne supportais pas l'idée d'aller la voir à la patinoire. Je n'aurais pas pu m'empêcher de pleurer.

— Eh bien, fis-je en me raclant la gorge. Je ne vais pas jouer. Et je voulais vous l'annoncer en personne.

La surprise se peignit sur son visage. Elle n'était pas contente.

— Mais… bredouilla-t-elle. Nous t'avons inscrite *quand même* !

Elle se tut brusquement, regrettant ce qu'elle venait de dire. « Quand même » voulait dire « malgré l'arrestation et l'inculpation de ton père ».

— Et je vous en suis vraiment reconnaissante, m'empressai-je de répondre. Beaucoup d'écoles m'ont laissé tomber comme une moins que rien.

Les yeux écarquillés et les pupilles dilatées, elle attendait que je termine.

— Seulement voilà, je ne peux pas jouer. J'adore le hockey, mais…

J'avais une boule énorme dans la gorge.

— J'ai changé mon nom, lâchai-je de but en blanc.

Elle prit une brève inspiration.

— D'accord… dit-elle en secouant la tête. J'essaie de comprendre. Mais Shannon…

Elle inclina le menton.

— Scarlet Crowley, précisai-je.

— Scarlet Crowley, nous allons *cartonner* cette année. Et nous avons vraiment besoin d'aide devant les cages. Tu es assez douée pour ouvrir les matchs.

— Je sais, répondis-je d'une petite voix. Mais je ne peux pas… je ne peux *plus* être elle. Je… je m'excuse.

L'entraîneuse posa son menton dans ses mains.

— Je suis vraiment désolée que tu te sentes aussi mal. Mais si tu jouais malgré tout, ne serait-ce pas le meilleur moyen de prouver à tout le monde qui tu es vraiment ?

C'était bien beau, sur le papier. Mais l'entraîneuse n'avait pas vécu l'année que je venais de passer. Elle n'avait pas la moindre idée de l'horreur que ça pouvait être.

— Je suis désolée, chuchotai-je. J'avais envie de jouer pour vous. Vraiment.

Sa contrariété se mua en résignation.

— Je ne le proposerais pas à beaucoup de joueuses, Scarlet. Mais si tu restes en forme, tu pourrais revenir dans un an ou deux. Mon instinct me dit qu'il y aura toujours une place pour toi.

Je poussai un long soupir.

— Merci, Coach. Merci.

Comme nous n'avions plus rien à nous dire, je me levai et rentrai chez moi.

Sans entraînements de hockey pour m'occuper, je traînais mon ennui. Même si j'avais juré que cette année serait différente de la précédente, je me retrouvais toute seule le soir, à répéter des morceaux de guitare. Je réussissais *presque* à jouer le riff d'intro de *Layla*, d'Eric Clapton, qui m'avait tourmenté pendant des mois.

Et puis, je n'avais plus de fourgons de télévision garés devant ma porte. C'était un progrès.

Il y avait aussi le mardi et le jeudi, que j'attendais avec impatience. C'était vite devenu mes meilleurs jours de la semaine, car Bridger et moi commencions à être bons amis. Dès que j'entrais en cours de statistiques, je jetais toujours un œil de son côté pour m'assurer qu'il était bien là.

Il était toujours là.

J'avais pris l'habitude de m'asseoir un rang devant Bridger pour ne pas être tentée de le regarder, lui, au lieu du professeur. Je ne devais pas laisser mes yeux baladeurs influencer ma note dans cette matière. Et j'avais la ferme intention de m'appliquer. Harkness était ma planche de salut et je ne comptais pas laisser des résultats médiocres mettre ma réussite en danger.

Après les statistiques, la journée ne faisait que s'améliorer. Grâce à un timing savamment mesuré (un gardien de but est doué pour ce genre de stratégies), je parvenais toujours à tomber sur Bridger en rejoignant la classe de solfège.

— Psycho ! D'après toi, qu'est-ce qu'on écoutera en cours aujourd'hui ? demandait-il.

À l'exception de cet affreux surnom qu'il m'avait donné, tout chez Bridger était charmant. J'avançais quelques pronostics quant aux musiques que nous passerait le prof de solfège, tout en essayant de ne pas me noyer dans le vert de ses yeux.

Après les cours, nous déjeunions souvent tous les deux au foyer étudiant. Ensuite, nous y restions pour travailler ensemble sur nos devoirs communs.

Bridger m'apprenait beaucoup de choses. En fin de compte, les statistiques n'étaient pas aussi effrayantes que je l'imaginais, une fois appréhendée toute cette nouvelle terminologie. Pour du calcul, les exercices étaient intéressants, pratiques et concrets. En cours de stats, le monde n'était pas biaisé ni abstrait. Chaque mystère pouvait être ordonné, tracé dans un graphique et ainsi explicité.

En plus des maths, j'appris que Bridger avait des taches de rousseur plus pâles au dos de ses mains, que son sourire était légèrement oblique... et qu'en se calant dans sa chaise, il étirait son t-shirt sur son torse, soulignant ainsi chacun de ses muscles.

Au bout d'un moment passé ensemble, l'alarme de sa montre se déclenchait invariablement dix minutes après quatorze heures.

— C'est l'heure d'aller bosser, disait-il en rangeant ses livres dans son sac à dos.

— Où travailles-tu ? lui avais-je demandé.

— Où je ne travaille *pas*, tu veux dire ! avait-il répondu.

Un jour, l'alarme de Bridger retentit alors qu'il était en train de m'expliquer la distribution Z.

— Zut, m'exclamai-je. Il n'y a pas moyen de continuer plus tard ?

Bien sûr, c'était une question purement égoïste. J'en pinçais sévèrement pour Bridger, même si j'étais persuadée de ne pas être assez bien pour lui.

— Si tu as besoin d'aide, appelle-moi. Donne-moi ton stylo.

Il inscrivit son numéro de téléphone sur ma feuille.

— Mais c'est le seul moment où je peux travailler avec toi, me dit-il en enfilant sa veste. Je sers des cafés sophistiqués certains après-midi, je conduis un chariot élévateur le soir et le week-end, je fais du babysitting…

— *Sérieusement ?* demandai-je. Tu cumules trois boulots et tu prépares un master en plus d'une licence ?

— Les méchants ne connaissent pas le repos, répondit-il.

Il m'adressa un clin d'œil taquin avant de sortir précipitamment de la bibliothèque.

Je ne vis Bridger qu'une seule fois en dehors de nos créneaux du mardi et du jeudi. Par un beau samedi d'automne, alors que le mois de septembre tirait sa révérence, je sortis faire du jogging. Au bout de six kilomètres, je décidai d'arrêter la torture et de m'acheter quelque chose à boire. Au fond d'un magasin alimentaire sur Chapel Street, je reprenais mon souffle en me concentrant sur les rafraîchissements quand une voix familière me parvint.

— Je ne crois pas, Lucy, disait Bridger de sa voix chaude de baryton. Les biscuits apéritifs en forme de lapin coûtent deux fois plus cher que les normaux. Une autre fois, peut-être.

Je tournai la tête juste à temps pour le voir passer au bout de mon rayon avant de disparaître.

Bien sûr, cela n'aurait pas dû me surprendre de voir Bridger avec une fille. Sauf que cette fille-là devait mesurer un mètre vingt et portait un casque de vélo rose. Et même si elle était passée en coup de vent, sa queue de cheval couleur acajou ne trompait pas.

Bridger m'avait dit qu'il faisait du babysitting. Mais cette fillette devait faire partie de sa famille.

J'aurais facilement pu le rattraper et le saluer. Et j'en avais très envie, mais j'étais toute transpirante à cause de ma course à pied. Et par-dessus tout, je ne voulais pas qu'il s'imagine que je l'avais suivi jusqu'ici. Je laissai donc mon regard revenir vers l'étalage. Le temps que je choisisse ma boisson, paye et sorte du magasin, il n'y avait plus personne dehors.

BRIDGER

J'avais survécu au mois de septembre sans problème majeur, mais il n'y avait pas de quoi s'en réjouir. Ma vie était un château de cartes et je me réveillais chaque matin en me demandant s'il résisterait pendant toute la journée au souffle du vent – si léger fût-il.

Les cours. Lucy. Le travail. Recommencer. C'était ma vie. (Oh, et l'*inquiétude*. J'avais toujours du temps pour ça.) Il ne fallut qu'une quinzaine de jours pour que mes amis cessent de m'envoyer des messages. Comme je ne répondais jamais à leurs notifications et leurs invitations, pas étonnant qu'ils baissent les bras.

Tous, sauf un. Hartley m'écrivait tous les jours et je me sentais comme le dernier des enfoirés à ne jamais lui répondre. Le premier mercredi d'octobre, il entra dans le café pendant mon service.

— Mec ! lança-t-il en s'accoudant au comptoir. Bon sang, mais où étais-tu ? Et pourquoi tu ne réponds pas au téléphone ?

— Je travaille, m'empressai-je de dire.

Il garda un instant le silence tout en me dévisageant. Seigneur, je ne l'avais pas vu depuis la rentrée.

— C'est si grave que ça, Bridger ?

Merde, il voyait clair dans mon jeu. J'eus beau passer mon stock d'excuses en revue, je n'en trouvai aucune à lui sortir.

— Tu travailles tellement que tu n'as même pas le temps d'aller au réfectoire à l'heure du dîner ! Pourquoi ? insista Hartley.

Mes traits se crispèrent. Hartley et moi étions amis depuis longtemps. Nous avions joué au hockey ensemble pendant des années. Même l'an passé, alors qu'Hartley était arrêté à cause d'une blessure, nous avions réussi à rester proches. Je n'avais absolument pas la moindre excuse pour le convaincre que ma vie n'était pas une descente aux enfers. J'avais la réputation de savoir travailler dur tout en faisant la fête. Et à cause de mon nouveau planning, je n'avais pas pu faire acte de présence à la moindre soirée depuis le mois de juillet.

— Salut, Hartley !

Mon ami tourna la tête en direction de ma sœur, qui le saluait depuis la table du café où je l'avais installée avec deux cookies et une histoire de Nancy Drew.

— Lucy ! Quoi de neuf, petite ?

Il la rejoignit pour lui taper dans la main.

Sauvé par une fillette de huit ans. Hartley ne pouvait pas me cuisiner à propos de ma vie mystérieuse aussi longtemps que Lulu ferait partie de la conversation. Tant qu'elle ne vendait pas la mèche, ça devrait aller.

Je préférais ne pas penser à tous les secrets que j'avais demandé à Lucy de garder cette année. Ce ne devait pas être très sain pour une gamine de CE2 de mener une double vie. Mais je n'avais vraiment pas le choix.

Je dus préparer trois expressos fantaisistes pour des étudiantes huppées avant de pouvoir revenir vers Hartley.

— Tu veux boire quelque chose ou tu es juste passé pour voir ma belle gueule ? lui demandai-je.

Il sourit.

— Je peux avoir un petit café bien serré ?

Bien qu'Hartley ait un portefeuille plus garni qu'auparavant, il n'avait pas perdu ses réflexes économes. En grandissant, nous avions tous les deux pris l'habitude de passer la commande la moins chère du menu. La soupe pour le dîner. Le menu à un dollar au fast-food.

Le petit café noir.

— Comment va Theresa ? demandai-je en le lui servant. Ses devoirs la font toujours flipper ?

Hartley sourit.

— Oui, c'est amusant de l'entendre se plaindre des contrôles surprise.

La mère d'Hartley venait juste de commencer l'école d'infirmières. Après vingt ans à racler les fonds de tiroir en tant que mère célibataire, la vie lui souriait enfin.

J'aimais beaucoup Theresa et j'avais squatté chez eux trop souvent pour en faire le calcul. J'avais envisagé d'appeler la mère d'Hartley pour lui demander de s'occuper de Lucy. Bon sang, j'y pensais même tous les *jours*. Et je savais qu'elle le ferait. Mais je savais aussi qu'elle abandonnerait son école pour nous aider à sortir la tête de l'eau. Je ne pouvais pas lui faire courir ce risque.

— Et *ta* mère, comment va-t-elle ? demanda Hartley en buvant sa première gorgée de café.

Je m'étais préparé à cette question.

— Toujours pareil, répondis-je.

Pourtant, rien n'était plus faux. Car tout s'était tellement dégradé au cours de l'été que son addiction à la drogue et ses sinistres amis m'avaient contraint à récupérer Lucy pour la prendre sous ma garde. Ces derniers temps, je ne savais même pas comment elle allait. Je ne l'avais pas vue depuis des semaines.

Et Lucy non plus.

Hartley m'observa attentivement.

— Tu gardes souvent Lucy ? demanda-t-il.

— D'habitude non, mentis-je. Elle a un cours de soutien après l'école le mercredi, mais aujourd'hui, il a été annulé, va savoir pourquoi. J'ai dit à maman qu'elle pouvait rester avec moi au café. Bon, et sinon, comment s'annonce la formation d'équipe cette année ?

Je voulais tellement changer de sujet pour faire oublier Lucy que j'étais prêt à parler du hockey. C'était précisément pour cette raison que j'évitais mes amis depuis un mois. Pour moi, tous les sujets de conversation étaient douloureux.

Ce fut au tour d'Hartley de faire la grimace.

— L'équipe est excellente, à mon avis. Dommage que tu ne

sois pas là. Les nouveaux ne comprennent pas mes blagues. Et la moitié d'entre eux ne parlent pas anglais.

— Aïe.

— Je sais. L'entraîneur a recruté une poignée de Canadiens qui en avaient assez de rester sur le banc de touche en semi-pro. Des francophones de vingt et un ans. En attendant que leurs cours d'anglais portent leurs fruits, je me demande bien comment ils vont se débrouiller à la fac. Par contre, une chose est sûre, ils savent patiner.

Je posai mes coudes sur le comptoir.

— Alors c'est fini pour les jeunes du Connecticut comme nous, c'est ça ? Si l'Ivy League peut recruter des patineurs en claquant des doigts…

Hartley haussa les épaules et déposa deux dollars sur le comptoir.

— Peut-être que toi et moi, nous sommes arrivés juste au bon moment.

— Peut-être. Mais ta dernière saison pourrait bien être palpitante.

Hartley avait un an d'avance sur moi.

— Nous verrons bien.

— Comment va Callahan ?

La copine d'Hartley était aussi l'une de mes très bonnes amies. Bon sang, ça me manquait de ne plus traîner avec eux.

— Elle va bien. Je t'ai dit qu'elle était administratrice de l'équipe féminine cette année ?

— Sans blague ? C'est costaud.

Autrefois, Callahan était une joueuse de hockey. Jusqu'à ce qu'une blessure lui impose de marcher avec des béquilles le restant de sa vie.

Hartley haussa les épaules.

— Elle a l'air heureuse. L'équipe féminine s'annonce très forte cette année. Dommage qu'ils aient perdu la gardienne de but qu'ils avaient recrutée pendant l'été.

— Pas de chance. Ce n'est pas un poste très facile à pourvoir.

— Je sais. La gardienne en question, c'était la fille de J. P. Elli-son. Tu sais, cet entraîneur arrêté pour… ?

Hartley retint sa langue juste à temps, avant de jeter un regard coupable par-dessus son épaule en direction de Lucy. Mais Lucy était plongée dans sa lecture et ne lui prêtait pas attention.

— Oui. Une sale histoire. Je ne savais pas qu'il avait une fille.

— Elle était censée surveiller leurs cages cette année, mais elle ne s'est jamais pointée. À ce propos…

Hartley consulta sa montre. L'heure de l'entraînement appro-chait. Je regrettais tellement de ne pas pouvoir l'accompagner. Il se pencha sur le comptoir et me donna un coup de poing sur le bras.

— Appelle-moi, d'accord ? Sinon je te traquerai sans relâche et je te traînerai dans la première fête venue par la peau des fesses.

Bon courage.

— D'accord.

Encore un mensonge.

Le vendredi matin, je séchai mon cours de neurobiologie pour aller remplir une tâche que je repoussais depuis longtemps. Je quittai le campus à vélo et passai devant l'école primaire de Lucy. Elle était là-dedans, quelque part, en train d'apprendre les frac-tions et les règles de grammaire. (Depuis que je supervisais ses devoirs du soir, le programme de CE2 n'avait plus de secrets pour moi.) Plus je m'éloignais du campus et plus les maisons rapetis-saient. Une fois dans la rue de mon enfance, je marquai un temps d'arrêt avant de rejoindre notre maison de plain-pied. Une voiture inconnue était garée dans l'allée. Et la porte d'entrée était grande ouverte.

Je descendis de mon vélo et le dirigeai vers l'abribus, d'où je pouvais observer la maison.

Quelques minutes plus tard, un homme décharné en sortit, une boîte dans les bras. Il portait une veste en jean trop ample et ses cheveux ne semblaient pas avoir été lavés depuis bien long-temps. Il déposa la boîte à l'arrière de la voiture, puis il retourna sur le perron étroit et s'adressa à quelqu'un à l'intérieur.

Ma mère finit par émerger et cette apparition me brisa le cœur.

Il avait beau la tenir par le bras, sa démarche demeurait mal assurée. Ses vêtements larges étaient froissés et ses cheveux paraissaient raides et ternes. Son visage était dénué d'expression.

Misère.

L'ordure aux cheveux gras fit monter ma mère sur le siège passager. Puis ils s'en allèrent. Quand la voiture passa près de moi, je détournai le regard pour examiner les horaires de bus comme si les secrets de l'univers y étaient inscrits.

Ils ne l'étaient pas.

Après le départ de la voiture, je restai immobile pendant quelques minutes. J'observais notre maison tout en me demandant qui d'autre pouvait bien se trouver à l'intérieur. Mais je n'avais qu'une heure et tout paraissait silencieux. Je conduisis donc mon vélo dans l'allée et l'appuyai contre le mur, sur le côté de la maison que l'on ne pouvait pas voir depuis la rue. Alors que je sortais les clés de ma poche, j'aperçus le scintillement d'un nouveau verrou sur la porte de derrière. *Putain, mais qu'est-ce que... ?* Je tentai d'actionner la poignée. Fermée.

Une terreur froide me saisit aux tripes tandis que je forçais la fenêtre de la cuisine. J'avais souvent employé ce moyen pour rentrer quand j'étais encore au lycée, si j'avais oublié mes clés à l'intérieur. Le rebord de la fenêtre arrivait à hauteur d'épaules, car elle donnait au-dessus de l'évier, mais je n'avais rien perdu de ma souplesse. Attention, Mesdames et Messieurs, en piste ! J'étais toujours capable de me hisser sans trop de problèmes.

Ce fut l'odeur qui m'atteignit de prime abord.

Seigneur, la cuisine empestait. Des détritus jonchaient toutes les surfaces et la vaisselle sale débordait dans l'évier. Je posai le pied sur le plan de travail avant de sauter par terre. J'aperçus un mouvement et mon cœur bondit.

Un rat. Rien qu'un rat.

Je restai un moment immobile, le cœur battant. Il y avait encore peu de temps, cette cuisine était immaculée. Je m'y faufilais souvent après le couvre-feu, le samedi soir. À cette époque, la plus mauvaise odeur était peut-être une légère fumée de cigarette – une habitude dont mon père n'avait jamais réussi à se défaire. Les surfaces étincelaient toujours au clair de lune quand je rejoignais ma chambre sur la pointe des pieds. J'entendais mon père ronfler comme un sonneur dans son lit. Parfois, ma mère s'assoupissait dans le salon. C'était alors la télévision qui la regardait et non l'inverse. Je posais ma main sur son épaule jusqu'à ce qu'elle se réveille – maman était plutôt laxiste en ce qui concernait mes sorties du week-end. J'insistais et elle finissait par se lever pour aller se coucher.

Dans ce temps-là, j'avais quinze ans et Lucy était petite. Elle dormait toujours dans un berceau, ses cheveux roux en bataille telle une crinière de lion quand elle se réveillait le matin. Mon père était toujours en vie et sa camionnette garée dans l'allée. *McCaulley, Plomberie et Chauffage* pouvait-on lire sur le côté du véhicule.

Les fantômes d'une époque plus heureuse m'assaillaient de toute part. Je pris une profonde inspiration pour tenter de les chasser, emplissant mes poumons de la puanteur ambiante.

Et merde.

Je quittai la cuisine pour entrer dans la salle à manger. L'odeur y était moins prégnante, mais ça ne changeait rien. Tout un attirail bizarre occupait la grande table. Il y avait une rangée de bocaux en verre, ainsi que deux petits bidons de propane. Sur le sol étaient empilés des cartons aplatis, qui avaient contenu sous emballage-bulle tout un stock de médicaments contre les allergies vendus sans ordonnance.

Les invités de maman n'avaient pas chômé. Ils avaient préparé quelque chose d'illégal et de dangereux dans cette pièce. Mon premier réflexe fut de sortir mon téléphone pour prendre une photo, mais je me ravisai. Je ne voulais rien avoir à faire avec tout ça.

Abandonnant ces bêtises derrière moi, je pris la direction des chambres. Je savais déjà qu'il n'y avait plus rien de valeur dans la mienne. En revanche, j'y avais laissé quelques affaires de nature sentimentale. En entrant, je me rendis compte que mon coffre aux trésors – une grande boîte à chaussures que je cachais dans mon placard depuis l'âge de neuf ans – avait été fouillé par un enfoiré à l'affût de la moindre occasion. J'y retrouvai tout de même quelques photos, éparpillées à l'intérieur, que je rangeai dans la poche kangourou de mon sweat-shirt de hockey avant de sortir de la chambre.

Celle de Lucy n'avait pas été épargnée. À l'odeur, on aurait dit que quelqu'un y avait passé la nuit. Les étagères comportaient toujours de nombreux livres et jouets. Mais je ne pouvais pas ramener grand-chose sur le campus. Calant sous mon bras son intégrale de *Harry Potter*, j'ouvris son armoire pour récupérer quelques pulls sur une étagère. Je sortis de la poche de mon jean le sac en plastique que j'avais apporté et y fourrai cinq pulls. Bientôt, mon paquet était si bombé que j'avais du mal à passer la main dans les anses.

Pour l'hiver, Lucy aurait besoin d'un manteau et d'une paire de bottes. Quoi d'autre ? Des pantalons longs. Des chaussettes chaudes. Nous allions devoir en racheter. Ses vêtements de l'année dernière devaient être trop petits.

Bon sang, je devais m'en aller.

Trente secondes plus tard, je franchissais la porte de derrière sans la refermer à clé. Enfin, j'enfourchai mon vélo et partis en pédalant, un coffret de livres sous un bras et un sac autour du poignet. J'avais parcouru la moitié du chemin lorsque l'évidence me frappa de plein fouet. La vague de tristesse qui me submergea fut si intense que je dus m'arrêter devant l'hôpital, descendre de ma selle et poser les mains sur mes genoux.

Je *savais* que ce serait terrible. Six semaines plus tôt, j'avais sorti le vélo de Lucy du garage en lui demandant de me suivre. Nous avions entassé quelques affaires dans nos deux sacs à dos. Et nous avions pédalé côte à côte pour nous éloigner de cette maison. En emmenant Lucy, j'avais en quelque sorte donné à ma mère la permission de se laisser complètement aller. Et elle ne s'était pas fait prier.

Six semaines. Pas un coup de téléphone de sa part pour me demander si Lucy allait bien. Quel genre de mère se comportait ainsi ? J'avais alors compris que c'était sans espoir. Mais... *Seigneur*. Cette maison. Cette *odeur*.

Mon esprit se mit à égrener les éternels *et si*. Et si j'organisais une sorte d'intervention ? Et si j'appelais immédiatement la police ? Ce n'était pas la première fois que je m'interrogeais ainsi, et comme toujours, la seule réponse possible ne tarda pas à s'imposer à moi.

Hors de question.

Parce que tout ce que je pouvais tenter pour sauver ma mère enverrait directement Lucy à l'assistance publique. Même si je passais une autre nuit à explorer les résultats de la recherche « traitement toxicomanie Connecticut » dans Google, nous n'avions aucune autre famille. Si ma mère partait en cure de désintoxication – ou en prison –, Lucy serait placée en foyer d'accueil. Et je ne laisserais jamais une chose pareille se produire.

Tu ne peux pas sauver le monde entier, me rappelai-je. Le souci, c'était que je n'étais pas sûr de pouvoir sauver qui que ce soit. Pas même moi.

Je me redressai, me forçant à prendre de grandes inspirations pour remplir mes poumons. C'était vendredi. J'avais un cours de biologie au laboratoire dans quarante minutes. J'étais de service au café. Et je devais passer chercher Lucy à son cours de soutien vers dix-sept heures. Son emploi du temps était différent chaque jour de la semaine, tout comme le mien. J'avais rempli un tableau pour m'y retrouver. J'en étais capable.

Tant que rien de grave ne survenait.

Je me remis en selle et pédalai en direction du campus. Ce week-end, j'emmènerais Lucy à son match de foot dans le parc, puis nous sortirions manger une pizza tous les deux. Nous ferions nos devoirs ensemble. Et la semaine recommencerait, avec son programme et ses délais serrés.

Enfin, mardi, je reverrais Scarlet. C'était ma seule pensée heureuse – avec ses pommettes parfaites et ses grands yeux noisette, toujours pensifs. Je pris le temps d'expirer pour chasser la tension de mes poumons. Bien essayé…

CHAPITRE 4
SI TU VEUX FAIRE RIRE DIEU

SCARLET

PAR UNE MATINÉE d'octobre bien remplie, mon téléphone se mit à sonner. Le moment était très mal choisi, mais comme une idiote, je décrochai.

— Shannon, siffla la voix de ma mère dans mon oreille.

Mon ancien prénom me parut étranger.

— Qu'y a-t-il, maman ? Je suis en retard pour les cours.

Je ne m'étais pas réveillée et le cours de statistiques avait déjà commencé sans moi. Collant mon téléphone contre mon oreille, je me coiffai de quelques coups de brosse.

— Même si tu es en retard, Shannon, c'est loin d'être aussi important que ce dont il faut que je te parle.

En soupirant, je m'assis sur le lit.

— Alors vas-y, dis-le.

— Pas la peine d'être aussi impolie. Les avocats de ton père doivent t'interroger.

— Non, répondis-je du tac au tac. Je refuse.

La colère de ma mère s'entendait dans sa voix.

— Ma chérie, tu *vas* le faire. Nous ne te demandons même pas de rentrer pour les rencontrer. Ce sont eux qui viendront t'interroger, dans une salle de conférence quelque part. Ça ne te prendra que deux heures, tout au plus. Tu répondras à leurs questions, et ce sera terminé.

— Je ne répondrai à aucune question, insistai-je. Le procès ne me concerne absolument pas.

— Shannon ! C'est le moins que tu puisses faire pour aider le père qui t'a élevée ! Juste ciel, tu n'as pas *la plus infime* raison valable de ne pas lui rendre ce service.

Comme d'habitude, sa voix avait un timbre suraigu.

— Maman, si c'est tellement important, pourquoi papa ne me le demande pas lui-même ?

Son soupir aurait pu craqueler la peinture des murs.

— Il ne devrait pas avoir à demander de l'aide à sa fille unique. Nous sommes une famille, et c'est ce que les familles font. Tu devrais être assise avec nous dans la cuisine, en train de donner *volontairement* ton temps pour lui. Au lieu de ça, tu as changé de nom et tu as quitté l'État. Un tel comportement, à quoi ça ressemble, je te le demande ?

Ça *ressemblait* à ce que ferait une personne au désespoir. Mais je ne pouvais pas le dire à ma mère, car elle s'en moquait éperdument. Elle se fichait que mes coéquipières m'aient tourné le dos. Elle se fichait que mes manuels aient été dégradés, que mon casier ait été rempli de… de choses qui ne devraient jamais sortir de la cuvette des toilettes. À ce souvenir, je sentis la bile remonter dans ma gorge.

Mais c'était typique de ma mère, toujours soucieuse du qu'en-dira-t-on. Elle se moquait bien que ma vie soit devenue intolérable, tant que nous parvenions à maintenir une façade.

— Tu vas répondre à leurs questions, répéta ma mère.

— Mes réponses ne seront d'aucune utilité.

— Ce n'est pas à toi d'en juger.

— Maman, me récriai-je d'une voix chevrotante.

Personne d'autre au monde n'avait la capacité de me fâcher à ce point.

— Je ne peux pas participer à tout ça. Je dois étudier, obtenir de bons résultats, et passer à autre chose.

— C'est tellement égoïste, Shannon. Personne ne passera à autre chose tant que ton père ne sortira pas la tête haute de ces conneries.

Plus tard, après cette conversation, le juron qu'elle avait employé me reviendrait en mémoire, à mon grand étonnement. Mais sur le moment, je fus trop ébahie par la menace qui lui succéda :

— Si ton père perd le procès dont on l'accable, crois-tu vraiment qu'il nous restera de l'argent pour tes frais de scolarité de l'année prochaine ? Tu crois en avoir fini avec tout cela. Mais c'est impossible. Accepte cet interrogatoire, sinon je refuse de signer ton chèque d'inscription l'an prochain.

La réalité de ma situation m'oppressa soudain la poitrine. Je n'échapperais jamais à ce que mon père avait commis.

Prétendument commis.

Probablement commis.

Seigneur.

Je ne sortis pas de ma chambre juste après notre échange téléphonique, même si c'était pourtant ce que j'aurais dû faire. J'entrepris des recherches sur Google : « témoignage obligatoire » et « enfants du prévenu ». J'ignorais si j'étais contrainte par la loi de répondre aux avocats de mon père, s'ils pouvaient m'appeler en tant que témoin à la barre. Et je ne connaissais personne susceptible de répondre honnêtement à mes questions.

Mon téléphone sonna de nouveau et je le pris du bout des doigts comme s'il s'agissait d'un serpent venimeux. Mais ce n'était ni ma mère ni un avocat qui m'appelait. C'était Bridger.

— Salut, répondis-je d'une voix rauque.

— Psycho ! Où es-tu ? Tu es malade ?

Je m'éclaircis la voix.

— Ça va. J'ai eu quelques... problèmes de famille aujourd'hui.

J'ai perdu beaucoup de temps au téléphone avec ma mère. Mais ce n'est rien de grave.

— Hmm, répondit Bridger. Je me demande bien comment tu récupéreras les notes du cours d'aujourd'hui.

— Bridger, fis-je en souriant pour la première fois depuis le début de la journée. Je trouverai peut-être quelqu'un d'assez sympa pour m'aider !

— Tu rates le déjeuner aussi ?

— Oui, je suppose.

— Ce n'est pas une bonne idée. Je t'apporte un sandwich. Lequel veux-tu ?

— Tu n'es pas obligé de faire ça, bredouillai-je.

Bien sûr, j'avais envie que Bridger m'apporte un sandwich. Rien que l'idée me faisait tomber en pâmoison.

— Qu'est-ce que tu aimes ? Je ne suis pas encore dans la file, alors dis-moi tes préférences. À la dinde ? Italien ?

— Prends n'importe quel sandwich qui te paraît bon, répondis-je aussitôt. Et un cookie ne serait pas de trop.

— J'arrive dans dix minutes, dit-il. Les étudiants Turner de première année sont logés à… Vanderberg, c'est ça ? Tu pourras me montrer ce truc à la guitare dont tu m'as parlé la semaine dernière.

Il raccrocha.

Pendant les vingt minutes qui suivirent, je m'affairai au rangement de ma chambre. La salle commune était relativement correcte, mais je dus faire mon lit et expédier quelques vêtements de Katie Blonde sous le sien.

Mon téléphone vibra lorsque je reçus un texto de Bridger. *Toc, toc !*

Je dévalai les escaliers et ouvris la porte du bâtiment.

— Salut !

Il entra, une boîte de restauration à emporter dans les mains.

— Salut, Psycho.

Ses yeux verts m'observaient attentivement.

— Ça va ?

Bon sang. J'aurais dû m'arranger un peu, en plus de mettre de l'ordre dans ma chambre. Sous son regard, je savais que même le blanc de mes yeux avait rougi.

— Bien sûr, répondis-je d'une voix aussi enjouée que possible. Viens, entre. Merci d'avoir apporté le repas.

Il entra alors *dans ma chambre*, événement qui depuis quelque temps arrivait en tête de ma liste de fantasmes. J'avais failli m'installer dans la salle commune, avant de prendre conscience qu'une Katie, ou les deux, risquaient de se pointer à tout moment. Et je ne voulais pas être en compétition avec elles pour attirer l'attention de Bridger, car il était évident que je perdrais à ce petit jeu. Je traversai donc la salle commune et pénétrai dans la chambre avec nonchalance, comme s'il était courant que des types m'y accompagnent.

Bridger ne sembla pas trouver cela étrange. Il jeta son manteau et s'assit au bout de mon lit, déposant le repas sur le coffre de Katie.

— À la bouffe.

Je m'assis sur le lit de Katie, histoire de ne pas paraître trop insistante. Il ouvrit la boîte.

— Le sandwich du jour, c'était poulet-avocat, me dit-il.

— Bingo !

— Je suis d'accord.

Il déplia une serviette sur ses genoux, puis il prit deux moitiés de sandwich et me tendit la boîte.

— Et tu as même pensé à acheter des chips. C'est un tir frappé ! m'exclamai-je.

Il me lança un bref coup d'œil, le sourire aux lèvres.

— De rien.

Soudain, je me rendis compte que je venais d'employer une référence au hockey. Tir frappé était un terme que nous employions souvent pour souligner l'efficacité d'une action, et seul un autre joueur pouvait comprendre l'allusion. Zut ! Ma mère m'avait vraiment mise hors-jeu aujourd'hui. Déjà que j'avais failli me trahir lors de notre première rencontre, quand j'avais reconnu le nom de Bridger comme étant l'un des joueurs de l'équipe.

— C'est sympa d'avoir apporté le déjeuner, lui dis-je.

— Ce n'est rien, répondit-il d'une voix grave. Ça va aller ? Tu as besoin de discuter ?

Je secouai la tête.

— Personne n'est mort, si c'est ce que tu veux dire. C'est juste... des histoires de famille. Je suis bien contente d'être à des kilomètres de chez eux.

— Bah, fit-il en se penchant pour piocher quelques chips dans le paquet. Je connais bien ce genre d'histoires. C'est notre lot à tous.

Nous mangeâmes en silence pendant une minute et je crus que Bridger allait abandonner le sujet. Mais il poursuivit, sur un ton mélancolique :

— Cette année, j'ai l'impression que les histoires de famille ne m'ont pas épargné. La semaine dernière, j'ai bien cru que j'allais craquer.

— Mais c'est fini ? demandai-je.

Nous chuchotions, comme d'un commun accord, comme si nous reconnaissions que cette conversation n'avait rien d'habituel.

— Parce que si tu connais quelques astuces pour remonter la pente, je suis tout ouïe.

Il se racla la gorge.

— Mon astuce, c'est de comprendre qu'il n'y a pas d'astuces. Il faut juste survivre à chaque instant qui passe.

— Eh bien, dans ce cas, je ne suis pas sortie de l'auberge.

Il partit d'un grand éclat de rire.

— Pourquoi ?

— Eh bien... fis-je en grignotant un morceau de chips. Avant je planifiais tout, pour savoir exactement à quoi m'attendre. Mais je n'ai pas pu prévoir l'année dernière comme je l'aurais voulu, et je ne m'en suis jamais vraiment remise.

— Il existe un dicton. Si tu veux faire rire Dieu, raconte-lui tes projets.

— Je devrais faire tatouer cette phrase sur mon corps.

— Quelle partie de ton corps ?

Ses yeux verts pétillaient et j'espérais de tout mon cœur qu'il s'agissait bien d'une tentative de drague.

On peut toujours rêver.

— Alors, dit Bridger à la fin du déjeuner. Où est donc cette guitare dont j'ai tant entendu parler ?

— Bouge tes grands pieds et je te la montrerai.

Je tirai Jordan de sous le lit et ouvris l'étui d'un geste vif. J'étais bien consciente que je ne pouvais pas dire à Bridger le nom de ma guitare, parce que je l'avais surnommée Jordan comme le joueur le plus sexy de la Ligue nationale de hockey. Or le véritable Jordan était *roux*, tout comme lui.

Réprimant un sourire, je m'assis sur le lit juste à côté de Bridger, ma guitare sur les genoux, avant de me tourner vers lui.

Il tendit la main pour effleurer les cordes du bout des doigts. Chacune produisit un son doux lorsqu'il la pinça.

Je souris.

— Du nerf, Bridger. Comme *ça*.

Je grattai la guitare et le son résonna dans la pièce.

— Est-ce que tu viens de me traiter de mauviette ?

La provocation brillait dans son regard de jade lorsqu'il tendit de nouveau la main pour pincer une autre corde, plus fort cette fois.

— Bravo.

Je ne m'étais pas autant amusée depuis très longtemps.

— Bon, je t'ai promis de t'apprendre les intervalles. Alors ce que tu viens de pincer, c'est la corde du ré. Chante avec moi.

Je chantai *ré* sur la note.

— Bon sang, Psycho. Tu ne m'avais pas dit qu'il faudrait chanter.

— C'est juste une note. Allez, donne-moi un ré.

Ses oreilles rosirent, mais il chanta néanmoins la note avec moi.

— Oui ! Tu vois, c'était facile. Maintenant, nous allons monter d'une octave.

Je chantai un ré plus aigu, mais Bridger se dégonfla.

— Un vrai mec ne peut pas chanter une telle note, se plaignit-il.

— N'importe quoi. Eric Clapton en est capable, et on ne peut pas mettre en doute sa virilité. Bref, est-ce que tu *entends* que je suis passée à l'octave supérieure ? Mais que c'est toujours un ré ?

— Bien sûr, je l'entends.

— Bon. Maintenant, tu vois ce point ?

Je désignais une incrustation sur le manche.

— Il sépare la corde en son milieu, depuis le chevalet jusqu'à l'endroit où elle s'enroule autour de l'engrenage. Alors écoute, d'abord…

Je jouai un ré simple en pinçant la corde.

— Maintenant, pose ton doigt ici.

Bridger appuya la corde contre la frette au repère de la douzième case, puis je la grattai de nouveau. Le son produit était plus aigu d'une octave.

— Réééé…. chantai-je avant de repousser son doigt d'une pichenette. Réééé, repris-je, une octave plus bas. La moitié de la corde, un taux d'oscillation deux fois plus élevé. Le solfège, ce n'est rien de plus que des maths basiques.

Il me dévisageait et la pièce devint silencieuse autour de nous.

— C'est franchement cool, Psycho. Et tellement plus clair que nos manuels pourris. Mais maintenant, je veux t'écouter jouer.

— Jouer… quoi ?

— Une chanson. J'ai envie d'en écouter une.

— Hmm… peut-être. Si tu m'accordes une petite faveur.

Il croisa les bras et je fus momentanément distraite par la courbure de ses avant-bras musclés.

— Une faveur ? Combien ça va me coûter ?

— Eh bien… j'aimerais que tu arrêtes de m'appeler Psycho !

J'étais consciente d'être un peu ridicule en rejetant ce surnom. Mais l'année qui venait de s'écouler m'avait rendue sensible à tout ce qui avait, de près ou de loin, une connotation inquiétante.

— Bien sûr. C'est tout ? demanda-t-il en haussant les sourcils.

Je répondis par un hochement de tête.

— Aucun souci, Mademoiselle Scarlet. Maintenant, joue-moi une chanson.

J'avais les mains un peu moites et je dus les essuyer contre mon jean. Je n'avais pourtant aucune raison de me sentir nerveuse, car j'avais passé d'innombrables heures d'insomnie à jouer comme si ma vie en dépendait. Quand personne au lycée ne vous parle et qu'un véritable drame se joue dans votre foyer, il n'existe aucun meilleur passe-temps que la musique. Mais j'avais terriblement envie de l'impressionner.

Je m'éclaircis la voix.

— Bon. Qu'est-ce qui te ferait plaisir ? Propose-moi un genre musical.

Son sourire illumina toute la chambre.

— Un classique du rock ?

Je passai la sangle de ma guitare par-dessus ma tête et vérifiai qu'elle était bien accordée, avant de me lancer dans une reprise de *Sweet Home Alabama*, de Lynyrd Skynyrd. Avec le riff caractéristique de l'intro, je savais qu'il serait épaté. Et je la connaissais sur le bout des doigts pour l'avoir déjà jouée une centaine de fois.

Je n'avais pas vraiment besoin de regarder le manche, mais par timidité, je gardai les yeux rivés sur les frettes. Après les premières mesures, toutefois, je commençai à me détendre et à me laisser porter par la musique.

À la fin de la chanson, j'attendis que la dernière note s'estompe avant de lever la tête vers son visage, incapable de l'éviter plus longtemps. Les grands yeux de Bridger, vert foncé comme la couleur que prend la mer avant une tempête, traduisaient sa stupéfaction.

— Bon sang, Scarlet, murmura-t-il. Tu m'impressionnes.

Mes joues retrouvèrent aussitôt leurs couleurs. Je fis mine de me concentrer sur la sangle de la guitare pour la retirer de mes épaules, mais je m'embrouillai et la lanière s'emmêla dans mes cheveux.

— Aïe, me récriai-je.

Bridger tendit la main pour me détacher et je sentis mon statut dégringoler directement de « plutôt cool » à « ringarde finie ». Mais alors que je me reprochais ma maladresse, je remarquai un phénomène étrange. Bridger avait repoussé sur mon épaule mes cheveux emmêlés, mais sa main restait posée sur moi, me réchauffant la peau. Puis ses doigts me caressèrent la joue. Je levai les yeux vers les siens et vis qu'il me dévisageait attentivement.

Avec une lenteur extrême, il se pencha. Ses lèvres effleurèrent subtilement les miennes et j'en eus la chair de poule. Mais il ne s'agissait pas d'un vrai baiser. Ses lèvres restèrent suspendues au coin de ma bouche, une partie de mon corps que je n'aurais jamais crue aussi sensible.

— Ça va ? murmura-t-il, ses lèvres si proches que je pouvais sentir les mots vibrer sur ma peau. Je te trouve un peu difficile à cerner.

Ça va plus que bien ! Mais je ne faisais pas suffisamment confiance en ma voix pour lui répondre. Je tournai imperceptiblement la tête vers lui en espérant qu'il comprendrait, tout simplement. Mon cœur cognait contre mes côtes lorsque sa bouche trouva la mienne. Les lèvres de Bridger étaient douces et souples. À leur contact, une délicieuse chaleur se propagea dans ma poitrine.

Il passa son bras autour de moi, puis il détacha ses lèvres des miennes et chuchota :

— J'avais envie de faire ça depuis le premier jour où tu t'es assise à la table du déjeuner.

Quand il m'embrassa de nouveau, je me laissai aller dans ses bras. Ses lèvres s'écartèrent et sa langue glissa lentement sur la mienne. Un faible gémissement de plaisir s'échappa du fond de ma gorge, mais ce n'était pas le moment de me sentir gênée.

Toute enveloppée de bonheur, je me rendis vaguement compte que Bridger avait retiré la guitare de mes genoux pour la poser sur le lit de Katie. Nous étions toujours assis l'un à côté de l'autre sur mon lit lorsque Bridger passa une main sous mes genoux pour me hisser sur ses cuisses. À présent, nous nous trouvions presque l'un en face de l'autre. Ses grandes mains me réchauffaient le bas du dos et ses baisers redoublèrent. Je laissai mes doigts explorer les muscles fermes de ses épaules et la peau de velours de sa nuque avant de s'aventurer dans son épaisse chevelure.

Soudain, l'alarme de sa montre se déclencha.

Bridger interrompit notre baiser en gémissant. Il appuya sur un bouton pour faire taire le bip sonore, puis il passa ses bras autour de moi, posa son menton sur mon épaule et dit à voix basse :

— Brusque retour à la réalité.

Sans un mot, je croisai les doigts derrière son large dos pour m'accrocher à lui.

— Je dois y aller, dit-il.

À regret, je pivotai et fis glisser mes jambes des siennes.

— Je sais.

— Crois-moi, je n'en ai aucune envie…

Il se leva.

— Je peux t'appeler plus tard ?

Je lui répondis par un hochement de tête.

Il se pencha, déposa un léger baiser sur mes lèvres et tourna les talons pour quitter ma chambre.

Une fois seule, je me laissai retomber sur le lit avec un sourire niais, parcourue de frissons. Mes lèvres étaient encore toutes gonflées de ses baisers et j'avais les paumes moites.

Enfin quelque chose de bien dans ma journée !

Il m'appela à 21 h 30. Je m'efforçai d'attendre la deuxième sonnerie pour répondre.

— Salut, lui dis-je, brusquement intimidée.

— Salut, Scarlet.

Sa voix était étouffée.

— Ça va toujours ?

— Oui, répondis-je. En fait, ça irait même mieux si tu revenais ici.

À peine avais-je prononcé ces paroles que mon cœur s'emballa comme un poney au galop. Car il y avait toujours un risque que Bridger s'apprête à me dire quelque chose qui commençait par : « À propos de cet après-midi… Je n'aurais pas dû faire ça. »

Mais il ne me dit rien de ce genre. Au contraire, un rire chaleureux me parvint.

— J'aimerais bien.

— Tu es au travail ? demandai-je. À l'entrepôt ?

— Toujours. Tu sais…

Il y eut un silence, comme s'il hésitait à reprendre la parole.

— Scarlet, je t'apprécie beaucoup. Mais je ne suis pas très présent.

— Je sais, répondis-je doucement. Tu as déjà beaucoup à faire.

— Cette année… on m'a dit qu'être ami avec moi était un peu difficile.

— Je n'ai jamais pensé une chose pareille.

— Pas encore, dit-il en soupirant. On se voit jeudi ?

— Ça marche.

Le cours de statistiques du jeudi sembla durer dix ans. Bridger fit irruption dans la classe au tout dernier moment et s'assit quelque part derrière moi. Je passai une heure et demie de torture à plisser les yeux sur les schémas expéditifs du prof, tout en me demandant si désormais je n'allais pas me sentir gênée en présence de Bridger.

Quand le cours infernal toucha enfin à son terme, je me baissai pour ranger mon manuel dans mon sac. *Reste cool*, m'ordonnai-je. Si seulement je connaissais le sens de ce mot. Je n'avais que peu d'expérience avec les garçons. Je m'étais réveillée sur le tard, tant le hockey avait dominé mes années de lycée. Difficile de comprendre la dynamique des relations garçons/filles quand vous faisiez le trajet jusqu'à Concord ou Bedford tous les week-ends pour un match.

Ensuite, l'année de terminale était arrivée. Et alors que les autres filles organisaient les festivités romantiques de leur bal de promo, j'étais toute seule dans ma chambre en train de me cacher des fourgons de télévision installés à demeure devant chez moi. J'avais passé ces longs mois à pratiquer mes talents de guitariste en comptant les jours qui me séparaient de la fac et de la liberté. Par conséquent, je connaissais les progressions d'accords d'un grand nombre de chansons, mais presque rien sur l'attitude à adopter en présence d'un garçon qui me plaisait. Qui me plaisait beaucoup.

Pourtant, quand je me levai à la fin du cours, il était là et m'attendait, un sourire légèrement de biais sur son visage taillé à la serpe.

— On y va ?

Je lui pris la main. Lorsque ses doigts chauds se refermèrent autour des miens, j'éprouvai une envie soudaine d'exécuter une petite danse de la joie.

Nous prîmes place l'un à côté de l'autre dans la classe de solfège. Après le cours, alors que nous allions déjeuner, il me prit à nouveau la main.

— Où as-tu appris à jouer de la guitare, Scarlet ? Tes parents sont musiciens ?

Cette idée me fit rire.

— Seigneur, non. J'ai appris toute seule. Il n'y a rien qu'une fille ne puisse pas apprendre à l'Université de YouTube.

— Tu jouais dans un groupe ? demanda-t-il.

Son pouce me caressait la paume. Je n'avais jamais pensé que ma main puisse être un organe sexuel, mais la douceur de sa peau sur la mienne m'électrisait.

— Un groupe ? demandai-je en essayant de me ressaisir. Non. Je suis plutôt du genre à jouer en solo.

— Tu es une fille très intéressante, Scarlet, dit-il.

Il me lâcha alors la main pour sortir son portefeuille devant la caisse de la cafétéria et, aussitôt, notre connexion me manqua.

— Tu ne parles pas beaucoup de Miami Beach, me dit Bridger alors que nous nous attardions autour d'un café. Ni de ta famille.

Je ne cherchai même pas à masquer mon embarras.

— Miami Beach est top. Ma famille… un peu moins. Je ne parle pas souvent d'eux. Ce n'est pas une histoire très jolie.

La vérité, c'était que je n'avais pas envie de mentir plus que nécessaire à ces yeux verts intenses.

Le visage de Bridger exprima aussitôt une sincère compassion.

— Eh bien, c'est exactement ce que je traverse, moi aussi. Curieux, je n'aurais jamais cru ça de toi, par contre. Tu donnes justement l'impression de venir d'une famille harmonieuse.

— Et toi, non ? répliquai-je.

Il posa la tête dans sa main et tendit le bras pour effleurer ma joue.

— Tu as raison. Il ne faut pas se fier aux apparences. Je devrais peut-être arrêter de penser que tout le monde dans cette salle a un meilleur sort que le mien.

Je tournai la tête et, ensemble, nous observâmes la foule joviale des étudiants qui occupaient le réfectoire entre midi et deux, partageant avec insouciance leur repas. Pendant un moment, j'eus l'impression d'être redevenue gardienne de but et d'analyser le match à la recherche d'un point faible.

— Non, finis-je par m'exclamer en me tournant vers Bridger. Je reste persuadée que la majeure partie d'entre eux ont plutôt la belle vie.

Bridger sourit.

— C'est la table des cyniques, dit-il en tambourinant du doigt sur le bois brut.

— Un beau duo de cyniques, acquiesçai-je.

CHAPITRE 5
PAS DE FUMÉE SANS FEU

SCARLET

J'ÉTAIS *HEUREUSE*.

Voilà un mot que je n'avais pas employé depuis bien long-temps. Même si je savais que Bridger et moi ne nous verrions sans doute jamais plus de deux fois par semaine, tout mon être rayon-nait. Les jours suivants s'écoulèrent dans une brume béate.

Et c'est sans doute pour cette raison que je ne vis rien venir.

En sortant de mon appartement, le lundi, quelqu'un m'appela.

— Shannon ! Attendez !

Je tournai vivement la tête en entendant mon ancien prénom et découvris Azzan, le garde du corps de mon père, adossé contre une statue d'Abraham Harkness. Je le rejoignis au pas de course pour éviter qu'il m'appelle à nouveau « Shannon », tout en me demandant ce que je pourrais bien inventer si par malheur on l'avait entendu.

— Que voulez-vous ? lui dis-je sèchement.

— Bonjour à toi aussi, fit-il.

Son sourire froid n'avait rien d'accueillant.

— Je dois aller en cours, lui annonçai-je.

— Tu dois convenir d'un moment pour ton entretien. Au plus vite.

— Non, je n'ai rien à dire.

— Ce sera aux avocats de ton père d'en juger, déclara Azzan en abandonnant son sourire factice. Choisis un après-midi, et en deux heures, tout sera réglé.

— Je ne peux pas être impliquée, insistai-je en rehaussant mon sac à dos sur mon épaule. Je ne sais absolument rien et je ne viendrai pas au rendez-vous.

— Shannon, tu *vas venir* à ce rendez-vous. Tu joueras les adolescentes rebelles une prochaine fois. Ceci n'est pas négociable.

Malheureusement, ce n'était pas plus négociable en ce qui me concernait.

— Je dois aller en cours, répétai-je.

J'avais du mal à croire qu'Azzan ait conduit pendant plus d'une heure et demie juste pour me parler. Autant dire que je n'allais pas m'en débarrasser aussi facilement.

— Tu as une semaine pour m'appeler et fixer un rendez-vous.

Sur ces mots, il tourna les talons et s'en alla.

J'étais contente de le voir partir, mais il ne m'avait pas dit ce qui se passerait si je ne le rappelais pas. J'avais comme l'impression que je le découvrirais bien assez tôt.

Cette rencontre assombrit mon week-end, jusqu'à ce qu'un article vienne m'asséner le coup de grâce. C'était en pleine une des journaux. Trois autres accusations étaient portées contre mon père.

« Un an plus tard, de nouvelles plaintes font encore surface. » Je passai le récit en revue, le cœur serré par une terreur trop familière. À l'instar des précédents, ces nouveaux accusateurs étaient de jeunes hommes qui avaient bénéficié de l'organisme caritatif fondé par mon père pour les garçons défavorisés.

Je plissai les yeux en regardant la photo basse résolution sur le site d'actualités. Seule l'une des victimes était représentée. Le jeune homme avait un visage carré – des pommettes ciselées, un front proéminent. L'avais-je déjà vu ? Je n'en avais pas l'impression. Ou du moins, c'était ce que j'avais envie de croire.

C'était devenu une habitude depuis plus d'un an – regarder des photos floues en essayant de mobiliser ma mémoire. Parfois, je parvenais même à me convaincre que ce n'étaient que des affabulations. Je n'avais jamais vu mon père avoir le moindre comportement déplacé. Et puis, j'avais fréquenté beaucoup de vestiaires. C'étaient de vastes salles où tout le monde allait et venait, et où la moindre parole résonnait. Comment un entraîneur relativement connu, d'une cinquantaine d'années, aurait-il pu passer du temps avec de jeunes garçons de quatorze ans sans que personne ne s'en rende compte ?

Et pourtant…

Mon regard revenait toujours sur les photos des garçons. Celui-ci avait aujourd'hui dix-neuf ans. D'après les professeurs interrogés pour l'article, il était devenu agressif et autodestructeur au début de son adolescence. Personne ne savait pourquoi sa moyenne avait chuté, passant de A à tout juste acceptable.

Il avait dit à sa mère que l'un des entraîneurs de hockey lui faisait peur. Mais quand elle avait insisté pour en savoir plus, il avait refusé de s'expliquer.

Il avait cessé de s'alimenter.

Seigneur.

D'après les allégations de ce journal, la culpabilité de mon père ne faisait aucun doute.

Contrairement à ma mère, je ne pouvais pas croire que ces histoires aient été inventées de toutes pièces. Quand bien même on aurait tenté de soudoyer ces garçons, les enjeux étaient beaucoup trop graves pour qu'un chèque suffise à les convaincre de porter de telles accusations. Malgré tout ce qui m'était arrivé l'an passé, je n'étais pas assez désabusée pour crier au complot.

Les articles dépeignaient toujours mon père (assez justement d'ailleurs) comme un égocentrique. Les vieilles photos ne

manquaient pas, sur lesquelles on le voyait en train d'enguir-
lander ses joueurs ou de sourire en cas de victoire.

Dans la vraie vie, l'entraîneur Ellison était la personne la plus
fermée, taciturne et irritable que vous ayez jamais rencontrée. Il
dispensait son affection au compte-gouttes, réservant son enthousiasme pour les matchs de hockey habilement disputés.

En fin de compte, il avait très peu de témoins susceptibles de
prendre sa défense.

L'article du jour publiait une photographie de presse apparte-
nant au service de hockey du Sterling College. Sur la photo, mon
père portait un costume de créateur et souriait.

Mon père ne souriait *jamais*, à moins qu'un photographe le lui
demande. Ou que ses joueurs remportent un match difficile.

L'association Ailes d'Acier avait pris son envol l'année de mes
cinq ans, juste après notre arrivée au New Hampshire. Un groupe
de joueurs de la NHL avaient contribué au capital de départ pour
financer la location des patinoires et les équipements. Le hockey
étant un sport coûteux, Ailes d'Acier donnait une chance de jouer
à des garçons qui n'auraient même pas pu s'acheter une paire de
patins.

Mais à présent, le monde entier se doutait que de sordides
intentions avaient motivé le fondateur de l'association.

L'an passé, pas une seule personne ne m'avait posé la question
évidente. *Étais-tu au courant ?* Personne ne me l'avait explicite-
ment demandé – ce qui était regrettable, car j'aurais aimé leur
répondre.

Non, d'accord ? *Non.* Je ne m'en doutais pas.

Ce que je n'admettrais qu'à contrecœur, en revanche, c'était
mes soupçons fréquents sur les incohérences de cette affaire. Si
l'entraîneur Ellison avait fait tout cela, alors pourquoi avait-il fallu
dix ans avant de le pincer ? Cette question me trottait dans la tête.
Et j'étais perturbée par mon trouble même. Si j'espérais qu'il y
avait une erreur, ce n'était pas par amour. Et si mon père avait
bien commis toutes ces atrocités, j'espérais qu'on le punirait à la
hauteur de sa faute.

Mais comment aurais-je pu ne pas le voir ? Étais-je stupide à ce point ? Ou égoïste ? Ou distraite ? S'il avait fait tout ce dont on l'accusait, qu'est-ce que ça signifiait à mon sujet ?

Je jetai le journal à l'envers sur le sol.

La dernière ligne de l'article précisait que le jury serait réuni en décembre et que le procès commencerait dans la foulée. Mes parents m'avaient déjà annoncé que ma présence à leurs côtés au tribunal était requise.

Rien que l'idée me donnait des brûlures d'estomac.

BRIDGER

Les mardis et les jeudis étaient les meilleurs moments de la semaine. C'étaient de petites parenthèses dans ma réalité. Je ne vivais que pour ces quelques heures passées avec Scarlet.

Elle et moi avions cessé de faire semblant d'étudier quand nous étions tous les deux. Nos tête-à-tête après les cours étaient trop précieux pour être consacrés au solfège ou aux statistiques. Nous préférions déjeuner et passer du temps ensemble.

Et nous peloter.

Le jeudi – comme sa colocataire, Katie, participait à un séminaire entre midi et deux –, nous prenions notre déjeuner à emporter et allions manger dans la chambre de Scarlet. Parfois, elle me jouait de la guitare. Mais immanquablement, nous finissions emmêlés sur son lit.

C'était toujours à moi de faire le premier pas. Scarlet était timide. Pour m'allumer, elle se contentait de lever vers moi ses beaux yeux noisette. Ses joues rougissaient alors et elle détournait le regard. Mais lorsque je l'attirais sur mes genoux pour déposer des baisers dans son cou, elle fondait comme du beurre chaud. Et quand je l'allongeais sur le dos, elle me prenait dans ses bras tout en m'embrassant comme si elle mourait de soif et que j'étais le dernier verre sur Terre.

À quatorze heures, l'alarme de ma montre se déclenchait et je devais m'excuser avant de m'en aller, toujours à regret.

Nous n'avions aucun autre moment tous les deux. Parfois, elle me posait des questions lourdes de sous-entendus, telles que : « Alors, qu'est-ce que tu fais ce week-end ? » Et je devais inventer mes excuses habituelles. « Je suis de babysitting le vendredi et le samedi soir. » Puis je changeais de sujet. Elle saisissait alors l'allusion et passait à autre chose. Scarlet n'était pas du genre collant, Dieu merci. Je crois qu'elle comprenait que je lui donnais déjà tout ce dont j'étais capable.

C'était un drôle d'arrangement. Mais c'était *le nôtre*.

Par une journée fraîche du mois d'octobre, alors que nous ramenions nos déjeuners dans sa chambre, nous fûmes surpris par une averse, dans la Cour des Nouveaux. Le ciel se fendit tandis que nous longions les grands chênes, foulant leurs feuilles dorées sur les dalles de l'allée. Quand la première goutte nous frappa, nous prîmes nos jambes à nos cous. Mais la pluie se changea en véritable déluge, si bien qu'il ne servait plus à rien de courir. Déjà trempés jusqu'aux os, nous nous arrêtâmes au beau milieu de la cour, tandis que les grosses gouttes battaient les pavés autour de nous.

Riant aux éclats, je pris Scarlet par les hanches et l'embrassai. Ma bouche était chaude et la pluie glaciale. La tempête avait chassé tous les étudiants, nous laissant seuls au monde, nos lèvres scellées, sur le chemin dallé. Lorsque je pressai son corps contre le mien, elle gémit.

— Rentrons, lui dis-je d'une voix rauque.

Nous remontâmes en courant jusqu'à sa chambre, main dans la main. Lâchant nos sacs mouillés et nos déjeuners sur le sol, nous tombâmes sur son lit, hilares.

Puis, dans un geste qui me surprit, Scarlet empoigna l'ourlet de mon t-shirt détrempé et le tira vers le haut. Je l'aidai d'un vif mouvement de tête. Lorsqu'elle m'apparut à nouveau, je regardai son visage. *Oh mon Dieu*, semblait-elle penser. Ses mains se mirent alors à parcourir mon corps avec avidité.

Mon pouls s'accéléra. Mes doigts tremblaient lorsque je l'aidai à mon tour à retirer son haut. Je l'embrassai tout en dégrafant son soutien-gorge mouillé, avant de poser mes mains sur ses épaules pour la repousser sur le lit.

— Hmm, gémit-elle lorsque ma bouche laissa une traînée de baisers de sa mâchoire jusqu'à son cou.

— Scarlet, murmurai-je. Tu as un corps magnifique.

Je me glissai sur elle et pris ses deux seins laiteux dans mes mains. Lorsque mes pouces effleurèrent ses tétons, elle faillit bondir du lit.

— Bon sang, souffla-t-elle.

— Quoi ?

Je m'étais un peu laissé aller et je me sentais bien. J'espérais qu'elle éprouvait la même chose. Je relevai la tête pour la regarder dans les yeux.

Scarlet inspira en frémissant.

— Bon sang, c'est *agréable*, précisa-t-elle.

Tant mieux, dans ce cas. Je me penchai, déposant des baisers humides le long de son cou et de son épaule. Scarlet haletait presque dans mes bras. Elle tendit les mains pour passer les doigts dans mes cheveux avant de les faire courir le long de mon cou.

Scarlet avait une peau de velours, j'aurais pu la toucher toute la journée sans jamais m'en lasser. Mes lèvres explorèrent la topographie de sa poitrine chaude. Quand je baignai l'un de ses tétons au creux de ma langue, je l'entendis prendre une inspiration brève. Son corps s'immobilisa totalement, mais cette fois je ne commis pas l'erreur de l'interpréter comme une désapprobation. Je lui souris tout en suçant la pointe de son sein, provoquant de sa part un petit gémissement qui se répercuta directement dans mon membre déjà dur.

Décidément, cette fille allait m'achever. Certes, je ne m'étais pas envoyé en l'air depuis si longtemps que c'en était ridicule, mais c'était surtout son regard qui me rendait fou – un mélange de surprise, d'émerveillement et d'envie.

Libérant son téton enflé dans un bruit humide, je me dirigeai lentement vers son autre sein. Tant qu'elle produisait ces petits sons si excitants, je pouvais continuer toute la journée.

SCARLET

Oh, bon sang. Je ne me doutais pas qu'il y avait tant de terminaisons nerveuses dans ma poitrine. Ce que j'ignorais au sujet du sexe aurait pu remplir plusieurs tomes. Les doigts de Bridger couraient le long de ma cage thoracique tandis qu'il m'embrassait. Son toucher était doux et léger, le poids de son corps sur le mien délicieux.

Avant Bridger, je n'avais jamais aimé batifoler à droite à gauche. Mes expériences précédentes se limitaient à des caresses furtives dans des soirées, en seconde. Toujours très maladroit et complètement bâclé. En première, le hockey avait pris toute la place, ses matchs à l'extérieur étouffant toute possibilité de passer du temps avec les garçons. Et ensuite ? Mon année de terminale – alors que tout le monde se mettait en couple ou vivait des aventures, j'étais laissée pour compte.

La beauté de ce qui se déroulait en cet instant sur mon lit était toute nouvelle. J'étais tellement enivrée de plaisir que je n'entendis pas la porte s'ouvrir.

— Tiens, tiens… fit la voix de Katie. C'est justement à ça que servent les bandanas sur la poignée.

Lorsque la porte se referma, Bridger posa la tête sur mon buste et éclata de rire.

— Oups.

— C'était… gênant, dis-je.

Je sentais ma peau rougir.

— Non, fit-il. On a déjà vu bien pire que ça !

— C'est sûr, répondis-je.

Mais sa remarque me laissa perplexe. Avec combien de filles l'avait-on déjà surpris au fil des ans ?

À ce moment, comme à chaque fois, l'alarme de Bridger se déclencha.

Il passa quelques instants de plus avec moi, se lovant contre mon corps et déposant des baisers enfiévrés sur mes lèvres.

— Je dois y aller, chuchota-t-il.

— Je sais, répondis-je à voix basse, les jambes flageolantes. Tu noteras que je ne me plains pas.

— Et j'apprécie beaucoup, fit-il en récupérant son t-shirt sur le sol.

Il me tendit mon soutien-gorge.

— Couvre-toi, sinon je n'atteindrai jamais la porte.

— Bravo, maintenant, j'ai juste envie de le jeter par la fenêtre…

Je le vis lorgner mon corps dénudé une dernière fois, avant de rejeter la tête en arrière et pousser un profond soupir.

— Bon sang, c'est quelque chose.

Je me mis à rire.

— Pourquoi ?

J'avais du mal à croire que je pouvais présenter un quelconque intérêt à ses yeux. Et puis, même si je n'étais plus une athlète, j'avais un corps de sportive. Impossible de me prendre pour un lapin de Playboy.

Il secoua la tête.

— Tu es juste totalement mon style, c'est tout. Tu es sexy dans le genre musclée, comme si tu pouvais engager un combat contre Katie et l'emporter haut la main. Et c'est un vrai délice.

J'agrafai mon soutien-gorge et le fis pivoter autour de mon torse afin de glisser mes bras dans les bretelles. Mais en voyant son expression, je suspendis mon geste.

Il s'agenouilla devant moi et se pencha pour embrasser chacun de mes seins. Sa caresse faillit me faire fondre. J'avais envie de lui sauter dessus, mais il se leva.

Lorsque je l'étreignis pour lui dire au revoir, il murmura :

— Merci, Scarlet.

— Pour quoi ? répondis-je. Pour être ta fille du mardi et du jeudi ?

Il planta son regard dans le mien.

— Pour les sept jours de la semaine. Parce que je pense à toi tous les jours.

Il se pencha pour m'embrasser une dernière fois avant de tourner les talons.

— Prends un sandwich, lui lançai-je. Nous n'avons même pas mangé.

En ricanant, il sortit un petit pain de la boîte et il s'en alla. Il referma derrière lui, puis j'entendis : « Bon après-midi, les filles », suivi du claquement de la porte d'entrée.

Je restai allongée un moment sur mon lit, revivant en boucle dans ma tête ce qui venait de se passer. En théorie, je n'étais pas à l'aise à l'idée de me déshabiller en présence d'un garçon. Mais Bridger balayait toutes mes inhibitions. La chaleur de son regard, la tendresse de ses caresses, tout me paraissait naturel.

Pourtant, il me fallut une demi-heure avant d'oser sortir dans la salle commune. Malheureusement, les deux Katie étaient là et m'attendaient de pied ferme. Je crus d'abord qu'elles allaient me taquiner, mais il n'en fut rien. Leurs regards exprimaient un sentiment bien différent de ce à quoi je m'attendais. C'était de l'*admiration*.

— Dis donc, s'exclama Katie Blonde. C'était Bridger McCaulley, n'est-ce pas ?

— Euh, oui… répondis-je en m'approchant de la banquette sous la fenêtre.

— Très bon choix, renchérit Karie Couette. Il est vraiment *canon*. Il paraît que c'était un partenaire hors pair l'an dernier. À la fois sur la glace et en soirée. Mais cette année, il a disparu de la circulation.

— Que veux-tu dire ? demandai-je.

Comment pouvait-il avoir disparu ? Je le voyais tout le temps.

— Apparemment, il avait la réputation d'être de toutes les fêtes, mais il ne sort plus. J'ai entendu quelques rumeurs. Tu sais, elles ne doivent pas être vraies.

Elle les énuméra en comptant sur ses doigts :

— Son père est mort, il a mis une fille enceinte – en tout cas, quelqu'un a dit qu'il avait un *enfant*.

— Ces histoires paraissent tirées par les cheveux, répliquai-je. Son emploi du temps est surchargé et il travaille beaucoup.

— Dans ce cas, où habite-t-il ? s'enquit Katie Blonde.

Bonne question. Je savais qu'il était membre de la résidence Beaumont, et j'en avais bêtement déduit qu'il habitait là-bas. Mais peut-être vivait-il hors du campus. Je haussai les épaules.

Katie Couette afficha un sourire goguenard, mais Katie Blonde parut pensive.

— Sois prudente, Scarlet. J'ignore pourquoi tant de rumeurs circulent au sujet de ce type, mais tu sais ce qu'on dit, il n'y a pas de fumée…

Sans feu.

— Bon…

J'en avais assez entendu et je retournai d'un pas pesant dans la chambre. Seigneur, j'avais envie de frapper tous ceux qui employaient cette maudite expression. Je l'avais souvent entendue au cours des mois qui avaient précédé les accusations officielles contre mon père. Pendant ce temps, toute cette fumée avait réduit ma vie en miettes. Les journalistes avaient dressé le camp sur notre trottoir. Mes coéquipières m'avaient rejetée. Le garçon avec lequel j'avais commencé à sortir au lycée ne m'avait plus jamais adressé la parole.

Si ma vie dans le New Hampshire devait être réduite en cendres, je préférais encore une combustion rapide à cette lente et suffocante traînée de fumée qui anéantissait tout sur son passage.

CHAPITRE 6
POPCORN ET SCHNAPS

SCARLET

QUAND JE CONSULTAI mon téléphone après les cours d'italien, la semaine suivante, un nouveau message vocal m'attendait. Il provenait d'un numéro inconnu, dans le New Hampshire.

Ça n'était pas bon signe.

J'effleurai l'écran et portai mon téléphone à mon oreille, prête à entendre Azzan ou un avocat me sermonner pour mon manque de coopération.

C'était une femme, et elle allait droit au but :

— J'essaie de joindre Shannon Ellison, également connue sous le nom de Scarlet Crowley.

Aïe. À son ton, on aurait dit le pseudonyme d'une criminelle.

— Ici Madeline Teeter, représentante adjointe du ministère public pour l'État du New Hampshire. Pourriez-vous me rappeler dès que possible ? J'ai quelques questions à vous poser...

Les battements de mon cœur s'accélérèrent lorsqu'elle débita son numéro de téléphone. Je m'étais attendue à ce que les avocats cherchent à me joindre. Mais pas le *ministère public*.

Les doigts tremblants, j'effaçai le message.

Si mes parents – et leurs avocats – m'en voulaient, ils seraient dix fois plus fâchés contre moi si j'adressais la parole aux représentants de la partie adverse.

Je fourrai mon téléphone au fond de ma poche.

Avant que mon monde vole en éclats, j'essayais déjà de comprendre ce que mes parents attendaient de moi. À de nombreux égards, mon père était plus facile à cerner que ma mère. Gagnez un match de hockey et vous étiez sa préférée. Perdez, et vous deveniez invisible à ses yeux. Des A sur mon bulletin scolaire et une place dans la sélection féminine de hockey, c'était tout ce qu'il me demandait. J'avais presque toujours été en mesure de le lui offrir. Heureusement, car cet homme pouvait vous terroriser si vous le déceviez en public. C'était ce genre de pères qui se mettaient à hurler depuis la ligne de touche pour bien vous faire comprendre à quel point vous aviez échoué.

Je m'efforçais donc de ne jamais le décevoir.

Ma mère était bien plus complexe. Ce qu'elle exigeait de moi était un mélange de gratitude, de respect et de succès. Elle se souciait également des apparences, à un degré que je n'avais jamais vraiment bien compris. Ça ne la dérangeait pas que je sois une athlète – elle n'essayait pas de me faire porter des jupes et des talons. Mais dans son esprit, même les sportives devaient suivre la mode. Elle m'achetait des tenues d'entraînement Lululemon et des soutiens-gorge de sport roses. Et elle s'énervait si je portais mon pantalon de survêtement gris si confortable dans la maison.

Pour ma mère, autant ne rien faire que d'agir sans élégance. Et quand les fourgons de télévision avaient commencé à prendre racine devant chez nous, elle ne s'était pas démontée. Non – au contraire, elle avait fréquenté le salon de coiffure avec encore plus d'assiduité, bien déterminée à paraître sophistiquée et sûre d'elle chaque fois qu'on la filmait dans ses sorties.

Si je voulais lui accorder le bénéfice du doute, je dirais que c'était la réaction pathétique d'une épouse qui n'avait aucun autre moyen de contribuer au soutien de son mari. Pourtant, difficile d'être bienveillante envers une femme qui refusait d'admettre que les démêlés de mon père avec la justice n'étaient pas de simples désagréments sans gravité.

Tous les jours, je remerciais les dieux du département des admissions de Harkness de m'avoir envoyé un courrier favorable. Avant le scandale, plusieurs établissements avaient essayé de me recruter au sein de leurs équipes de hockey. Mais presque tous m'avaient tourné le dos quand le scandale avait éclaté au grand jour. Seules deux universités m'avaient acceptée. Harkness, qui avait trop confiance en ses trois cents ans d'histoire pour craindre le déshonneur, et Sterling – la fac où exerçait mon père. Et encore, ces derniers m'avaient sans doute acceptée par obligation.

Dieu merci, je n'étais plus coincée au New Hampshire sans aucune perspective. J'avais l'intention de me tenir aussi loin que possible du procès de mon père.

Les gens normaux ne vivaient que pour le week-end. Mais je n'étais pas une personne normale. Le vendredi soir s'annonçait sinistre, avec son manque criant de divertissements. Parfois, j'accompagnais les Katie dans des fêtes qui me laissaient toujours de marbre. J'avais horreur de discuter de la pluie et du beau temps autour d'une bière éventée. À l'exception de leur musique assourdissante, les soirées ne semblaient pas avoir grand-chose à m'offrir.

Ce vendredi-là, j'avais prévu de rester chez moi pour regarder des rediffusions sur mon ordinateur. Après le dîner, je remarquai pourtant que, tout en élaborant des projets au téléphone, Katie Blonde ne cessait de jeter des coups d'œil dans ma direction.

— Je vais le lui demander, dit-elle avant de raccrocher.

Lorsqu'elle se tourna vers moi, j'avais déjà préparé mes excuses.

— Avant que tu refuses, commença Katie, ce n'est *pas* une fête.

Elle me connaissait bien.

— Qu'y a-t-il, alors ?

— Les deux joueurs de football américain avec qui nous sortons ont un ami de passage en ville, dit-elle.

— Et vous voulez que je sois votre troisième copine ? Pour aller où ?

— Voir un match ! dit-elle. Harkness contre Brown. S'il te plaît ? Ça commence dans une heure.

Je regardai par la fenêtre. Il faisait déjà noir dehors et je me demandais ce que Bridger faisait. Il travaillait, bien sûr. Je répugnais à l'admettre, mais son manque de disponibilité commençait à me faire souffrir. Il n'y avait aucune chance que les copains footballeurs des Katie soient aussi intéressants que Bridger. Sans doute lui étaient-ils inférieurs de plusieurs rangs sur la chaîne de l'évolution. Mais j'en avais assez de rester chez moi le vendredi soir, à m'entraîner à la guitare en envoyant des textos à Bridger.

— D'accord, fis-je en soupirant. Mais si ce type essaie de me pincer les fesses, je m'en vais.

L'invité de leurs petits amis avait le cou aussi épais qu'un jambonneau et il se faisait appeler Dynamo. Je me doutais bien que ce n'était pas son prénom de baptême, mais je fus incapable d'en savoir plus. Je me surpris à me demander qui pouvait bien s'attribuer volontairement un surnom aussi insolite.

Soudain, je me rendis compte que c'était exactement ce que j'avais fait.

Tandis que nous marchions dans le froid, je tentais de faire la conversation. Mais nous n'avions pas grand-chose à nous dire. Chaque fois que les filles parlaient, les joueurs de foot souriaient et l'un d'eux déclarait invariablement : « C'est *chelou* ».

Par exemple…

Une Katie : « Et là, le barman m'a *juré* qu'il savait faire des Lézards Rouges. Alors que j'avais inventé ce nom de cocktail juste pour le coincer ! »

Un Joueur de foot : « C'est *chelou*. »

Nous continuâmes ainsi jusqu'à ce que je comprenne brusquement où nous allions.

— Attendez, protestai-je en m'arrêtant à l'angle de la rue. Je croyais que nous allions voir un match de foot ?

Katie Couette se retourna et me fixa du regard.

— Ils ne nous accompagneraient pas, dans ce cas. Réfléchis ! Ce soir, c'est un match de hockey. La rencontre amicale de présaison contre Brown.

Oh, zut.

— Mais... Les matchs de hockey, ce n'est pas mon truc, grommelai-je.

— Scarlet, répondit-elle en espérant que je n'allais pas me défiler. Nous y sommes presque.

En effet. Abattue, je les suivis à l'intérieur de la patinoire où j'avais toujours rêvé de jouer un jour.

Voilà qui me promettait une soirée bien plus déprimante que prévu, en fin de compte. Ce fut la seule raison qui me fit boire à la flasque de Dynamo lorsqu'elle passa entre mes mains. Elle était remplie d'une espèce de schnaps aux fruits, un arôme si sucré qu'il m'attaqua directement les dents. Je trouvais curieux que des joueurs de football américain veuillent se saouler avec un alcool de chochotte comme le schnaps. Du moins, ça me parut bizarre jusqu'à ce que je commence à en ressentir les effets. Je compris alors pourquoi ils l'avaient apporté.

Ce soir-là, je n'étais décidément pas dans mon assiette.

Les Katie avaient acheté du popcorn et j'en avalai quelques-uns en espérant éponger un peu le schnaps. L'équipe masculine de Harkness jouait particulièrement bien, ce qui donna un match des plus intéressants. À égalité 1 à 1 pendant la majeure partie des deux premières périodes, Harkness reprit la tête dans la troisième. Le capitaine de l'équipe envoya un Howitzer et le palet vint frôler les gants du gardien avant de plonger dans le filet. Je me levai d'un bond pour laisser éclater ma joie avec le reste de la foule.

Autrefois, c'était toute ma vie – regarder le palet glisser sur la glace, évaluer le jeu et chercher une ouverture. Et ça me manquait. Terriblement.

Au vu des circonstances, une petite conversation aurait pu me distraire. Mais malgré son surnom, Dynamo n'était pas très volubile. Je ne pouvais même pas me rabattre sur l'échappatoire favorite de ma génération – mon téléphone –, car je l'avais malencontreusement oublié dans ma chambre.

Quatre minutes avant la fin, Harkness commit une faute. Tous les supporters se penchèrent en avant pour voir si Brown allait renverser la vapeur pendant les deux minutes durant lesquelles l'un de nos défenseurs resterait sur le banc de pénalité. Les deux équipes redoublèrent d'ardeur. Ils patinaient plus vite et leurs coups de crosse étaient plus vigoureux que jamais.

Nous résistâmes, les joueurs de Harkness monopolisant le palet jusqu'à ce que leur coéquipier soit libéré. Quand sonna la fin de la rencontre, Harkness avait gagné 2 à 1.

Lorsque nous nous levâmes pour partir, le schnaps et le bruit douloureusement familier du palet contre les bords de la patinoire m'étaient montés à la tête. En vacillant, je suivis les Katie et leurs copains aux cous de taureaux en direction du bar Le Hannigan, envahi par les fans de hockey. J'attendis avec mes colocataires, curieuse de savoir ce qu'elles prévoyaient pour passer l'épreuve du videur. Aucun de nous n'avait vingt et un ans. Peut-être n'était-ce pas nécessaire ?

Quand la foule se dispersa devant nous, Katie Blonde s'avança vers le vigile. Sous mes yeux, elle sortit sa pièce d'identité, aussitôt imitée par les autres.

De fausses cartes.

Et merde ! C'était gênant. Je n'avais pas de fausse pièce d'identité, et d'ailleurs j'ignorais totalement où m'en procurer. D'un autre côté, je tenais là l'excuse parfaite pour leur fausser compagnie. Je me penchai vers Katie Couette.

— Désolée, je ne peux pas entrer. Je dois rester dehors.

Au même moment, comme je me retournais pour partir, mes

yeux dérivèrent vers le bar. Derrière la foule de danseurs, un regard attira mon attention.

Bridger était là, assis sur un tabouret.

Bouche bée, je tentai un deuxième aperçu, mais les corps en mouvement me bloquaient à nouveau la vue. Comme je me sentais terriblement saoule, je me demandai un instant si je ne l'avais pas imaginé.

— Votre pièce d'identité, mademoiselle, me demanda le cerbère.

— Je...

En secouant la tête, je me tournai vers la porte. Que s'était-il passé ? Bridger, trop occupé pour me voir le week-end, se détendait au bar. J'avais l'impression d'avoir reçu une gifle.

Le vent qui soufflait à l'extérieur était vivifiant. Je m'arrêtai peu après le bar pour essayer de me ressaisir. Je cherchai mon téléphone dans ma poche avant de me souvenir que je l'avais oublié. Si je lui envoyais un texto sur-le-champ (« Salut Bridger, ça va le travail ? »), je me demandais ce qu'il me répondrait.

Sa trahison me broyait la gorge.

— Où tu vas, ma belle ?

Je levai les yeux pour découvrir Dynamo, le joueur de foot.

— Je... je dois y aller, répondis-je d'une voix étranglée.

— Tu pourrais rester ici, avec moi, dit-il en s'avançant.

En réaction, je reculai d'un pas et mes fesses vinrent heurter la façade de briques. Le type posa ses grosses mains sur mes épaules, me plaquant contre le mur.

— Il est tôt, murmura-t-il. Ne t'enfuis pas.

J'étais prise au piège et je commençais à m'inquiéter. L'afflux des supporters du match de hockey avait décru au fur et à mesure qu'ils entraient dans le bar ou s'éparpillaient dans les rues. Il ne restait personne, à part moi et ce lourdaud qui m'immobilisait.

Génial.

Je l'esquivai sur le côté, mais il m'en empêcha, plaçant son pied entre les miens. Incapable de le contourner avec délicatesse, je plaquai mes deux mains contre son torse pour le repousser brutalement.

— Dégage, m'exclamai-je.

— Sois sympa, répondit-il.

Il se pencha et m'embrassa. Je le bousculai de nouveau en me dévissant le cou pour échapper à son haleine imprégnée d'alcool. Il me saisit alors les bras et me cloua les poignets contre le mur.

Ce fut à ce moment que je me mis vraiment à paniquer.

— *Lâche-moi !* hurlai-je.

Aussitôt, il s'écarta. Je sentis l'air frais de la liberté et entendis la chute lourde d'un corps sur le trottoir.

— Aaaah, putain ! s'égosillait le type.

Je baissai alors les yeux et le vis, roulé en boule, les mains contre ses bijoux de famille.

Bridger était debout au-dessus de lui.

— Qu'est-ce que tu ne comprends pas quand on te dit *lâche-moi* ? grondait-il.

Il allait le frapper de nouveau, mais l'autre roula sur le côté tout en protégeant ses parties intimes.

— Bridger, me récriai-je, sentant la bile dans ma gorge.

J'étais stupéfaite de le voir. Si seulement le monde pouvait ralentir quelques instants pour me permettre de bien comprendre ce qui venait de se passer.

Le son de ma voix sembla détourner son attention. Il s'éloigna de Dynamo pour me rejoindre. Prenant mes mains dans les siennes, il m'examina les poignets avant de m'attirer contre lui.

— Il t'a fait mal ? Putain, je vais le buter.

Les larmes se mirent soudain à ruisseler le long de mon visage et Bridger les essuya avec ses pouces. Mais je n'avais pas peur, j'étais simplement à bout de nerfs. À cause de tout. Et Bridger ne s'en doutait pas. Furieuse, je le rejetai :

— Non. Ne me touche pas.

Il recula, sidéré par ma réaction.

— Bon sang, Scarlet. Explique-moi ce qui ne va pas.

— Toi, voilà ce qui ne va pas, m'exclamai-je. Que fais-tu ici ?

Pourquoi étais-tu *là-bas,* dans ce bar ? Et avec qui ? Je suis juste la fille du mardi et du jeudi…

Je me tus pour reprendre ma respiration. Secouée par des sanglots de rage, je me rendais bien compte que j'étais en train de me couvrir de ridicule. Mais j'étais trop saoule pour me réfréner. Je restai plantée en plein milieu d'Elm Street, en proie à une crise de larmes.

— Où l'as-tu mis, Scarlet ?

Bridger essayait de me poser une question, mais j'étais trop concentrée sur mes pleurs pour l'écouter. Je m'essuyai le nez du revers de la manche.

Il passa un bras autour de mon dos et je ne fis rien pour le repousser. En fait, pleurer en ayant bu n'était pas aussi facile qu'on pourrait le croire. Sans crier gare, le sol sous mes pieds s'était mis à vaciller. Heureusement, Bridger me soutenait fermement. C'était agréable et mes sanglots redoublèrent. Que *tout* le monde aille au diable.

— Ton *téléphone,* Scarlet. Tu l'as perdu ?

— À la maison, dis-je, la gorge nouée. Pourquoi ?

— Parce que je t'appelle depuis des *heures,* répondit-il en soupirant. On m'a libéré exceptionnellement ce soir. Alors j'ai commencé à t'appeler avant dix-neuf heures et je n'ai pas arrêté jusqu'à ce que je t'aperçoive devant le bar. Va vérifier ton téléphone. Tu verras.

— Ohhh, gémis-je en frissonnant.

Bridger m'attira dans ses bras et, sous son impulsion, j'esquissai quelques pas sur le trottoir.

— Comment t'es-tu mise dans un état pareil ? Tu te prends toujours des cuites le vendredi soir ?

Je secouai violemment la tête.

— Jamais. C'est pour ça que je me sens si… pouah.

— Bon, je te ramène chez toi, dit-il en m'entraînant dans la rue. Tu as ta carte étudiante ?

Je hochai la tête, faisant basculer tout mon corps. Un peu comme un cheval qui fait la révérence.

— D'accord, répondit-il en riant. Allez, viens.

Nous étions presque arrivés chez moi quand un combat se déclencha dans mon estomac. Alors que nous traversions la Cour des Nouveaux, le schnaps déclara la guerre au popcorn et je fus incapable de déterminer qui avait l'avantage. Une chose était certaine, en tout cas, j'étais la grande perdante.

— Bridger, je crois… beurk.

M'écartant brusquement de lui, je parvins à diriger mon jet de vomi vers le massif d'arbustes.

— Oh, gémis-je.

L'humiliation rivalisait avec mon malaise physique.

Bridger rassembla mes cheveux pour les maintenir dans mon dos.

— Ça va aller, fit-il d'un ton amusé. Nous sommes tous passés par là.

— Pas moi, répondis-je. Je ne fais jamais ce genre de choses.

Derrière moi, je l'entendis soupirer.

— Bon, tu sais quoi ? Nous allons oublier l'intégralité de cette soirée.

— Vraiment ?

Je me relevai en cherchant un mouchoir dans ma poche. Pas de chance, je ne trouvai que le ticket de caisse d'une tasse de café que j'avais achetée plus tôt dans la journée. Je m'en servis pour m'essuyer la bouche.

Sexy.

— Dorénavant, déclara-t-il, nous nous rappellerons cette nuit comme la soirée la plus lamentable de toutes. Ça te donne une idée de la poisse que j'ai. Ma seule soirée de libre…

— Et moi qui ne réponds pas au téléphone, murmurai-je. Tout est de ma faute.

— Pas du tout, répondit-il d'un ton las. J'aurais dû être au courant plus tôt, mais je n'avais pas lu le… peu importe. Montons dans ta chambre avant que ça recommence.

— Encore ? gémis-je.

— C'est fort probable.

Comme les Katie étaient toujours au bar, ma chambre était plongée dans le silence et l'obscurité. Bridger me fit entrer.

— Où est ton pyjama ? demanda-t-il.

Ne voulant pas paraître trop hébétée, je sortis de mon tiroir la tenue décontractée que je mettais pour dormir. Bridger me tourna le dos pour me laisser me changer. J'ignorais comment interpréter son geste. Dans mes fantasmes, il ne se comportait pas exactement comme un gentleman. J'étais peut-être une ivrogne tellement repoussante qu'il préférait ne pas me regarder.

M'extirper de mon jean s'avéra plus difficile que prévu.

— Scarlet, dit Bridger tandis que je battais des jambes dans le noir. Tu devrais sans doute retirer tes chaussures, d'abord.

Bien vu. Ce ne serait pas superflu !

— C'est bon, je suis prête, parvins-je enfin à articuler. Maintenant, j'ai envie de me brosser les dents.

— J'imagine.

Il prit ma trousse de toilette et désigna la porte.

Les néons de la salle de bains m'agressèrent les yeux.

— Aïe.

— Aïe, acquiesça Bridger en me tendant ma brosse à dents.

Il y avait déjà appliqué une couche de dentifrice.

— Merci, fis-je en soupirant.

— Allez, monte là-dedans, me dit-il quelques minutes plus tard en me montrant mon lit.

Bridger avait rempli un verre d'eau, qu'il déposa sur ma table de chevet.

— Seulement si tu restes encore un peu, gémis-je.

Alors que je prononçais ces paroles, je sentis la migraine poindre entre mes tempes.

Bridger jeta son manteau sur le lit de Katie et retira ses chaussures. Il se laissa tomber par-dessus mon corps et, comme j'étais étendue de tout mon long sur le ventre, il atterrit dans l'espace qui me séparait du mur. Enfouissant son nez dans mes cheveux, il passa le bras autour de ma taille.

— Sympa, lui dis-je.

En guise de réponse, il déposa un baiser sur ma nuque.

Il faisait noir et Bridger était dans mon lit. Malgré mon estomac sens dessus dessous et mon début de migraine carabinée, j'avais envie de sentir son contact. Me tortillant dans l'espace étroit, je me retournai sur le dos pour le regarder. Son torse était chaud et ferme sous mes mains. Je caressai ses poils de barbe dans son cou avant d'attirer sa tête vers moi.

Il m'accorda le plus délicat des baisers, puis recula.

Frustrée, je hissai mon corps faible sur un coude et me penchai pour planter mes lèvres en plein sur les siennes. Sans doute pour se défendre contre mon assaut, sa grande main atterrit sur ma cage thoracique et son pouce vint effleurer mon sein. Cette fois, Bridger céda et me rendit mon baiser.

L'obscurité, son corps chaud et un manque d'inhibition causé par l'alcool composaient un cocktail détonnant. Quand nos langues s'unirent, un élan de désir me traversa. Si le gémissement que je poussai alors n'était pas très distingué, il eut l'effet escompté. Bridger approfondit notre baiser.

Soudain, je me rendis compte que j'étais piégée sous l'édredon et ça ne me plaisait pas du tout. Je repoussai les draps et me laissai retomber sur le lit, profitant que Bridger roulait sur le dos pour lui grimper dessus. Je l'embrassai tout en prenant place contre ses hanches. Ses grandes mains se saisirent de mes fesses pour me plaquer contre lui. Étendue sur son corps brûlant, je sentis chaque partie du mien entrer en ébullition. Je le sentais sous mes seins, sous mes genoux, sous mes cuisses. En fait… *partout*.

Et il me sentait, lui aussi. Même s'il m'embrassait toujours avec une courtoisie que j'aurais bien envoyée balader, son corps le trahissait. J'avais beau ne pas être très familière avec le désir masculin, la rigidité qui avait pris forme sous la braguette de son jean, juste entre mes jambes, était sans équivoque. Mes hanches, mues par leur propre volonté, se rapprochèrent de lui. Mon corps cherchait son contact et le désirait sans plus attendre.

Bridger poussa un gémissement grave avant de me faire basculer sur le côté pour m'écarter de lui. Le souffle court, il me dit :

— Nous ferions mieux d'arrêter.

— Je ne veux pas, répondis-je.

La chambre tournoyait, mais je parvins à poser mes deux mains sur la fermeture de son pantalon.

— Oh non, hors de question, fit-il en soupirant et en prenant mes mains dans les siennes. Pas ce soir, Scarlet. Nous avons bu tous les deux, ce n'est pas une bonne idée.

— Tu as bu ? On ne dirait pas.

Il se mit à rire.

— Je suis meilleur que toi dans ce domaine, c'est tout. Plus sérieusement, il ne vaut mieux pas.

— *Pourquoi ?* pleurnichai-je, employant délibérément mon ton le plus geignard.

Il écarta les cheveux de mon visage. Ce geste fut si doux que je sentis mes yeux s'embuer.

— Parce que, chuchota-t-il. Quand nous le ferons, *si* nous le faisons un jour, je veux que tu t'en souviennes le lendemain.

— Ne dis pas *si*, m'exclamai-je, les joues baignées de larmes.

— Désolé, Scarlet. Mais dans ma vie, il y a un énorme fossé entre ce dont j'ai envie et ce que je peux réellement avoir. Malheureusement, je ne vois pas comment ça pourrait s'améliorer avant longtemps.

— Ça craint, lui dis-je en frissonnant.

— Tu l'as dit. Ça craint. Complètement et totalement.

Bridger s'en alla peu de temps après. Quant à moi, ma bouffée d'adrénaline était passée et je courus aux toilettes, malade comme un chien. Enfin, je pris les deux Advil qu'il m'avait laissés et dormis pendant dix heures sans discontinuer, pour me réveiller avec les pires maux de tête de ma vie.

Quand j'allumai enfin mon téléphone, vers midi, ce fut pour

découvrir que Bridger m'inondait de messages et d'appels depuis trois heures. Comme il me l'avait promis.

Honteuse, j'abandonnai mon téléphone et cachai ma tête endolorie entre mes mains.

BRIDGER

Le dimanche matin, je m'éveillais à peine quand Lucy se mit à remuer sur son matelas, posé par terre à côté de mon lit. Les yeux fermés, je roulai sur mon oreiller. Nous partagions une chambre depuis plus de trois mois maintenant et le rythme de la semaine laissait des traces. Le week-end, ma sœur se réveillait à sept heures, comme les jours d'école. Même si je l'ignorais, elle se levait pour vaquer à ses occupations, profitant que je faisais semblant de ne pas m'en apercevoir pour regarder des dessins animés sur mon ordinateur.

Je somnolais de nouveau quand sa petite voix me parvint.

— Bridger… ?

— Hrrmff, grommelai-je.

— Je ne me sens pas très bien.

Ma conscience acheva brusquement de se réveiller, car Lucy n'avait pas l'habitude de se plaindre. J'ouvris les yeux, étonné de constater qu'il faisait toujours noir dans notre petite chambre. Ce n'était pas encore le matin.

— Bridger…

J'entendis alors un gargouillement annonciateur et je me levai d'un bond avant que mon cerveau me rattrape. Dans l'obscurité, j'enjambai le matelas de Lucy pour m'emparer de la corbeille sous mon bureau. Mais Lulu s'était elle aussi précipitée en direction de la porte. Elle atteignait à peine la poignée lorsqu'elle se pencha pour se répandre sur le parquet.

Je me ruai vers elle et réceptionnai la deuxième vague dans la poubelle. Lucy se mit à pleurer avant même d'avoir fini de vomir.

— Là, là, ma puce, lui dis-je en soupirant, écartant les cheveux de son visage. Tout va bien. Ce n'est pas drôle, mais ça va passer.

C'était la deuxième fois en quarante-huit heures que je réconfortais une fille malade. Allez comprendre.

— J'ai… vomi… *sur ta chaussure*, sanglota-t-elle.

Bon sang, c'était vrai. Ma vie était merdique.

— Ça va.

Je repoussai la chaussure incriminée et ouvris la porte.

— En silence, d'accord ? chuchotai-je.

De toute façon, un dimanche, personne ne serait debout à cinq heures du matin pour nous entendre. Je la conduisis dans la salle de bains.

— Rince-toi la bouche et crache, d'accord ? Ne bois pas l'eau, même si tu as soif.

— Pourquoi ?

— Parce que ton ventre est encore en colère pour le moment. Ce serait con. Fais-moi confiance.

— Tu as dit un gros mot, dit-elle d'une petite voix.

Je tournai le robinet à sa place.

— Tu peux en dire un, toi aussi. Quand on vomit, on a droit à un gros mot gratuit.

— *Merde*, dit Lucy.

— Bon choix.

Je pris quelques minutes pour nettoyer la corbeille. Maintenant, je devais m'occuper du sol de ma chambre.

— Lucy, reste ici un moment, tu veux bien ? Au cas où ça se reproduirait.

Obéissante, elle se laissa glisser le long des carreaux du mur jusqu'à ce que ses petites fesses se posent par terre.

— Je reviens tout de suite.

Je déroulai une bonne longueur de papier brun rugueux, au rouleau fixé à côté du lavabo, et m'en allai pour tout laver. Pour être tout à fait honnête, ce n'était pas si terrible. Quand on avait été saoul aussi souvent que moi ces deux dernières années, on ne se formalisait pas pour un peu de vomi.

Quand je revins dans la salle de bains, Lucy était penchée sur la cuvette, les mains sur le siège des toilettes, son petit corps secoué par les hoquets. Elle avait des traces de larmes sur les joues, mais elle pleurait en silence.

Même en rendant ses tripes alors que le jour n'était pas encore levé, Lucy connaissait les règles. Elle ne devait pas faire de bruit. Parce que les enfants n'étaient pas autorisés ici.

— Rince-toi encore une fois, lui dis-je lorsqu'elle eut terminé. Et lave-toi les mains.

Voir ses mains sur ce siège de toilette partagé par quatre voisins me donnait la chair de poule.

Ensuite, je la raccompagnai dans la chambre. Piochant l'un de mes t-shirts propres dans un tiroir de ma commode, je lui demandai de se déshabiller. Elle retira son haut de pyjama et je passai le grand t-shirt pour homme sur ses frêles épaules. Il lui arrivait aux genoux.

— Lulu, la corbeille est juste là, d'accord ? dis-je en la déposant à côté de son matelas. Essayons de nous rendormir. Ton ventre te laissera peut-être un peu tranquille.

Épuisé, je m'étendis sur mon lit.

Lucy se laissa tomber sur son matelas et je l'entendis bouger sous ses couvertures.

— Bridger ? demanda-t-elle d'une voix chevrotante.

Je me redressai vivement.

— Tu as besoin du seau ?

Dans le noir, sa tête roula d'un côté et de l'autre. Soudain, ses petites épaules s'affaissèrent et j'entendis qu'elle recommençait à pleurer.

— Viens ici.

Une seconde et demie plus tard, elle était dans mon lit, ses petits bras autour de mon cou. Je calai sa tête sous mon menton et des pensées peu charitables me traversèrent l'esprit. À savoir : *Pour l'amour du ciel, faites que je n'attrape pas cette grippe. Sinon, nous serons complètement foutus.*

Comme si ce n'était pas déjà le cas.

— Là, là, répétai-je.

Parce que c'est ce qu'on dit à un enfant en pleurs quand on est à court de paroles réconfortantes. Ses larmes commençaient à imbiber mon t-shirt.

Elle ouvrit alors la bouche et me foudroya sur place :

— Je veux *maman*.

Lucy n'avait pas parlé de notre mère depuis des semaines. C'était une fillette intelligente, qui m'avait suivi sans un regard en arrière quand je l'avais emmenée loin de la seule maison qu'elle ait jamais connue. J'avais cru que ça lui convenait. Avec du recul, est-ce que ça ne prouvait pas tout simplement que j'étais un connard insensible ? Elle avait *huit ans*. Elle voulait que maman la serre dans ses bras quand elle était malade.

— Je le sais bien, murmurai-je en luttant contre la boule qui m'obstruait la gorge.

Car on ne maîtrise pas les élans de son cœur.

— On devrait lui dire que je suis malade, bredouilla Lucy contre ma poitrine.

J'attendis la vague de colère qui ne manquait pas de me submerger chaque fois que je pensais à ma mère. Mais au lieu d'un tsunami de rage, je n'obtins qu'une triste vaguelette.

— Nous sommes en pleine nuit, lui expliquai-je en me félicitant de trouver une excuse un tant soit peu logique.

Je ne pouvais pas dire la vérité à Lucy. Que sa mère était une sale junky et qu'elle n'en avait absolument rien à faire de nous deux.

Paniquée et malade, Lucy avait envie de croire que maman se secouerait du cauchemar qu'elle s'infligeait et se ressaisirait à cause d'un malheureux virus. Mais je savais que ça n'arriverait jamais. Et au matin, Lucy en prendrait conscience à son tour.

Ma sœur s'endormit sans dire un mot. Quant à moi, je restai allongé en silence tandis que la lumière grise filtrait peu à peu à travers les fenêtres à carreaux. Bon sang, cette année était tellement difficile. Et rien n'allait s'arranger.

Ce n'était pas la compagnie de Lucy qui me posait problème.

J'avais treize ans à sa naissance – une surprise pour mes parents. Mais à l'époque, la société de plomberie de mon père était florissante et nous avions quitté notre appartement pour emménager dans ce petit pavillon de la banlieue de Harkness.

Grâce à Lucy, j'avais toujours été doué avec les enfants. J'étais cet adolescent de quinze ans qui portait un bébé à l'épicerie pendant que ma mère faisait les courses. Lucy avait laissé mon père lui apprendre à nouer ses lacets, mais elle m'avait réclamé quand on lui avait retiré les petites roues de son vélo. Sa cérémonie de dernière année de maternelle avait eu lieu pile le même jour que ma remise de diplôme d'études secondaires. Il existe une photo, quelque part, où nous portons tous les deux nos chapeaux et nos toges.

Elle était facile à vivre. Même dans les pires moments – quand elle tombait malade en pleine nuit – elle ne me gênait pas. Mais j'étais à court d'argent. Et ça me tuait de devoir la cacher aux yeux des autres.

Les trapézistes du stress avaient recommencé leurs acrobaties à l'intérieur de ma tête, se balançant de problème en problème. Heureusement, Lucy dormait.

CHAPITRE 7
LE BANANA-SINGE

SCARLET

QUAND JE REVIS BRIDGER, le mardi, il était pâle et taciturne.

— Ça va ? lui demandai-je pendant l'analyse mathématique.

— Je me sens un peu barbouillé, dit-il. Rien de bien grave.

Pourtant, après le solfège, il n'avait toujours pas l'air dans son assiette.

— Je ne pense pas pouvoir aller déjeuner, dit-il. Ma tête me fait un mal de chien.

— J'ai de l'ibuprofène dans ma chambre, proposai-je. Tu veux que je t'en donne ?

Il soupira.

— J'avoue que ce serait formidable.

Bridger gravit les marches du bâtiment Vanderberg deux fois plus lentement que d'habitude. Il s'assit sur mon lit et je lui apportai un verre d'eau et deux cachets.

— Tu as l'air épuisée, dis-je lorsqu'il les avala. Si tu t'allonges quelques minutes, je te promets de ne pas te sauter dessus.

Son sourire était maussade.

— Je ne devrais pas être là, Scarlet. Il y a un virus qui tourne depuis vingt-quatre heures. Je ne voudrais pas que tu l'attrapes. Seigneur…

Il ferma les yeux. Sa peau blêmissait à vue d'œil.

— Putain de merde, lâcha-t-il.

Il se leva brusquement et sortit de la chambre d'un pas déterminé. J'entendis la porte de la salle de bains s'ouvrir et se refermer. Quelques minutes plus tard, les canalisations gémirent quand il actionna la chasse d'eau à plusieurs reprises.

Enfin, il revint à pas lents dans la chambre, le visage grisâtre.

— Mon pauvre ami. Je peux t'apporter quelque chose ?

Il secoua la tête.

— Je dois y aller.

— D'accord, lui dis-je. Mais tu n'as aucune énergie. Accorde-toi une petite minute.

Il hocha piteusement la tête.

— Je reste juste une seconde.

Il s'effondra sur mon lit, la tête dans le mauvais sens, ses genoux repliés comme s'il avait reçu un coup de poing dans le ventre. Il incarnait la tristesse.

— Je suis là si tu as besoin de quoi que ce soit, lui dis-je en emportant mon ordinateur portable dans la salle commune.

Notre appartement était calme, cet après-midi-là. Ainsi quand Bridger commença à ronfler, je l'entendis. Je m'absorbai dans les recherches pour mon devoir d'histoire jusqu'à ce que sa montre se mette à sonner. Mais contrairement aux fois précédentes, il ne l'éteignit pas. Sur la pointe des pieds, je m'avançai jusqu'à la porte de la chambre. Il était allongé et dormait profondément, son torse musclé se soulevant et s'abaissant malgré les cris de l'alarme.

Impossible que ce garçon puisse aller travailler – pas dans cet état. Je ne pouvais me résoudre à le réveiller. Alors que je me tenais là, hésitante, l'alarme finit par capituler et se tut.

Je retournai à mes devoirs. Trente minutes plus tard, un grognement me parvint depuis la chambre. J'entendis un froissement de tissu et je vis Bridger traverser la salle commune au pas de course pour se ruer dans la salle de bains. Encore une fois, les bruits qui s'élevèrent témoignaient du chaos qui régnait dans son estomac. Puis il tira la chasse, se débarbouilla et cracha avant de sortir. Lorsqu'il revint, j'ouvris la bouche pour lui demander si je pouvais faire quelque chose. Ce fut à ce moment qu'il consulta sa montre.

— Merde ! s'écria-t-il.

Il retourna dans ma chambre en titubant et je l'entendis triturer son sac à dos.

— Bridger, commençai-je. Tu ne peux pas aller travailler comme ça.

Debout dans l'encadrement de la porte, je le regardais se préparer.

— Tu as les mains qui tremblent.

— Pas le choix, répliqua-t-il.

Il se leva sur ses jambes mal assurées.

Quand il s'approcha de la porte, je lui barrai le passage. Posant mes mains sur sa poitrine, je le forçai à me regarder dans les yeux.

— Arrête. Accorde-toi une pause.

— Laisse-moi passer, Scarlet.

Sa voix était froide, comme jamais encore je ne l'avais entendue.

— Je suis beaucoup trop en retard, ça ne va pas du tout. Je vais devoir *courir*. Au sens propre du terme.

Résignée, je m'écartai de son chemin.

— Je peux au moins te déposer quelque part ? Ma voiture est garée sur Chapel, juste en face.

Je ne m'attendais pas à ce qu'il accepte, mais il fallait bien que je le lui propose, si son travail était à ce point primordial à ses yeux. Après tout, c'était moi qui avais laissé sonner son alarme sans le réveiller.

Sa réponse m'étonna :

— Tu peux ? Je ne te le demanderais pas si ce n'était pas important.

Je récupérai mes clés sur mon bureau et m'emparai de mon manteau, sur le dossier de ma chaise.

— Allons-y.

— C'est *ça*, ta voiture ? demanda Bridger.

— Oui, répondis-je dans un souffle.

— Tu conduis une Porsche Cayenne flambant neuve avec un moteur turbo ? À Harkness ?

— En effet, lui dis-je avec agacement. Mais seulement si tu me dis où je vais.

Il se pinça l'arête du nez.

— Tourne à droite. *S'il te plaît.*

Le ton qu'il employait me donnait envie de pleurer. *Il est juste grognon parce qu'il est malade*, tentai-je de me rassurer. *Et stressé pour son travail.*

Je n'avais aucun moyen d'expliquer à Bridger que la voiture était juste une farce de plus dans ma vie. J'avais entendu l'avocat de mes parents leur conseiller d'enregistrer des biens à mon nom. Au New Hampshire, je conduisais une vieille Toyota Camry. Mais quand ma mère m'avait annoncé quelle voiture ils avaient choisi de me confier pour la fac, j'avais tout de suite compris. La Porsche était pour eux un moyen de cacher quelque soixante-dix mille dollars aux familles qui finiraient par traîner mon père devant les tribunaux.

Je pouvais l'expliquer à Bridger, ou bien lui laisser croire que j'étais fabuleusement riche et inaccessible.

Était-ce si étonnant que mon choix se porte sur la seconde option ?

Le visage de Bridger était toujours blafard lorsqu'il me fit prendre la direction d'un quartier éloigné de la ville. Nous nous trouvions dans une zone résidentielle, où de vieilles bicoques en bois longeaient les rues. Certains porches s'effondraient sous le poids des ans, tandis que d'autres avaient été remis à neuf au siècle dernier.

— Dépose-moi ici, merci, me dit-il d'un ton sec.

— Bridger, il n'y a rien *ici*, observai-je. À part ces maisons. Et cette école.

Oh.

L'école.

Bridger posa sa main sur la portière, mais j'accélérai. Je m'engageai dans l'allée en forme de boucle qui passait devant l'école primaire, songeant à la fillette au casque de vélo rose. Quand je m'arrêtai devant les portes vitrées, Bridger ouvrit la portière du côté passager et descendit sans un mot. Au même moment, l'une des portes s'ouvrit et une petite fille à queue de cheval auburn sortit en trombe.

Il referma la portière derrière lui, mais j'entendais toujours leurs voix.

— Désolé, je suis en retard ! dit-il en ouvrant grand les bras.

Elle accourut vers lui et je vis son corps chanceler sous l'impact lorsqu'elle l'attrapa par la taille. Il retrouva l'équilibre.

— Tous les autres étaient partis ! dit la fillette. Mme Rose a attendu avec moi.

— Je suis désolé, Lulu. Je ne me sens pas très bien, et je m'étais endormi.

— *Oh non !* s'écria-t-elle. Toi aussi, tu l'as attrapé ?

— Oui, mais ne t'inquiète pas.

— Tu peux vomir sur ma chaussure, nous serons à égalité.

— Si je vomis sur *nos* chaussures à tous les deux, est-ce que je gagne ?

Elle gloussa en lui tirant la main.

— Je vais chercher mon vélo.

Alors qu'elle filait vers le râtelier à bicyclettes, Bridger se retourna. Il articula *merci* à travers la vitre de la voiture et me salua de la main. Lentement, il rejoignit la petite fille qui enfilait son casque de vélo. Je décollai mon pied du frein et mon 4x4 fit demi-tour dans l'allée de l'école. Au panneau stop, je freinai de nouveau et enclenchai mon clignotant. Même si personne n'arrivait, j'attendis.

Une minute plus tard, la petite fille arriva au coin de la rue et s'arrêta. Un pied à terre, elle se retourna.

Dans le rétroviseur, j'aperçus Bridger qui la suivait d'une démarche pénible. Il eut un sourire forcé, mais de toute évidence il souffrait beaucoup. Lorsqu'il s'approcha enfin, je passai au point mort et déclenchai l'ouverture automatique du coffre de ma voiture de luxe. Je donnai un léger coup de klaxon.

Il s'arrêta sur le trottoir et me regarda, puis il se dirigea vers moi en vacillant. Je baissai la vitre pour lui parler :

— Bridger, mets le vélo à l'arrière.

— Non, c'est bon.

— Tu te comportes comme un abruti.

Il s'appuya sur ma portière, trop faible pour tenir debout.

— Je ne reçois d'aide de personne, dit-il. Pas même de toi, Scarlet. Crois-moi, j'ai de bonnes raisons.

— Je ne doute pas qu'elles sont excellentes, répondis-je dans un souffle. Maintenant, sauf si tu as envie qu'elle te voie perdre connaissance sur le trottoir, monte dans cette *foutue voiture*.

D'épuisement, il ferma les paupières. Quand il les rouvrit, il se tourna vers la fillette. Elle ne nous avait pas quittés des yeux.

— Viens ici, Lucy, lança-t-il. Mon amie va nous conduire.

— Laisse-moi prendre ça, lui dis-je en hissant son vélo.

Bridger avait fini par céder. Il ouvrit la portière de la banquette arrière et une fois que la fillette fut montée, il prit place à côté d'elle.

— Je suis vraiment désolé, Lulu, dit-il tandis que je remontais derrière le volant. Tu as dû avoir peur.

— Ce n'est rien. Mme Rose m'a raconté des blagues *toc-toc, qui est là*.

Elle avait une petite voix, comme celle d'un Muppet.

— Où allons-nous ? demanda-t-elle.

— Chez nous.

— Qui se trouve… ? amorçai-je.

— À la résidence Beaumont, répondit-il d'un ton pincé.

— Sérieusement ?

Je pivotai sur mon siège pour le regarder.

Il hocha tristement la tête avant de se tourner vers la vitre.

Pas possible. Il hébergeait un enfant dans sa chambre ? Voilà qui enfreignait au moins dix règles différentes. Je risquai un autre coup d'œil dans le rétroviseur.

Il s'était laissé aller contre l'appuie-tête, les yeux fermés.

— Des devoirs ? demanda-t-il.

— Juste une feuille de maths. Et de l'orthographe pour vendredi.

— C'est tout ?

Il s'agita, mal à l'aise contre le cuir.

— Ouais !

— Dieu soit loué. Comment s'est passée ta journée ?

— Gregory m'a pincée, mais il s'est fait surprendre ! Et Mme Rose lui a fait copier *Je ne pincerai pas* au tableau. Et c'était la journée bibliothèque, alors j'ai emprunté un livre *American Girl*. Un nouveau.

— Génial, dit-il.

Le trajet ne dura que quelques minutes, mais ce fut suffisant pour briser mon cœur en mille morceaux comme je les écoutais parler.

— Tu as aimé la banane sur ton sandwich au beurre de caca-huètes ? demanda-t-il.

— Oui. Comment on va l'appeler, celui-là ?

— Le… *banana-singe* ?

— Hmm… fit-elle en réfléchissant. Peut-être. Je vais y réfléchir.

Bridger évita mon regard quand je sortis le vélo du coffre.

— J'espère que ça va aller.

— Merci, fit-il sèchement.

— Tiens-moi au courant, d'accord ?

Il ne répondit pas et rejoignit à pas lents la grille de la cour, où la fillette l'attendait, son casque rose toujours sur la tête.

Ce soir-là, j'étais censée résoudre un problème de statistiques. Mais ma tête bourdonnait de questions sur ce que j'avais vu.

Lulu devait être la sœur de Bridger, ou peut-être sa nièce. Ils se ressemblaient tellement. D'après mes coups d'œil furtifs, elle avait huit ou neuf ans.

Aussi viril que soit Bridger, j'avais du mal à croire qu'il ait pu concevoir un enfant à l'âge de douze ans.

Mon téléphone vibra à vingt-deux heures trente et je fus soulagée de constater que le texto venait de Bridger. *Toujours debout* ? demandait-il.

J'appelai son numéro.

— Allô, fis-je sur un ton hésitant lorsqu'il décrocha.

— Salut, répondit-il à voix basse.

Voilà pourquoi il chuchotait toujours quand je lui parlais le soir. Il n'était pas seul dans la chambre.

— C'est ta petite sœur, avançai-je.

— Oui.

Il se garda de développer sa réponse, mais je ne comptais pas abandonner aussi facilement.

— Tu ne conduis pas de monte-charge la nuit, n'est-ce pas ? Tu es chez toi avec elle.

— Tu as tout compris.

Sa voix était si basse que je peinais à l'entendre.

— Bon, continue. Dis-moi que je suis un enfoiré de t'avoir menti.

Aussitôt, mes yeux se mirent à brûler.

— Ce n'est pas ce que je vais dire. Tu m'as expliqué que tu avais de bonnes raisons, et maintenant je sais que c'est vrai. Tu as peur que la fac s'en rende compte.

— Scarlet, ce n'est pas seulement la fac. Ma vie entière est un château de cartes. Il y a aussi son école et la plupart des services de protection de l'enfance. Je n'ai pas la garde légale.

Mon cœur se serra.

— Où sont tes parents ?

— Notre père est mort il y a trois ans. Et ma mère n'est pas disponible.

— Pas disponible pour s'occuper de sa fille ?

— Pas disponible pour arrêter de cuisiner de la meth sur la table de la salle à manger.

— Oh mon Dieu, m'exclamai-je.

— Tu l'as dit.

Sa voix était chaleureuse et tendre à mon oreille, en dépit de notre conversation déprimante.

— Alors tu l'as prise sous ton aile.

— Pas le choix, dit-il. C'était moi ou l'assistance sociale. Et je refuse qu'on l'emmène.

— Elle irait en foyer d'accueil ?

— Oui. Et certains d'entre eux sont… Je ne devrais pas parler de ça maintenant.

J'expirai.

— Est-ce que ton ventre va mieux ?

— Je m'en remettrai. Ça doit faire quatre heures que je n'ai pas vomi.

— Oh, Bridger. Je suis désolée.

— Moi aussi, je suis désolé.

— Tu sais…

Sans doute voulait-il que je change de sujet, mais je ne pouvais pas m'en empêcher.

— Je ne l'aurais dit à personne.

Il soupira dans le téléphone.

— Je le *sais*, Scarlet. Ce n'est pas pour cette raison que je ne t'ai rien dit. Avec toi, je n'ai pas envie d'être *ce type-là*. Le type avec un tas de problèmes.

Je pris une grande inspiration. Parce que j'avais fait exactement la même chose – exactement le même choix. Il ne connaissait rien de moi, car je ne voulais pas être *cette fille-là*.

— Tu es toujours là ?

— Oui, répondis-je.

— Ça te paraît sensé ?

— Plus que tu ne le crois, lui avouai-je.

J'ignorais si Bridger serait présent aux cours du jeudi. Il arriva pourtant au dernier moment et se laissa tomber sur le siège voisin. Sans un mot, je posai ma main sur ses genoux, la paume vers le haut. Il la prit et me caressa le pouce.

— Tu l'accompagnes à l'école le matin ? demandai-je à mi-voix.

Il hocha la tête.

— Elle commence à huit heures et demie, c'est pour ça que j'ai choisi des cours à partir de neuf heures tous les jours.

— Elle est adorable, dis-je en lui serrant la main.

— Oui, c'est vrai.

À son tour, il me serra la main.

— Qu'est-ce que tu as prévu ce week-end ?

— Ma rédaction de psychologie. Et sans doute des rediffusions fascinantes de *Danse avec les stars*. Et toi ?

— Quelques devoirs de chimie. Et un spectacle de marionnettes fascinant à la bibliothèque municipale.

Comme à chaque début de cours quand le professeur prenait la parole, détacher mes yeux de son beau visage fut un véritable déchirement.

— Je suis désolée de te bombarder de questions, lui dis-je plus tard en grignotant ma salade, au foyer étudiant.

— Vas-y, répondit-il en soupirant. Comme je te l'ai dit, je ne voulais pas être ce type-là. Mais je *suis* ce type-là. Et c'est un soulagement de ne plus mentir.

Il mordit dans son burrito.

Je t'aime, pensai-je en le regardant, heureuse de le voir manger à nouveau. À voix haute, je demandai :

— Alors, à quoi devons-nous la soirée la plus lamentable de toutes ?

Il éclata de rire.

— C'est une excellente question. Figure-toi que Lucy était invitée à une fête d'anniversaire, elle était tout excitée. Je l'ai emmenée chez sa copine pile à l'heure, avec un cadeau dans un joli papier enrubanné – comme on est censé le faire.

Il m'adressa l'un de ces sourires ravageurs dont il avait le secret et mon cœur fondit davantage quand je m'imaginai ce beau gosse en train d'empaqueter le cadeau d'anniversaire d'une gamine de neuf ans.

— … Mais quand je suis arrivé, la maman m'a dit : « Où est son sac de couchage ? »

Bridger se donna une tape sur le front.

— C'était une *soirée pyjama*. Et c'est entièrement de ma faute, car je n'ai pas lu correctement l'invitation. Mais la mère a dit : « Ce n'est pas grave, elle prendra l'un des nôtres et elle pourra emprunter un pyjama. » Je suis passé pour un imbécile, mais en attendant, j'étais libre pour la nuit.

Je secouai la tête comme pour effacer le fiasco qui avait suivi.

— On ne pourrait pas soudoyer cette maman pour qu'elle lance une nouvelle soirée pyjama ?

— Crois-moi, j'y ai déjà pensé.

Ses yeux verts pétillaient.

— Comment fais-tu pour avoir de bonnes notes ? demandai-je.

— En fait, c'est encore le plus facile. Parce que je suis chez moi tous les soirs, dans une chambre silencieuse à partir de vingt heures. J'ai une lampe de chevet que j'utilise pour lire mes manuels, sinon je travaille sur ordinateur.

— C'est quoi, le plus difficile ?

Il haussa les épaules.

— La cacher. Si je ne devais pas la cacher, rien de tout ça ne serait si dur. Et l'argent. La nourrir ne coûte pas cher, mais à la fin du semestre de printemps, il faudra que je nous trouve un endroit pour vivre.

— Il doit bien y avoir des étudiants dans ta résidence qui ont remarqué qu'elle passait tout son temps chez toi.

— Oui, bien sûr, dit-il en se versant du lait. Le gars qui habite à côté de chez moi, de l'autre côté de la porte coupe-feu, est le seul à connaître toute la vérité. Il a laissé la porte ouverte une fois ou deux pour la surveiller à ma place, quand j'ai dû m'absenter le soir au dernier moment.

— C'est pratique, lui dis-je.

Les portes coupe-feu étaient typiques des résidences de Harkness. Elles n'étaient pas fermées à clé et reliaient les chambres entre elles, afin que chacune dispose de deux sorties en cas d'urgence.

— Les gars de mon étage – ils sont trois – l'ont déjà vue plusieurs fois dans la salle de bains. Je leur dis qu'elle me « rend visite », mais ils ne sont pas dupes. Heureusement, tout le monde s'en fiche apparemment.

— Ce n'est pas comme si elle organisait des fêtes trop bruyantes.

Il afficha un sourire penaud.

— Tu sais, je lui demande de ne pas faire de bruit. Même quand elle chante de joyeuses petites comptines de CE2, je lui dis de baisser le volume. On dirait qu'elle est en prison.

J'éprouvai un pincement au cœur.

— Pendant combien de temps vas-tu tenir, Bridger ?

D'après sa mine épuisée, je savais que j'avais posé la question fâcheuse.

— Aussi longtemps qu'il le faudra. Si je vivais hors du campus, je n'aurais pas constamment peur de me faire pincer. Comme j'étudie à temps complet à Harkness, j'ai droit à une chambre, mais pas à un appartement.

— Les études à temps partiel, ça n'existe pas ici.

Il secoua la tête.

— Non, ça n'existe pas. Alors j'ai déjà envisagé un éventuel

transfert à l'Université du Connecticut. Mais ça coûterait beaucoup trop cher. Tu ne le sais peut-être pas, mais personne ne
propose une aide financière aussi intéressante que Harkness. Et
j'ai droit à la totale, car ils ont coché une case à côté de mon nom
qui s'intitule « réussite locale ». Sérieusement, c'est important
pour eux. La ville tient le compte du nombre d'inscrits originaires
de la région.

Je fus seulement capable de secouer la tête.

— Je suis émerveillée. Tu as un tel fardeau sur les épaules, plus
lourd que la plupart des gens.

— Ne sois pas trop impressionnée. Il suffit qu'un représentant
de l'administration débarque à mon étage au moment où elle
chante en écoutant *La Reine des neiges* pour que je risque d'être mis
à la rue.

Je posai mes doigts sur son poignet.

— Que puis-je faire pour t'aider ?

Il fit la grimace.

— Rien, Scarlet. Ce sont mes problèmes, à moi de les gérer.

Il se pencha par-dessus la table pour s'approcher de moi.

— Reste à mes côtés, c'est tout. D'accord ?

— C'est facile, répondis-je en serrant sa main dans la mienne.

CHAPITRE 8
UNE MAUVAISE IMAGE DE MOI

BRIDGER

— BON, l'exam de statistiques approche à grands pas, me dit Scarlet la semaine suivante, une fois que nous eûmes récupéré nos plats à emporter.

— Tu es prête ?

Je ne l'écoutais qu'à moitié, les yeux rivés sur les longues jambes que mettait en valeur son jean moulant.

— Non, répondit-elle en secouant la tête. Loin de là.

— Ah, fis-je en soupirant. Est-ce que ton tuteur relâche ses efforts ?

Scarlet s'éclaircit la voix et ses joues se teintèrent de rose.

— Seulement en stats.

Je ressentis alors une pointe de culpabilité. En ce moment, je n'avais pas du tout l'esprit aux statistiques.

— C'est vrai. D'accord. Bon, installons-nous ici au lieu d'aller dans ta chambre. Parce que ton tuteur est facilement distrait.

Elle me conduisit vers un canapé près des fenêtres, où je m'assis avant de tapoter la place juste à côté de moi.

— Montre-moi tes notes, lui dis-je en sortant un sandwich de notre sac.

J'avais beau détester perdre en révisions mon temps précieux avec Scarlet, elle avait besoin d'un coup de pouce sur la régression des séries temporelles. Une heure plus tard, j'avais terminé mon cours de soutien et mon poulet au parmesan.

Je venais de me lever pour aller jeter nos détritus quand quelqu'un m'appela.

— *Oh mon Dieu*, Bridger ! J'étais à deux doigts de faire publier ta photo sur une brique de lait.

Hartley arrivait dans ma direction, main dans la main avec sa petite amie, Corey. Je les dévisageai un instant en essayant de déterminer ce qui avait changé chez eux. Soudain, je me rendis compte que Corey avait abandonné ses béquilles et marchait presque normalement, soutenue par une canne. C'était formidable.

Je fonçai sur eux et soulevai Corey dans mes bras. Après lui avoir fait faire un tour complet, je la déposai précautionneusement au sol.

— Bon sang, Callahan. J'ai failli ne pas te reconnaître.

— À cause de mon nouveau t-shirt, c'est ça ? dit-elle en tournant sur elle-même.

— C'est malin, plaisantai-je.

Je ne pouvais m'empêcher de sourire.

— Honnêtement, tu as l'air en pleine forme.

— Tu sais, si tu rendais plus souvent visite à tes amis, mes progrès ne te paraîtraient pas aussi surprenants, dit-elle.

— Mais enfin, ajouta Hartley, où étais-tu passé ? Je ne te croise même plus au petit déjeuner.

Je n'avais pas pris un seul petit déjeuner depuis le début de l'année.

Je lui répondis en haussant les épaules d'un air nonchalant.

— Je cumule trois boulots, les amis. Te divertir pendant le repas, ça ne paie pas assez bien.

À les voir – Hartley et le symbole de capitaine sur sa veste de hockey, et Corey qui marchait quasiment comme si elle n'avait jamais été en fauteuil roulant –, j'en éprouvais une douleur presque physique. Parce que j'avais raté tellement de choses…

Pleurnicher sur la vie insouciante que j'avais perdue était complètement inutile. Mais ça me faisait de la peine.

— Bonjour, je m'appelle Corey, lança la petite amie d'Hartley en agitant la main vers Scarlet, qui m'avait rejoint. Si Bridger ne fait pas les présentations, je m'en charge moi-même.

— Pas besoin de t'impatienter, Callahan. J'y venais.

Je passai un bras autour de ma petite amie.

— Voici Hartley, l'un de mes plus vieux potes. Et Corey Callahan, une vraie peste. Les amis, je vous présente ma copine, Scarlet.

Il y eut un profond silence. Au lieu de répondre, Hartley et Corey nous dévisagèrent, bouche bée.

Super.

Corey échangea avec Hartley un regard lourd de sous-entendus.

— Répète, demanda-t-elle.

— Voyons, Callahan, grommelai-je. Tu donnes une mauvaise image de moi, là.

Je regardai Scarlet à la dérobée, mais elle avait l'air amusée.

Hartley fut le premier à se ressaisir.

— C'est un plaisir de te rencontrer, Scarlet.

Un sourire lui étirait les lèvres.

— Maintenant, je comprends pourquoi nous n'avons pas vu Bridger depuis le mois de septembre.

Corey lâcha Hartley pour se libérer une main et serrer celle de Scarlet.

— Vraiment, c'est un plaisir de rencontrer la *copine* de Bridger.

Son regard pétillait.

— Waouh. Maintenant que tu nous as lâché une telle bombe, Bridger, je ne sais pas si je vais pouvoir me concentrer en cours. Promets-moi que nous sortirons tous ensemble un de ces quatre.

— Bien sûr, mentis-je.

— Je ferais mieux d'y aller. Ravie d'avoir fait ta connaissance, Scarlet !

J'eus droit à un clin d'œil, puis elle sourit à ma petite amie. Hartley lui déposa un baiser sur la tempe et elle traversa le hall en direction des salles de classe, sa canne effleurant légèrement le sol tous les deux pas.

Je suivis sa progression.

— Bon sang, c'est vraiment impressionnant.

— Je sais, n'est-ce pas ? acquiesça Hartley en se laissant tomber sur une chaise. Ce sont ses nouvelles attelles. Il a fallu s'y adapter, mais les résultats sont franchement incroyables.

— Est-elle… Pourra-t-elle chausser à nouveau ses patins ?

Je m'assis sur le canapé, attirant Scarlet à côté de moi.

Hartley secoua la tête.

— Non. Le mouvement n'est pas le même. Et c'est trop risqué. Si elle se cassait le poignet et ne pouvait pas tenir sa canne pendant quelques mois, ce serait une catastrophe.

Il se pencha pour m'asséner un coup de poing sur le bras.

— Bon, sérieux, comparons nos emplois du temps. Le hockey va m'accaparer pendant les trois prochains mois, mais je devrais bien pouvoir dégager quelques heures. De préférence avec un pack de bière et un match de foot. Mais dans tous les cas…

— Bien sûr.

— Bon, je vous laisse, dit Hartley. J'ai un cours d'histoire. On se voit *bientôt*, d'accord ?

— Bientôt, répétai-je avant qu'Hartley se lève pour s'en aller.

Je le regardai pendant quelques secondes, puis je me tournai vers Scarlet.

— C'était…

— … *fascinant*, conclut-elle à ma place. Premièrement, tes *meilleurs* amis ne savent pas que tu gardes Lucy ?

Je hochai le menton.

— Ce sont les dernières personnes à qui je pourrais le dire.

— Ça alors, mais pourquoi ?

— Parce qu'ils feraient n'importe quoi pour moi.

Elle fronça les sourcils.

— Et c'est un problème parce que… ?

— La mère d'Hartley a attendu vingt ans pour s'inscrire en école d'infirmière. Et je ne veux pas tout bousculer.

— Bon sang, murmura-t-elle. Mais il y a peut-être un moyen pour qu'elle t'aide par-ci par-là. Je ne sais pas… le week-end, par exemple ?

Une fois de plus, je secouai la tête.

— Ce n'est pas comme ça que fonctionne Theresa. Elle met toujours les autres en premier. Je ne veux pas être celui qui aura fichu en l'air ses rêves.

— Oh, Bridger, fit-elle en posant sa tête sur mon épaule.

— Scarlet ?

— Oui ?

— Ça ne te dérange pas que je te présente comme ma copine ?

Elle garda le silence pendant un instant.

— Ça m'a plu, répondit-elle calmement. Jusqu'à ce que je me rende compte que tu cherchais juste un alibi.

Je passai mon bras autour de sa taille et l'attirai contre moi.

— Non, je le jure. C'est sorti tout seul, parce que c'est ce que tu es, à mes yeux.

Je lui dérobai un baiser avant de poursuivre :

— Je n'ai encore jamais eu de petite amie. Je fais sans doute tout de travers, mais j'ai adoré ces mots-là.

Lorsqu'elle leva la tête, ses yeux noisette étincelaient.

— Eh bien, présenté sous cet angle…

— Je suis désolé que mes amis aient un peu paniqué. L'an dernier…

Je m'interrompis en prenant conscience que je n'avais rien à dire pour ma défense.

Mon embarras sembla l'amuser.

— Les Katie m'ont dit que tu ne sortais jamais deux fois de suite avec la même fille. Elles m'ont conseillé de me méfier de toi.

— Aïe.

L'idée que les colocataires de Scarlet, des étudiantes de

première année que je ne connaissais pas vraiment, puissent parler de moi en ces termes me faisait horreur. Même si ce qu'elles avaient dit était vrai. Tout se savait, à Harkness. Et à présent que je portais un énorme secret sur mes épaules, les bruits de couloir me fichaient une trouille bleue.

— Les Katie ont peut-être raison. Après tout, je n'ai toujours pas réussi à sortir avec toi deux soirs d'affilée… pas encore.

Scarlet me frappa le bras et je l'embrassai sur la bouche.

— Ne t'inquiète pas, fit-elle dans un souffle. Je n'écoute pas tout ce qu'elles disent.

Je resserrai mon étreinte, l'effleurant derrière l'oreille du bout des lèvres.

— Je ne cherchais pas à rencontrer quelqu'un cette année.

Ma voix était basse, presque un murmure, car c'était la première fois que je disais ce genre de chose.

— Bon sang, je n'ai jamais cherché de petite amie. Je n'avais encore jamais eu besoin de cette connexion. Mais je suis heureux que tu sois dans ma vie. C'est mieux, grâce à toi.

— Moi aussi, j'aime être ici, murmura-t-elle.

Je l'embrassai à nouveau. Et soudain, parce que c'était ma vie et non pas une quelconque chanson d'amour, ma montre se mit à sonner.

CHAPITRE 9
J'AI BESOIN DE PARLER BASKET

SCARLET

LE VENDREDI APRÈS-MIDI, je reçus un message de Bridger : *Je t'en prie, dis-moi que tu es dispo ce soir. Je te préviens 6 heures à l'avance cette fois.*

Je l'appelai aussitôt.

— Tu es sérieux ? Où allons-nous ?

— Nulle part, répondit-il. Désolé de te le dire. Mais nous pouvons regarder un film chez moi tous les deux, pour une fois. Passe vers vingt heures trente, après l'heure du coucher.

— Comment… ?

— Tu verras. Mon bâtiment est dans la deuxième cour – la petite.

Je me demandais bien pourquoi, tout d'un coup, il était possible d'aller regarder un film dans la chambre de Bridger après le coucher de Lulu, mais j'étais sur un nuage. Du popcorn et des Coca sous le bras, je lui envoyai un message à vingt heures trente précises : *Toc toc.*

Une minute plus tard, la tête de Bridger apparut dans l'enca-drement d'une porte.

— Salut, lança-t-il en me souriant.

J'étais incapable de masquer mon immense sourire.

— Salut.

Je l'embrassai sur le seuil, trop heureuse de le voir.

— Hmm, dit-il. Monte, d'accord ? Mais nous allons devoir traverser ma chambre sur la pointe des pieds jusqu'à la porte coupe-feu.

Je le suivis lorsqu'il ouvrit la porte de chez lui – une chambre individuelle. Lulu était couchée sur un matelas, posé à même le sol près du lit de Bridger. Elle dormait, le visage grave et les cheveux étalés sur l'oreiller. Nous la contournâmes à pas de loup, puis franchîmes une porte en bois qui communiquait avec la chambre adjacente. C'était une chambre individuelle aux propor-tions identiques.

Bridger referma la porte derrière nous.

— Mon voisin fait partie de l'équipe de basket, dit-il. Et ils sont à Dartmouth ce soir, pour un match de pré-saison. Je lui ai demandé si nous pouvions rester ici pour regarder la télé pendant son absence.

— Formidable. Et si elle se réveille ?

Il secoua la tête.

— Elle dort comme un loir. Et puis, je lui ai expliqué où je serais.

Le lit de son voisin était dans un désordre incommensurable. Bridger tira sur la couette pour l'arranger tant bien que mal.

— Il est vraiment bordélique. Attends, dit-il.

Il se faufila dans sa chambre et en revint avec son propre édredon et ses oreillers, qu'il disposa sur le lit. Une fois le tout bien arrangé, je m'installai, calant un coussin entre mon dos et le mur.

Le voisin avait une grande télé à écran plat. Bridger parcourut le menu, mais rien ne nous parut très alléchant.

— Pourquoi pas cette comédie ? proposai-je enfin.

— D'accord, accepta Bridger.

Nous regardâmes le film pendant une dizaine de minutes tout en buvant du Coca, blottis l'un contre l'autre. Mais j'étais incapable de me concentrer sur l'intrigue. Le bras ferme de Bridger autour de moi et la friction de son pouce contre ma paume mettaient tous mes sens en alerte. Je n'étais que trop consciente de la chaleur de son corps et du parfum viril de son gel douche. Il ne m'en fallait pas plus pour me donner envie de me jeter sur lui. Et c'est sans doute ce que j'aurais fait s'il ne m'avait pas devancée.

Inclinant la tête, Bridger posa ses lèvres dans mon cou et se mit à m'embrasser. Comme toujours, la sensation de sa bouche sur mon corps me fit frissonner de joie. Bientôt, je roulais sur le lit, l'attirant au-dessus de moi.

Avec un petit rire, Bridger coupa le son de la vidéo. Soudain, notre comportement devint complètement fou, fébrile. Ses baisers étaient ceux d'un homme affamé, il me dévorait. Je lui retirai son t-shirt avec une telle hâte qu'on aurait pu le croire en feu. De son côté, il envoya mon haut et mon soutien-gorge de l'autre côté de la chambre, comme s'il craignait de se faire mordre.

Nous avions attendu si longtemps ce moment où nous serions enfin tous les deux, en tête à tête. Chaque soir, en me mettant au lit toute seule, je m'allongeais sur le flanc en l'imaginant pelotonné à côté de moi. J'entretenais aussi des fantasmes plus croustillants. Je rêvais de son corps au-dessus du mien, du poids de sa chaleur, de ses mains sur ma peau.

C'était ce que je voulais, même si l'idée me rendait nerveuse. Or maintenant que nous étions l'un contre l'autre, nos baisers se faisaient brûlants et impatients. Il n'y avait pas de place pour l'inquiétude dans mon cœur. Allongé sur moi, il me caressait la poitrine, ses hanches glissant sur les miennes. Je sentais l'effervescence me gagner partout où il posait les mains. Il était à sa place, bien ajusté entre mes jambes. Malgré mon manque d'expérience, mon corps savait ce qu'il attendait du sien.

Nous ne ralentîmes le rythme que lorsqu'il roula sur le côté et posa la main sur la fermeture de mon jean.

— Scarlet, ça ne te dérange pas ?

Sa voix était chargée de désir.

Je lui fis signe que non, en tendant la main vers sa braguette.

Dans les films, les corps s'effeuillent avec aisance. Dans la réalité, en revanche, retirer son jean, ses chaussettes et ses sous-vêtements dans un lit étroit était plus malaisé qu'on aurait pu le croire.

Mais qu'importe. Quelques minutes plus tard, nous étions allongés face à face dans le lit, en tenue d'Adam et Ève. J'avais une main posée sur la hanche de Bridger, et il me caressait le sternum.

— Dis-moi ce que tu aimes, fit-il dans un souffle.

Je ne m'étais encore jamais trouvée nue avec un garçon. Sa beauté pure me submergeait. J'étais sous le charme et le moment aurait été *parfaitement* choisi pour lui annoncer que j'étais vierge. Mais j'optai pour une réponse évasive :

— Ce que j'aime, c'est *toi*.

Comme il se penchait pour m'embrasser, sa main amorça une lente descente le long de mon corps. Il s'arrêta au niveau de mon ventre pour y dessiner des cercles rêveurs avant de s'aventurer dans la toison de mon entrejambe. Lorsque ses doigts trouvèrent le renfoncement humide qu'elle dissimulait, un tressaillement nous parcourut. J'étais paralysée par la sensation de ses doigts, qui décrivaient d'exquises arabesques là où aucun homme ne m'avait encore jamais touchée.

Oh. Oh. Oh. Oh et oh… Mon esprit n'était qu'un enchaînement de surprises et de délices. Je fis glisser une main distraite sur la hanche de Bridger en direction de son pénis.

— Hmm, fit-il lorsque je l'effleurai.

Je refermai les doigts autour de lui, surprise par la perfection avec laquelle il se dressait en direction de son torse. Il était à la fois dur et soyeux et quand je fis remonter ma main sur toute sa longueur, un gémissement de bonheur lui échappa du fond de la gorge.

Le septième ciel.

Bientôt, il devint difficile de respirer, de le toucher et de l'embrasser sans m'évanouir de désir. Ça ne pouvait pas durer. Ma tête roula sur l'oreiller et je le lâchai. Je m'abandonnai alors au souffle de Bridger et aux miracles qui s'opéraient sous sa main.

Il se rapprocha de moi, ses lèvres contre mon cou et l'un de ses genoux plié en travers de mes cuisses. J'étais envahie par les sensations, émerveillée par le contact de sa peau sur la mienne. J'éprouvais une précipitation enivrante, comme lorsqu'on dévale trop rapidement une pente. Et une vague de plaisir me balaya, rendant chacune de ses caresses encore plus éblouissante. Je sentis mon dos se cambrer. Mes hanches frémirent involontairement et je capitulai.

L'instant d'après, les doigts de Bridger se pressèrent doucement contre mes lèvres et j'entendis son rire à mon oreille.

— Chut… Tu vas réveiller tout le voisinage, dit-il à voix basse.

Je pris une goulée d'oxygène tandis que ses mots se frayaient un chemin jusqu'à ma conscience.

— Désolée !

Il enfouit son nez dans mes cheveux.

— Tu n'as pas à être désolée. Quel dommage que je n'aie encore rien fait pour t'émoustiller.

Il se remit à rire.

Gênée, je lui décochai un coup de poing sur le bras.

— Du calme, tombeur.

Il m'attira contre sa poitrine, où je tentai d'apaiser ma respiration.

— Waouh, fut tout ce que je parvenais à dire.

Il prit mon visage dans ses mains et me regarda dans les yeux.

— Créature sexy, murmura-t-il en m'embrassant.

Je repliai mes bras autour de lui, me coulant sur son corps. C'était si agréable de le sentir sous le mien, ses muscles solides et sa peau ferme. Nous échangeâmes des baisers tandis que ses hanches ondulaient doucement. Son érection exerçait une pression contre mon ventre.

Ce fut à ce moment que la nervosité me saisit, parce que j'avais envie de donner à Bridger des sensations aussi merveilleuses que celles qu'il m'avait fait éprouver. Et je ne savais pas du tout comment m'y prendre.

BRIDGER

Dire que je brûlais de me laisser aller serait un doux euphémisme. Et ce n'était pas uniquement parce que je traversais un désert sexuel. Bien sûr, cela y contribuait, mais l'attente et l'impatience étaient encore plus délectables. En ce moment, ma vie était pourrie et je n'avais pas prévu de rencontrer quelqu'un de spécial. Et pourtant, c'était arrivé. Je me tenais là, peau contre peau avec la fille la plus formidable que j'aie jamais rencontrée.

Scarlet se laissa glisser sur le côté et nous nous retrouvâmes à nouveau face à face. Elle referma timidement sa main autour de mon sexe et ses doigts délicats commencèrent à me caresser. *Bon sang.* Je dus bander tous les muscles de mon corps pour essayer de me contrôler. Je l'embrassai encore, car c'était la seule solution pour m'empêcher de gémir comme un acteur de porno trop zélé.

J'avais envie de Scarlet. Terriblement. Même si nous n'avions jamais eu la chance de coucher ensemble dans la vraie vie, elle et moi étions déjà des champions de première division dans mes fantasmes. Mon imagination était débordante, mais la réalité était encore meilleure. La chevelure soyeuse qui frôlait mon torse me rendait fou. Et son regard si intense et enjôleur m'anéantissait.

J'avais l'impression d'être une bombe de dessin animé, avec une mèche déjà allumée. Ce n'était qu'une question de temps avant l'explosion. Mes hanches bougeaient de leur propre initiative. Elle me caressait, soupirant dans ma bouche. La vie était belle, très belle. Peut-être trop.

— Scarlet, murmurai-je en prenant ses mains dans les miennes. Si nous voulons coucher ensemble, je te conseille d'arrêter ça. Mais si tu ne veux pas aller jusque-là ce soir, ça me va aussi.

Elle cligna des yeux, hésitante. Pendant un moment, mon corps frissonna, de peur qu'elle décide de s'arrêter là.

— J'en ai envie, chuchota-t-elle.

Expirant faiblement, je m'efforçai de compter jusqu'à dix avant de récupérer le préservatif dans la poche de mon jean, quelque part sur le sol. Mon corps était en feu, mais je ne voulais pas non plus me précipiter. C'était *Scarlet*, après tout. Je voulais bien faire les choses.

— Je n'avais encore jamais été très fan de basket avant de ce soir, murmura-t-elle.

— Quoi ? demandai-je bêtement. Oh !

J'éclatai de rire. J'avais oublié que le reste du monde existait toujours. Il n'y avait que Scarlet et moi, la peau nue.

Fouillant dans nos vêtements éparpillés, je trouvai enfin le paquet que je cherchais. Je le déchirai et l'odeur médicinale caractéristique se répandit dans la chambre, annonçant la satisfaction imminente. Je me redressai et l'enfilai, tout en admirant le corps de Scarlet, étendue lascivement sous mes yeux. Je l'avais déjà fait une centaine de fois, mais jamais avec une si tendre impatience. Cette fille et ce moment étaient de précieux cadeaux.

Avec une infinie délicatesse, je m'étendis sur elle.

— Tu es si belle, murmurai-je en l'embrassant.

Pourtant, même à mes propres oreilles, les mots ne transmettaient pas ce que je ressentais vraiment. Chaque fois qu'elle me touchait, j'avais l'impression qu'elle me sauvait de quelque chose.

Mes genoux lui écartèrent les jambes. Ce fut à ce moment que je l'aperçus – une lueur d'hésitation dans ses yeux. Et son corps se raidit.

Je levai la tête et marquai une pause.

— Eh, ça va ?

— C'est parfait, dit-elle.

Mais sa voix chevrotait.

Je me redressai sur un coude et fis courir un doigt autour de son téton.

— Scarlet, ne le prends pas mal, mais… tu l'as déjà fait ?

Une fois de plus, elle hésita. Enfin, lentement, elle secoua la tête.

— Bon sang, m'exclamai-je.

Nous nous dévisageâmes un moment en clignant des paupières, puis je me redressai pour me détacher d'elle, m'asseyant au bord du lit.

Une main chaude me caressait le bas du dos.

— Bridger… ? Que se passe-t-il ?

Autrefois, l'aveu de Scarlet ne m'aurait même pas freiné.

— Nous ne devrions peut-être pas, lui dis-je.

Ce n'était pas l'envie qui m'en manquait, mais pour elle, ce ne serait pas simplement sexuel. Ce serait très important. Et en ce moment, ma vie n'était pas de taille à supporter un trop-plein d'émotions. J'étais au bout du rouleau. Ce qui signifiait que j'étais sans doute incapable de penser correctement. Et Scarlet méritait mieux que ça.

— Attends, fit-elle en venant s'asseoir à côté de moi. Je crois que… Je viens de devenir un autre sujet d'inquiétude pour toi, n'est-ce pas ?

Je baissai la tête. Elle ne s'était pas trompée.

— Bridger, je ne voulais rien dire parce que je ne voulais pas en faire toute une histoire.

— Et si c'était toute une histoire, justement ? demandai-je.

Sa première fois ne devait pas avoir lieu sur le lit d'un inconnu, avec un type dont la vie se désagrégeait.

— Pourquoi est-ce nécessaire ? C'était mon choix. Tu me l'as demandé très poliment, j'ai répondu oui au lieu de refuser. Et maintenant, tu me rejettes.

— Scarlet.

Je passai un bras dans son dos.

— Je ne te rejette pas. Je ne pourrais *jamais* te rejeter.

Je la massais entre les omoplates.

— C'est juste que les filles… certaines personnes estiment que la première fois doit être… Je ne sais pas. Importante. Pourtant d'habitude, c'est juste lamentable. À moins que ce ne soit le cas que pour moi et mes abrutis de potes.

Soudain, Scarlet relâcha toute la pression accumulée en éclatant de rire. Ses gloussements faisaient vibrer sa peau contre moi. Sa tête atterrit sur mon épaule et ses cheveux de soie revinrent me torturer.

— Alors que proposes-tu ? Parce que si tu n'es pas mon premier lamentable, tu ne peux pas non plus être mon excellent second. Et si par un quelconque miracle, l'équipe de basket de Harkness accède au championnat de la NCAA, nous sommes bons pour rester coincés ici devant des *films pourris*.

En souriant, je laissai tomber ma tête dans mes mains.

— As-tu déjà *rencontré* notre équipe de basketball ?

— Bridger, murmura-t-elle, effleurant ma hanche du bout des doigts. Nous pouvons discuter basket si ça te chante. Mais…

Ses mains s'attardèrent sur mon aine, exactement comme chaque nuit, dans mes rêves.

Je réprimai un gémissement.

— Est-ce que quelqu'un a déjà eu le dernier mot avec toi ?

— Rarement.

Je me tournai pour la regarder dans les yeux. Son regard était inébranlable. Elle n'avait pas *l'air* nerveuse. Et pourtant, quelque chose me retenait encore.

— Sérieusement, Scarlet. Comment te sentiras-tu demain, en y repensant ?

Elle se pencha vers moi et ses lèvres vinrent frôler les miennes.

— Tu n'auras qu'à me poser la question demain.

Puis elle m'embrassa, ses deux mains plaquées contre mes pectoraux. Ce fut efficace.

Quand elle glissa sa langue dans ma bouche, je l'allongeai sur le dos.

— Tu es très convaincante, lui dis-je. Attends-moi une seconde.

Je me levai et enfilai maladroitement mon boxer avant d'entrebâiller la porte coupe-feu. Lucy dormait à poings fermés, la respiration lourde. Je récupérai quelque chose dans le tiroir de mon bureau avant de rejoindre Scarlet sur la pointe des pieds.

— Qu'est-ce que c'est ?

— C'est du lubrifiant. Parce que je ne veux vraiment pas te faire mal.

Elle s'installa sur le dos, mais je ne m'allongeai pas tout de suite sur elle. Je n'étais plus pressé. Si elle avait envie de le faire avec moi, je voulais qu'elle trouve l'expérience agréable.

Je me couchai à côté d'elle et écartai les cheveux de son visage avant de faire courir ma main le long de son corps, jusqu'à son ventre. En l'embrassant. En la touchant comme je venais de le faire.

— Tu es nerveuse ? demandai-je à voix basse.

Mes baisers étaient aussi tendres que me le permettaient les circonstances. Ma queue commençait à se souvenir de ce que nous nous apprêtions à faire. Je palpitais de désir.

Scarlet secoua la tête.

— Je suis juste nerveuse parce que… je veux que tu aimes ça, toi aussi. Je ne sais pas comment faire.

Mes lèvres s'immobilisèrent sur sa pommette.

— Tu n'avais encore jamais touché un garçon ?

— Tu ne vas pas te remettre à paniquer, j'espère !

Elle me fit rire.

— Non, répondis-je. Je vais juste me demander comment il est possible que tu n'aies jamais eu de petit ami au lycée. Tu es *canon*, Scarlet.

— C'est… Quelques garçons m'ont invitée à sortir quand j'étais plus jeune, mais je les ai toujours repoussés. Beaucoup de gamins de seize ans un peu trop tactiles ont tenté leur chance.

J'émis un petit rire contre la peau douce de son cou.

— Si je t'avais rencontrée quand j'avais seize ans, moi aussi j'aurais eu les mains baladeuses.

— Mais l'an dernier… on pourrait éviter d'en parler, en fait ?

Je tendis mes deux bras pour l'attirer dans une étreinte protectrice.

— Désolé. De toute façon, ça n'a aucune importance.

— C'est ce que nous avions décidé, murmura-t-elle.

Je lui donnai le baiser le plus lent et le plus maîtrisé dont je fus capable.

— Je veux te rendre heureux, Bridger.

— Tu réussis déjà.

Je lui pris la main et la guidai vers ma queue.

— Les garçons sont faciles, lui soufflai-je à l'oreille. Il n'y a qu'un seul bouton à activer.

Ses doigts se refermèrent autour du préservatif. J'aidai sa main à descendre encore plus, et quand sa paume épousa la forme de mes bourses, je poussai un soupir enfiévré.

Nous gardâmes un moment le silence. Je m'occupais d'elle, la caressant jusqu'à ce qu'elle commence à gémir de plaisir. Quand je me déplaçai enfin pour venir m'agenouiller entre ses jambes, je ne vis aucun signe d'appréhension sur son visage. J'appliquai une dose généreuse de lubrifiant et elle me regarda me toucher, les yeux mi-clos sous l'effet du désir.

— Ça va toujours ? demandai-je, ce à quoi elle répondit par un bref hochement de tête.

À présent, c'était *moi* qui me sentais nerveux. Mon sexe dans la main, je m'avançai en appuyant lentement. Je guettais le moindre signe de désagrément sur son visage. Elle se renfrogna un instant. Dieu, ce qu'elle était étroite. Je me rendis compte que je retenais ma respiration. Son visage se radoucit alors.

Parfaitement immobile, je lui demandai :

— Ça va ?

— Mieux que bien, chuchota-t-elle.

Je reculai doucement et elle me sourit. Quand je m'enfonçai de nouveau en elle, elle poussa un soupir et sa poitrine se souleva. Le bruit qu'elle produisit me traversa de part en part, mes boules se crispèrent et mes reins tressaillirent.

Seigneur.

La lenteur que je m'imposais ne me refroidissait pas le moins du monde. La friction de mon corps contre le sien était un vrai délice. Ses yeux me suivaient dans un flou langoureux, et je faillis basculer. Plantant mes coudes sur le lit, j'esquissai avec mes mains le symbole pour « temps mort ».

— J'ai besoin de parler basket une petite seconde.

— Quoi ?

Il me fallait un moment pour me ressaisir. Et comme le basketball m'ennuyait à mourir, c'était la diversion parfaite. Au lieu d'admirer le corps somptueux de Scarlet, j'essayai de m'imaginer ces grands dadais en short nylon trop ample, faisant crisser leurs chaussures sur le sol du gymnase.

Tu. Dois. Te. Détendre.

Scarlet leva les mains vers mon visage.

— Quelque chose ne va pas ?

Je secouai la tête.

— Tout va un peu trop bien, au contraire. Tu connais des anecdotes sur le basket ? J'ai lu que le chronomètre des tirs durait onze secondes de plus en universitaire que chez les pros. Attends… Le chronomètre des tirs, ce n'est pas vraiment l'image qu'il me faut en ce moment.

Ses lèvres formèrent un sourire.

— Bridger, je ne paniquais pas, mais si tu continues à parler *basketball* alors que ta…

Sans la laisser terminer sa phrase, je dévorai sa bouche dans un baiser fougueux. Elle enroula ses bras autour de mon dos et notre étreinte s'enflamma. Ma bouche rivée à la sienne, je fus incapable de me retenir plus longtemps. Mes hanches instaurèrent un rythme régulier et mon souffle devint plus chaud, plus bref. Scarlet sembla se calquer sur le mouvement, accueillant chacun de mes coups de reins.

— Scarlet, dis-je, haletant entre deux baisers. Putain, tu me rends tellement heureux. Chaque jour, tu me rends heureux.

Je tâchai de ralentir, mes hanches décrivant des cercles contre les siennes. Et Scarlet étouffa un cri de plaisir.

— Tu aimes ça ? murmurai-je.

Je recommençai. J'eus l'impression qu'elle se recroquevillait dans mes bras.

— Bridger, souffla-t-elle, les paupières closes.

Je vins me plaquer contre elle tout en regardant la jouissance l'emporter. Elle décolla ses reins du lit et poussa un gémissement.

— Oh oui, putain, m'exclamai-je.

Collant ma bouche contre la sienne, je donnai un coup de hanches. Tendu de plaisir, je jouis avec la force d'un train à grande vitesse. Elle me bloqua avec ses genoux tandis que je terminais ma course débridée, ruisselant de sueur.

Quelques secondes plus tard, je m'effondrai sur le lit en l'attirant contre moi. J'avais les yeux fermés, mais je n'avais pas besoin de regarder Scarlet pour savoir qu'elle allait bien. Ses mains effleuraient ma peau, dans une caresse attentionnée, et elle frottait ses lèvres contre mon oreille.

— Alors, dis-je d'une voix enrouée par l'effort. Heureusement que je m'inquiétais pour ça.

— Mais tu m'avais promis que ce serait lamentable, chuchota-t-elle.

— C'est vrai ?

Ses hanches étaient parfaites entre mes mains.

— La prochaine fois, peut-être.

SCARLET

J'aurais pu rester là pour toujours, blottie avec lui. Ses bras m'enlaçaient et j'écoutais le son de sa respiration. J'attendais que la honte s'abatte sur moi et vienne tout gâcher. *Regardez ce que fait la fille de J. P. Ellison le vendredi soir.* Mais ces sombres pensées refusaient de s'ancrer. Les bras de Bridger étaient chauds et j'entendais son cœur cogner contre mon oreille. C'était le moment le plus paisible que j'aie vécu depuis de longues semaines.

— Nous devrions dormir un peu, suggéra-t-il enfin.

— Je sais. Je vais y aller, m'empressai-je de répondre.

— Nous pouvons rester ici tous les deux. Mais je ne veux pas que nous soyons nus au cas où Lulu ouvrirait la porte demain matin. Je vais te trouver quelque chose.

Bridger me ramena un short en flanelle et un t-shirt pour chacun. Nous nous blottîmes à nouveau sur le lit. Et même si j'étais persuadée de ne pas fermer l'œil de la nuit pour profiter de sa présence, je m'endormis presque instantanément.

La lumière apparaissait à peine dans le ciel quand Bridger me réveilla le lendemain matin, en faisant courir ses doigts le long de ma colonne vertébrale.

— J'ai entendu Lulu marcher dans ma chambre, murmura-t-il.

Je me redressai aussitôt.

— Je ferais mieux de rentrer.

— Pas de panique, me dit-il. Je suis certain qu'elle est en train de mettre le DVD d'un dessin animé dans mon ordinateur portable en ce moment même, et qu'elle cherche des cochonneries à manger. Toutes les occasions sont bonnes.

Sans un bruit, je m'habillai. Bridger et moi étions assis au bord du lit et nous nous faisions un dernier câlin pour la route lorsque la porte coupe-feu s'ouvrit.

Quand je tournai la tête, le regard de Lulu alternait entre Bridger et moi.

— Bridger, on a des tartelettes ? demanda-t-elle.

Il tendit le bras en riant.

— Lu, viens ici une seconde.

La fillette nous rejoignit et s'assit avec aisance sur les genoux de Bridger. Contre son épaule carrée, elle paraissait minuscule. Comme une poupée.

— D'abord, les tartelettes, c'était un petit plaisir pour le goûter, et il n'y en a plus. Tu peux prendre des Cheerios ou du yaourt. Et si tu nous disais bonjour, avant ? Voici ma petite amie, Scarlet.

La petite fille lui caressait le bras d'un air absent. Ce geste – ses petits doigts sur son poignet musclé – était si naturel et confiant que je sentis ma gorge se nouer.

— Bonjour, dit-elle en m'examinant attentivement. Les cheveux de Scarlet ne sont pas roux comme les nôtres, observa-t-elle. Alors pourquoi t'appelles-tu comme ça ?

— Bien vu, répondis-je. Je crois que j'aurais mieux fait d'y réfléchir à deux fois.

Bridger me lança un drôle de coup d'œil et je me reprochai aussitôt mes paroles.

— Tu as des frères et sœurs, Scarlet ? demanda Lucy.

Je secouai la tête.

— Non, et je l'ai toujours regretté.

Soudain, son visage s'illumina.

— Eh, c'est du popcorn ?

— Tu peux le prendre, répondis-je en désignant le paquet de la tête.

— … après le petit déjeuner, s'empressa d'ajouter Bridger.

Lulu glissa de son genou et prit le sachet dans ses mains.

— Merci. Maintenant, je vais regarder une vidéo.

Elle tourna les talons et retourna dans l'autre chambre. J'entendis la voix de Bob L'Éponge lorsque la porte se referma derrière elle.

— Désolée, m'exclamai-je de but en blanc. Je comptais partir avant que Lulu m'aperçoive.

— Scarlet… me murmura-t-il à l'oreille. Je ne suis pas désolé, moi. Toi et moi, nous ne faisions que discuter. Nous ne lui avons pas volé son innocence.

Je sursautai, car « voler son innocence » était l'une des phrases qui revenaient souvent dans les articles au sujet de mon père.

— Écoute, dit Bridger en me déposant un baiser sur l'oreille. Je n'ai même pas envie de deviner ce qu'a pu voir cette fillette dans son ancienne maison.

— Tu ne m'as jamais expliqué pourquoi tu l'avais enlevée.

Il passa les bras autour de ma taille et me parla à voix basse, dans le creux de l'oreille.

— C'était le dernier trimestre et je vivais sur le campus. Je commençais à me rendre compte que ma mère perdait les pédales.

Quand je suis passée la voir, la maison était remplie d'inconnus. Lulu avait l'air inquiète…

Il s'interrompit une seconde pour m'attirer tout contre lui.

— Ça m'a fait peur. Un jour, j'y suis allé et j'ai découvert qu'ils avaient posé un verrou sur la porte de sa chambre. Ils l'enfermaient à l'intérieur, Scarlet. Et quand j'ai ouvert la porte, elle a fait un bond de deux mètres.

Il prit une profonde inspiration en frissonnant.

— Alors je l'ai emmenée. Nous avons rassemblé quelques affaires, des vêtements et deux peluches, et nous n'y sommes jamais retournés. Elle n'a pas parlé de maman depuis le mois de septembre.

— Oh, mon Dieu, murmurai-je.

— Alors… ajouta-t-il d'une voix voilée par l'émotion. Si cette petite fille nous voit tous les deux assis là, en train d'échanger des paroles gentilles – c'est *exactement* ce qu'un enfant devrait voir.

Il me frotta le dos.

— Tu es une belle personne, Scarlet.

Les larmes me montèrent aux yeux.

— Tu n'en sais rien.

Il prit mon visage entre ses mains.

— Si, je le sais.

Bridger m'embrassa sur les lèvres, avec une telle tendresse et une telle douceur que mon cœur faillit cesser de battre.

— Je vous laisse tous les deux à votre matinée, dis-je par la suite, avant de l'étreindre une dernière fois.

— C'est très difficile de te laisser partir, belle créature.

— Alors je me dépêche. On se voit en cours, mardi.

Je me levai et sortis par la porte du voisin.

Comme il n'était que huit heures du matin lorsque j'entrai dans ma salle commune ce samedi-là, je fus surprise de tomber nez à nez avec les deux Katie. Elles étaient en train de lacer leurs tennis. Elles me dévisagèrent.

— Prise en flagrant délit, me dit Katie Blonde en souriant. Regarde-toi, en pleine marche de la honte.

Je gloussai bêtement, au comble de l'embarras.

Elle se leva pour étirer ses quadriceps.

— Raconte-nous tout. Est-ce que Bridger a des taches de rousseur sur la queue ?

Je levai les mains devant mes yeux.

— Seigneur, Katie.

— Alors ? Il en a ?

— Il faisait *noir*.

Katie éclata de rire.

— Va te changer, Scarlet. Comme tu es debout, tu pourrais te joindre à nous, nous allons courir.

Je m'apprêtais à refuser, comme toujours. Mais je m'entendis répondre :

— Vous savez quoi, je crois que je vais venir.

L'après-midi, je m'installai sur la banquette de la fenêtre, officiellement pour m'atteler à mes devoirs d'italien. Mais j'échangeais aussi des textos avec Bridger.

BRIDGER : *Lu me pose des questions sur toi. Ta couleur préférée, etc.*

MOI : *Disons le rouge.*

BRIDGER : *Livre préféré ?*

MOI : *Petits chaussons de ballet.*

BRIDGER : *Hmm. Maintenant c'est ta plus grande fan. Elle adore ce livre.*

MOI : *Alors j'ai accompli ma mission.*

BRIDGER : *Elle me demande si je t'aime.*

Oh, bon sang. Le cœur battant à tout rompre, je tentai de trouver une répartie spirituelle. Mais aucune ne me venait à l'esprit. Le silence était encore la solution la moins équivoque. Mon téléphone retentit à nouveau.

BRIDGER : *J'ai répondu oui, évidemment.*

MOI : ****OMG!**** *Dis-lui que je lui donnerai demain les 5 $ que je lui dois.*

BRIDGER : *LOL ! Je te laisse, j'ai un chapitre de Harry Potter à lire.*

— Tu souris comme une idiote dans ton coin, remarqua Katie Blonde.

— C'est plus fort que moi, répondis-je en soupirant.

Katie pressa une main contre sa poitrine.

— Oh, toi, tu es amoureuse. Ça se voit.

Le dimanche, Katie Couette rencontra un problème majeur de garde-robe. Elle avait été invitée le soir même à un dîner organisé par une fraternité étudiante, ou quelque chose dans ce goût-là. Tenue correcte exigée.

— Je n'ai pas les bonnes chaussures. Loin de là. Et il n'y a aucun magasin dans le coin. J'aurais dû m'inscrire à Columbia. Ce n'est qu'à une station de métro de Bloomingdales.

J'éclatai de rire. Aujourd'hui, les problèmes vitaux des Katie me semblaient plus amusants qu'agaçants.

— Je pourrais peut-être t'aider, avançai-je.

— Mais toutes tes chaussures sont des baskets, gémit-elle.

— C'est vrai. Mais j'ai aussi une voiture.

— Quoi ? se récrièrent les Katie à l'unisson.

— Scarlet ! s'exclama Katie Blonde. Tu nous avais caché ça.

— Je ne l'utilise pas souvent, avouai-je. Mais je peux vous conduire au centre commercial, si vous acceptez de m'aider en répondant à quelques questions.

— Marché conclu ! fut leur réponse spontanée.

Une demi-heure plus tard, je sortis de Harkness au volant de ma voiture, en compagnie des Katie. Heureusement, aucune ne se demanda pourquoi une fille de Miami Beach conduisait un véhicule immatriculé au New Hampshire. Bientôt, nous prenions de la vitesse en direction du grand centre commercial de Stamford.

— Alors, que voulais-tu nous demander ? fit Katie Blonde.

Si elle ne s'en était pas souvenue, je me serais sans doute dégonflée. Rien qu'en y pensant, je sentis mes joues rougir. Autant régler ça tout de suite.

— La contraception, lâchai-je tout à trac. Où est-ce que je vais – et qu'est-ce que je demande ?

— Oh, c'est facile, répondit Katie Couette, assise sur le siège passager. Le numéro du département gynécologique est le 4900, et tu demandes un rendez-vous avec Barbara. Dès que tu poseras le pied dans son bureau, elle te demandera si tu as besoin d'une contraception. Réponds oui. Affaire classée.

— Eh bien, merci.

C'était dans mes cordes.

— Tu veux savoir autre chose ? demanda Katie Blonde derrière nous. Je peux te dresser une liste de mes sex-toys préférés. Le siège de la société Lelo devrait avoir une aile à mon nom. On peut dire que je suis leur meilleure cliente.

— Oh-mon-Dieu, gloussa Katie Couette. Tu fais rougir Scarlet. C'est *trop* mignon.

Quand j'avais choisi mon nouveau prénom, je n'avais pas fait le lien entre Scarlet et écarlate. Mais ce n'était peut-être pas un hasard, en fin de compte, parce que je rougissais très facilement.

— Je ne suis pas… pas encore prête pour ça, bredouillai-je.

— Oh, je t'en prie, répliqua Katie Blonde. À quoi es-tu prête, dans ce cas ?

— Eh bien, répondis-je sans quitter la route des yeux pour ne pas affronter leurs regards. À beaucoup de choses. Si ce n'est que je n'ai jamais pratiqué de, euh…

— Pratiqué… un anilingus ? Un massage de la prostate ?

Seigneur, je ne savais même pas à quoi elle faisait allusion.

— Une fellation, précisai-je.

Un silence stupéfait flotta dans l'habitacle.

— Waouh, chuchota enfin Katie Couette. Je suis contente de ne pas avoir fait l'école à la maison.

— C'est vrai, fis-je en reniflant.

— Ma belle, il n'y a aucun mystère, claironna Katie Blonde. Tu aimes les bâtonnets glacés ?

— Bien sûr.

— C'est tout ce qu'il te faut savoir. Lèche-la. Suce-la. N'utilise jamais tes dents.

— Compris, répondis-je en sentant mes joues s'empourprer.

— Sérieusement, tu peux trouver tout un tas de techniques supplémentaires sur YouTube. Mais tu n'en as pas besoin, parce que l'enthousiasme compte pour quatre-vingt-dix pour cent de la note.

— Bon à savoir.

J'essayai de m'imaginer en train de chercher « comment tailler une pipe » sur Google. Impossible.

Une fois dans le centre commercial, j'achetai un bretzel géant dans l'un de ces terribles kiosques qui diffusent d'irrésistibles arômes de beurre chaud dans l'atmosphère. Et j'assistai avec amusement au furetage des Katie en quête de lingerie.

Ce week-end-là, je me sentais plus légère. Comme si ma nouvelle vie avait enfin pris racine, juste un peu. Les Katie me paraissaient soudain moins insupportables. Je leur avais beaucoup reproché leur égocentrisme. Or maintenant que j'avais goûté à mon petit monde de rêve bien à moi, que je sentais des papillons voleter dans mon ventre en songeant à Bridger au-dessus de moi dans un lit, j'avais la tête ailleurs. J'étais heureuse. Et fantasque.

Je me sentais incroyablement bien.

CHAPITRE 10
LA QUESTION QU'IL NE FALLAIT PAS POSER

SCARLET

J'OBTINS la note de mon examen du semestre à la fin du cours de statistiques, le mardi suivant. Alors que Bridger et moi nous dirigions vers la classe de solfège, je brandis la feuille sous ses yeux. Dessus, on pouvait lire « 87 % » en lettres rouge vif.

— Tu vois ? lui dis-je en trottinant sur les pavés comme une imbécile – une imbécile *heureuse*. Tu te rends compte *à quel point* je suis intelligente ? C'est pour ça que tu traînes avec moi, n'est-ce pas ? Dis-moi la vérité.

— Tu vois clair dans mon jeu, bébé.

Bridger tendit le bras pour me pincer les fesses, puis il me prit la main.

— Bon sang, tes doigts sont glacés, dit-il en les frictionnant.

Il porta ma main à ses lèvres pour l'embrasser.

Seigneur, j'en pinçais vraiment pour ce garçon. Mais pouvait-on me le reprocher ?

Le mois de novembre était arrivé, et les gens commençaient à parler de leurs projets pour les vacances. Je fus soulagée d'apprendre que les résidences ne fermaient pas pendant le week-end de Thanksgiving. Je pouvais tenir jusqu'à mi-décembre sans être obligée de retourner au New Hampshire.

— Tu ne prends pas l'avion pour rentrer ? me demanda Bridger quand j'abordai le sujet.

Sa question me perturba, car l'espace d'un instant, j'avais oublié que j'étais censée venir de Miami Beach. Je secouai la tête.

— Je ne vais pas m'embêter avec ça. Et puis, c'est l'affaire de quatre jours. Un long week-end.

— Cet endroit se vide pour Thanksgiving, m'avertit Bridger en me dévisageant.

Je haussai les épaules.

— Ce n'est pas grave. Qu'est-ce que vous faites, Lucy et toi ?

Je venais de me rendre compte que j'avais une chance de le voir pendant les vacances.

— D'habitude, nous allons chez la mère d'Hartley. Mais cette année, il passe les congés chez son père riche, sur une île quelque part. Alors j'ai pensé que nous pouvions rester ici, dit-il. Mais mon voisin de la porte coupe-feu...

Il s'interrompit pour hausser les sourcils d'un air provocateur et j'éclatai de rire.

— Il nous a invités chez lui, à une heure et demie d'ici. Lucy et moi, nous y passerons le week-end.

— C'est vraiment sympa, dis-je en espérant exprimer un enthousiasme de circonstance, même si je regrettais qu'il ne reste pas avec moi.

— Oui, c'est vrai. Mais tu sais que je n'aime pas trop recevoir de l'aide. Et je ne veux pas que ses parents apprennent que Lucy vit avec moi. D'un autre côté, je ne peux pas demander à une fillette de mentir. Alors je ne me suis pas encore décidé.

Reste ici avec moi ! lui hurlaient mes pensées.

— Que vas-tu faire pour Noël ?

Les vacances duraient trois semaines et les résidences fermaient. Je m'étais déjà renseignée.

En regardant Bridger dans les yeux, je compris que je lui avais posé la question qu'il ne fallait pas poser. Parce que j'y lus un tel épuisement que j'en éprouvai immédiatement de la peine.

— Aucune idée. Nous irons sûrement passer un bout de temps chez Hartley. J'essaierai de me dégoter un contrat de gardiennage, pendant que les gens sont en vacances.

Je lui serrai la main en regrettant de ne pas pouvoir lui apporter mon aide. Mais mes options étaient tout aussi limitées que les siennes.

Cet après-midi-là, je ne pus pas déjeuner avec Bridger, car l'école de Lucy se terminait plus tôt à cause d'une formation du personnel. Si je croyais avoir la poisse, je n'avais encore rien vu. De retour au bâtiment Vanderberg, j'entendis une voix inconnue m'appeler :

— Shannon Ellison.

La mention de mon ancien nom m'arrêta net. Mais je ne reconnus pas la femme menue en tailleur qui me faisait signe, non loin de l'entrée.

— Je ne m'appelle pas comme ça, protestai-je.

— Je suis désolée, dit la femme en fronçant les sourcils. C'est Scarlet maintenant, n'est-ce pas ?

Je devais être la pire idiote du monde, car cette femme avait réussi à me faire avouer mon ancienne identité. Je jetai un coup d'œil par-dessus mes deux épaules pour m'assurer que personne n'était assez proche pour l'avoir entendue.

— Qui êtes-vous ?

— Je suis Madeline Teeter, représentante adjointe du ministère public dans votre État d'origine. Et j'ai pensé que vous rentreriez au New Hampshire pour Thanksgiving. Prenons rendez-vous dès maintenant, nous pourrons nous rencontrer la semaine prochaine.

Il me fallut une seconde pour comprendre que la représentante du ministère public avait fait tout le trajet jusqu'à Harkness pour me demander un rendez-vous. Elle me faisait presque de la peine.

— Je ne peux *pas* vous parler. De toute façon, ne vous inquiétez pas, je n'aurais pas été d'une grande aide.

Elle secoua la tête.

— Nous pouvons toujours vous assigner à comparaître, Scarlet. Nous pouvons planifier une déposition, mais ce n'est pas ce que vous souhaitez. Il s'agit d'une salle remplie d'avocats et c'est un témoignage sur l'honneur. Ce serait beaucoup plus facile pour vous de répondre de votre plein gré à nos quelques questions. Venez à cet entretien, Scarlet. Si vous n'avez rien d'utile à nous communiquer, vous ne serez pas appelée à la barre des témoins.

— Je ne peux *pas*, chuchotai-je.

Bien sûr, elle le savait. Mes parents me brûleraient vive.

Il faut dire en sa faveur qu'elle ne parut pas étonnée d'apprendre que son trajet d'une heure et demie n'avait servi à rien. Elle me tendit une carte de visite.

— Prenez cela. Si vous changez d'avis, mon numéro de portable est juste là. Réfléchissez-y, Scarlet. Une petite conversation avec moi serait rapide et indolore.

Je pris la carte entre deux doigts.

— Je ne plaisante pas. Je ne sais absolument rien.

Elle hocha la tête, toujours sereine.

— Je vous crois. Mais c'est mon métier de poser des questions et d'apprendre ce qu'il y a à savoir. Et il y a des garçons qui ont besoin que je vous pose ces questions. Si vous me parlez, vous aiderez des personnes qui endurent une grande souffrance. Même si vous estimez que c'est inutile, faites-le pour eux.

Aïe, elle était prête à jouer la carte de la culpabilité. Mais cela n'avait guère d'importance, car sincèrement, je ne savais rien. Je sortis ma carte de ma poche.

— Je vais rentrer, maintenant, lui dis-je.

Ma voix tremblait imperceptiblement.

— Appelez-moi, dit-elle en tournant les talons.

Je ne la regardai pas s'en aller.

CHAPITRE 11
CONSONANCE ET DISSONANCE

SCARLET

À PRÉSENT QUE je connaissais le secret de Bridger et que j'avais fait officiellement la connaissance de Lucy, il m'invitait de temps en temps à passer du temps avec eux. Par un froid vendredi soir, nous sortîmes manger des pizzas.

— J'aime les olives sur ma moitié de pizza, expliqua Lucy. Bridger, lui, il aime les saucisses. Je pense qu'on pourrait leur demander de la couper en trois moitiés si toi, tu l'aimes nature.

— Trois moitiés, vraiment ?

Assis en face de moi, Bridger me fit un clin d'œil.

— Il est peut-être temps qu'on travaille un peu les fractions, Lulu.

Ce commentaire, pourtant désinvolte, me percuta de plein fouet. J'avais passé l'après-midi à essayer d'apprendre par cœur quelques verbes italiens, et j'avais trouvé ça difficile. Or Bridger était non seulement responsable de nourrir Lucy, mais également de lui faire apprendre les mathématiques. Mon petit ami de vingt et un ans était l'unique parent d'une petite fille. Il m'achevait.

— J'aime les lumières de Noël ici, dit Lucy en tendant le doigt vers les décorations excessivement précoces au-dessus du comptoir. Bridger, on devrait accrocher des lumières de Noël à notre fenêtre.

— Je ne vois aucune raison de m'y opposer, acquiesça-t-il.

Comme j'en avais vu au magasin, je me promis de leur acheter une guirlande lumineuse dès le lendemain.

— Tu seras prête pour le Père Noël, lui dis-je.

Je regrettai aussitôt mes paroles. Parce que je n'avais pas la moindre idée de l'endroit où Bridger et Lucy allaient passer Noël – trois longues semaines pendant lesquelles les résidences seraient fermées. Et Bridger n'avait ni l'argent ni l'espace nécessaires pour organiser une fête de Noël.

Mais Lucy me regarda en levant les yeux au ciel.

— Je ne suis pas un *bébé*, Scarlet, dit-elle alors que Bridger réprimait un sourire. Mais avant, je croyais au Père Noël, s'empressa-t-elle d'ajouter, de peur de m'avoir vexée. Avant, quand je vivais avec ma maman…

Elle prit son crayon et dessina une grille de morpion sur le napperon en papier.

Ma poitrine se contracta en songeant à ce que cet enfant avait traversé, et aux incertitudes dont son avenir était fait. Et pourtant, elle avait l'air parfaitement sereine, assise à côté de son protecteur tandis qu'elle gribouillait sur le papier.

Sous la table, Bridger me prit la main et la serra très fort.

Le mardi précédant le jour de Thanksgiving – notre dernier jour de cours cette semaine-là –, je surpris Bridger en train de me regarder en cours de solfège. Quand je levai la tête vers ses grands yeux verts, il m'adressa un clin d'œil et tourna la tête. Mais je sentis qu'il me fixait à nouveau, quelques minutes plus tard. Quand je croisai une nouvelle fois son regard, je fus surprise par son intensité. Il me regardait avec gravité, non sans une certaine chaleur. Jamais personne ne m'avait encore lancé ce genre de regard.

Comme nous étions assis au fond d'un vaste amphithéâtre, personne ne me vit tendre la main vers son crayon pour inscrire « quoi ? » dans la marge de son cahier.

Il me répondit par un tendre sourire avant de reporter son attention sur le professeur. Le cours de la journée portait sur la consonance et la dissonance.

— Un accord consonant est agréable à entendre, disait le prof, tandis qu'un accord dissonant met l'auditeur mal à l'aise. La musique traditionnelle est structurée de telle sorte qu'elle tire profit à la fois des sonorités émotionnellement agréables et des plus déplaisantes. Les auditeurs, en entendant des accords dissonants, aspirent à une résolution. Ils s'attendent à ce que les tons dissonants soient suivis par des tons consonants.

Bridger m'arracha le cahier des mains. Quand il me le rendit, je lus dans la marge : « Ma dissonance aspire à ta consonance. »

Je traçai une flèche désignant ses mots et écrivis « ringard » juste en dessous. En inclinant le cahier dans sa direction, je l'entendis pouffer. Il me déroba à nouveau mon cahier et y inscrivit quelque chose avant de me le rendre.

Fais-moi l'amour. Maintenant, pouvait-on lire.

Mon visage et mon cou devinrent brûlants.

À côté de moi, Bridger referma son manuel. Il se leva, hissa son sac à dos sur son épaule et sortit de la salle de classe.

Quand je sortis dans le couloir quelques minutes plus tard, Bridger me prit la main et commença à marcher.

— Où allons-nous ? demandai-je.

— Dans ma chambre, bien sûr, répondit-il. Je n'ai pas l'habitude d'y inviter des gens, de peur qu'on me pose des questions sur le matelas supplémentaire avec les draps Hello Kitty. Mais puisque tu es déjà dans la confidence…

— … et qu'elle est à l'école… ajoutai-je.

— Juste une fois, fit-il en serrant ma main dans la sienne. De toute façon, nous aurons un A dans cette matière.

Mon pouls passa à la vitesse supérieure et j'accélérai le pas. Nous atteignîmes la résidence Beaumont en un temps record.

Dès l'instant où sa porte se referma, Bridger me plaqua contre le bois. Ses baisers commencèrent sur mon front et descendirent le long de mon nez pour atterrir sur mes lèvres impatientes. Ses pouces effleurèrent la peau sensible de mon cou, puis ses mains se posèrent sur mes seins. Pendant ce temps, je lui déboutonnais sa chemise pour pouvoir admirer son magnifique torse à la lumière du jour.

— Pour une fois, pas besoin de se presser, dit-il en dégrafant mon soutien-gorge.

— Mais je veux sentir tes mains sur moi, dis-je dans un souffle, tout en tirant sur la boucle de sa ceinture.

Bridger gémit dans ma bouche. Il descendit la fermeture de mon jean avant de me conduire vers le lit, où son corps chaud me recouvrit. Sa langue jouait avec la mienne et un gémissement de délice m'échappa des lèvres. Nos baisers étaient si profonds que le goût de Bridger prenait le pas sur le mien.

Enfin, il approcha les lèvres de mon oreille.

— Scarlet, murmura-t-il tout en glissant sa main entre mes jambes. C'était la meilleure idée que j'aie eue depuis longtemps.

— Je n'en doute pas.

Il introduisit son doigt en moi et je réprimai un cri de plaisir.

Il m'embrassa et, bientôt, nos caresses ne connurent plus de limites. Son corps était beau et puissant, et la lumière du jour me révélait la courbure de chaque muscle. Je suivis la ligne de poils roux le long de son ventre jusqu'à son entrejambe, où je glissai des coups d'œil furtif sur son… euh, son équipement. Je me baissai jusqu'à me retrouver nez à nez avec… Je veux dire, nez à…

Bref.

Bridger se redressa sur les coudes. Au-dessus de son torse musclé, ses yeux étaient braqués sur moi. Il y avait une lueur téné-breuse dans son regard et je me rendis compte que le moment était venu de sortir le grand jeu. Je posai mes deux mains sur son corps, passant les doigts dans sa toison rousse. À mon contact, les hanches de Bridger frémirent d'impatience.

À nous deux, pénis, décrétai-je. *Faisons plus ample connaissance.* C'était à la portée de n'importe qui, non ? Il suffisait de penser aux bâtonnets de glace.

Très bien.

Je le regardai plus attentivement. Il faisait saillie, dressé de toute sa longueur, sans commune mesure avec les autres parties du corps. Intéressant.

Désolée, pénis. Je ne devrais pas te regarder comme ça, n'est-ce pas ?

Quand tu seras prête, sembla-t-il me répondre. *Ne va pas nous donner des complexes.*

Lentement, je me penchai, embrassant timidement Bridger sur la partie sensible. Plus haut, je l'entendis pousser un petit sifflement sexy. Enhardie, je recommençai, passant ma langue tout autour de son extrémité. Dans un gémissement de bonheur, mon petit ami laissa sa tête retomber sur l'oreiller.

Bien, pénis. On assure.

Invoquant la Katie qui sommeillait en moi, je m'aventurai plus avant. J'avais dû viser juste, car son ventre se contracta et ses hanches tressautèrent. Le grondement inconscient qui s'échappa de sa gorge m'émoustilla tellement que j'eus du mal à me contenir.

Enfin, il tendit la main pour me repousser avec délicatesse.

— Arrête, me dit-il en haletant. Sinon je vais me répandre partout.

À ces mots, une décharge d'excitation me traversa le corps. J'avais toujours trouvé cette pratique un peu dégradante, alors qu'en réalité, elle me donnait le pouvoir.

— Ce n'est rien, dis-je en le reprenant en main.

J'adorais mon effet sur Bridger – le voir perdre le contrôle.

Mettant une fois de plus en pratique mes nouvelles compétences, je l'entendis pousser un gémissement retentissant.

— Très bien, si tu veux te la jouer comme ça. Mais tu seras prévenue.

Je reculai.

— Où caches-tu tes préservatifs, Bridger ?

Après l'avoir enfilé, Bridger s'assit au pied de son lit.

— Viens ici, Scarlet, dit-il en me prenant par la main.

— Quoi ?

— Là, fit-il en m'asseyant sur ses genoux.

À califourchon sur ses jambes, j'étais indécise. Je n'étais pas certaine d'être prête à mener la danse.

— Tu n'es pas obligée, dit-il à voix basse. Mais je durerai plus longtemps. Et toi, tu… eh bien, il se peut que tu adores ça.

Je regardai ses yeux verts, vibrants de chaleur. Ce n'était pas moi. Impossible que je sois vraiment ici avec cet homme magnifique, en plein jour, à l'assaut de son corps nu.

Mais *c'était* moi. Et c'était bien ce que j'étais en train de faire.

Le placer dans le bon alignement en dessous de mon corps fut un peu malaisé. Mais une fois que j'eus trouvé le bon angle et que j'eus commencé à descendre sur lui, j'obtins une vue plongeante sur ses beaux yeux qui se fermaient de plaisir. Il poussa un profond soupir et leva à nouveau les yeux vers moi.

— Bon sang, tu me rends fou.

Puis il passa ses grandes mains autour de mes hanches et pressa mon corps contre le sien.

Au début, ce fut hésitant. Mais au bout d'un moment, j'abandonnai toute gêne. C'était formidable de pouvoir contrôler notre étreinte. Une pression décadente commença à se former au fond de mon être. Je m'arc-boutais contre Bridger, tandis que son regard devenait flou et que sa tête retombait en arrière.

— C'est si bon, Scarlet.

Il tirait avec insistance sur mes hanches. Son expression était précieuse – béate et confiante. Pendant un an, j'avais été incapable de vivre le moment présent. Mais chaque instant passé avec Bridger était reluisant et j'en étais pleinement consciente.

Et quel moment ce fut !

Avec mon poids, le moindre mouvement créait une délicate friction contre lui. Je bougeais mes hanches, expérimentant divers angles avant de trouver celui qui me ferait perdre la raison.

— Bridger, fis-je pour le prévenir.

Il leva les mains pour prendre mes seins dans ses paumes et je sentis la vague déferler. Pressant mes lèvres contre les siennes, je poussai un gémissement.

— Oh, oh oui, souffla-t-il en décollant ses hanches du lit tandis que mon corps frémissait contre le sien.

Puis il prit une brève inspiration et se laissa aller au plaisir dans un grondement viril.

Bientôt, nous étions affalés l'un contre l'autre, en nage, la respiration lourde et le cœur léger.

— Ça ne figurait pas au programme de solfège, murmurai-je.

— Mais tu es un prodige, répondit-il en ricanant, caressant machinalement mes cheveux. Avec toi, j'ai l'impression d'avoir de la chance.

— Ce n'est pas une impression, tu *as* de la chance.

Il secoua la tête.

— C'est juste un bonus.

Nous gardâmes le silence pendant quelques minutes, durant lesquelles mon cœur se gonfla de joie.

— Scarlet, finit-il par chuchoter. Je peux te demander un petit service ?

— Tout ce que tu voudras.

— Pourrais-tu envisager de prendre la pilule ?

— Bien sûr, répondis-je d'une voix rauque.

Les Katie m'avaient déjà expliqué comment faire. Je n'avais plus qu'à passer le coup de téléphone.

Il se redressa sur un coude.

— Ça ne me dérange pas d'utiliser des préservatifs, mais c'est pour plus de sûreté.

— D'accord, dis-je en effleurant son visage. Nous n'avons pas besoin d'une autre catastrophe.

— Tout à fait.

Il m'attira pour m'embrasser.

— Mais l'univers ne doit pas me détester tant que ça.

— Pourquoi ?

— Eh bien, il m'a versé tout un tas de merdes sur la tête cette année. Mais il t'a aussi placée sur mon chemin.

— Entre l'univers et moi, c'est à peu près la même chose, avouai-je.

En m'entendant, il retrouva toute sa gravité. L'intensité que j'avais décelée sur ses traits plus tôt dans la matinée était de retour.

— J'espère que tu sais, commença Bridger en caressant mon front du bout des lèvres, que tu peux aussi me confier tous tes problèmes.

Je le serrai encore plus fort contre moi.

— Je sais, murmurai-je. Mais je n'en ai pas envie.

— Je suis capable d'encaisser, Scarlet. Quoi que ce soit. Tu le sais, n'est-ce pas ? Tu te sentirais mieux si tu pouvais en parler.

L'idée même me terrorisait. À cette évocation, mon ventre se noua. Le secret de Bridger – s'occuper d'une enfant sans défense – ne le rendait que plus attirant encore. Même si c'était de la folie et que ça n'arrivait pas au bon moment dans sa vie, la pureté de ses motivations était évidente.

Mes secrets de famille, en revanche, étaient hideux.

Je me relevai, échappant à son étreinte.

— On devrait se préparer.

— … *dit-elle, pour s'empresser de changer de sujet.*

Bridger glissa son bras autour de ma taille nue.

— Reste ici un peu plus longtemps. Je ne vais pas t'interroger. C'est promis.

Bien sûr, j'obtempérai. Il n'y avait rien au monde d'aussi agréable que de me pelotonner dans ses bras. Je contemplais son profil lorsqu'il tourna la tête pour me regarder.

— Quoi ? demanda-t-il.

— Je t'aime, murmurai-je en m'avançant pour lui embrasser la mâchoire.

— Merci, Univers, dit-il.

Plus tard, alors que j'essayais de me recoiffer en passant les doigts dans mes cheveux, quelqu'un frappa deux fois contre la porte coupe-feu.

Bridger jeta un coup d'œil dans ma direction pour s'assurer que j'étais habillée, avant de répondre.

— Qu'y a-t-il, Andy ?

Lorsque la porte s'ouvrit, j'étais en train de m'inquiéter à l'idée que le voisin de Bridger ait pu nous entendre en train de faire l'amour. Mais en apercevant son visage, je compris que j'avais un problème bien pire sur les bras.

Il était aussi grand que dans mes souvenirs, mais il s'était étoffé. Son visage était plus carré, plus mature. Et le sweat-shirt de l'équipe de basket de Harkness présentait une nette amélioration par rapport aux t-shirts de Star Wars qu'il portait toujours au lycée.

Andrew Baschnagel.

J'en oubliai de respirer. Pendant un instant, nous nous dévisageâmes. Puis il éclata de rire.

— Shannon Ellison. Alors, où en sont tes lancers frappés en ce moment ?

J'ouvris la bouche pour dire quelque chose, mais aucun mot n'en sortit. La tête de Bridger pivota vers moi et ma poitrine se contracta instantanément. Je reculai d'un pas, puis deux. Quand mon dos vint heurter la porte de la chambre, je tâtonnai à la recherche de la poignée. Alors que je la tournais dans ma main, la voix stupéfaite d'Andrew me parvint :

— Bon sang, mais qu'est-ce que j'ai dit ?

Je pris la fuite.

PARTIE DEUX

« *La honte, le désespoir, la solitude ! Tels avaient été ses maîtres à penser, austères, sans respect pour l'autorité. Ils avaient fait d'elle quelqu'un de fort, mais l'avaient enseignée souvent à tort et à travers.* »
— *La Lettre écarlate, de Nathaniel Hawthorne*

CHAPITRE 12
LE JEUNE BASCHNAGEL

SCARLET

JE DÉVALAI les marches et franchis en trombe la porte du bâtiment. La résidence Beaumont était un magnifique labyrinthe gothique et je dus courir sous trois jolies voûtes en granite pour atteindre la grille.

— Scarlet !

J'entendis la voix de Bridger derrière moi, quelque part, mais je refusais de lui parler. Je ne voulais pas voir son regard quand il prendrait conscience de qui j'étais et de toute la laideur de ma vie.

J'avais essayé d'être quelqu'un d'autre. Pendant presque trois mois, ça avait fonctionné.

Je détalai sur le trottoir vers le portail de la Cour des Nouveaux. Devant moi, la portière d'une voiture noire brillante s'ouvrit sur le trottoir et je dus faire un écart pour l'esquiver. Mais le passager – un homme en costume – se rua et sur moi et m'attrapa la main.

Sidérée, je fis volte-face pour le regarder. C'était Azzan, le garde du corps de mon père.

— Shannon, viens avec moi, dit-il.

Je retirai vivement ma main et tentai de reprendre ma course, mais un deuxième homme me barra le passage. Azzan abattit ses mains sur le bas de mon dos et me dirigea vers la voiture. L'autre type – un chauffeur que j'avais déjà vu – ouvrit la portière arrière.

— Non ! m'exclamai-je, abasourdie.

Je n'avais aucune envie de monter dans ce véhicule.

— Si, se contenta de rétorquer Azzan.

Il me bouscula légèrement, mais ce fut suffisant pour me faire dégringoler sur la banquette en cuir. Sa main se posa sur le sommet de mon crâne, ce qui m'empêcha sans doute de me cogner contre l'encadrement de la portière dans ma chute disgracieuse.

Azzan me poussa dans la voiture pour prendre place à côté de moi. Au moment où je songeais à tendre le bras vers l'autre portière pour descendre en pleine rue, ses mains se refermèrent sur moi.

— Roule, ordonna-t-il à l'autre homme, qui avait déjà refermé sa propre portière et avait démarré le moteur.

— Que faites-vous ? demandai-je en voyant les rues de Harkness défiler.

Mon cœur battait la chamade et je sentais la bile remonter dans ma gorge.

— Joyeux Thanksgiving, Shannon. Nous te ramenons au New Hampshire.

— Mais je ne veux pas y aller ! me récriai-je.

Et pourtant, je n'avais pas le choix.

Mon téléphone se mit à sonner.

— Ne réponds pas, dit-il immédiatement.

Je consultai l'écran. C'était Bridger.

— Et pourquoi pas ? Vous craignez que je dise que vous venez de m'enlever dans la rue ?

— Ne fais pas la maline.

— Pas besoin. Mon copain vous a *vus* me jeter dans cette voiture avant de démarrer. Il est sans doute en train d'appeler la police en ce moment même. Il est peut-être bien du genre à mémoriser les plaques d'immatriculation.

Il se retourna prestement pour me gifler. Le bruit de sa main contre mon visage me surprit presque autant que la vive douleur qui s'ensuivit.

— Je t'ai dit de ne pas faire la maline.

Je sentis le goût du sang dans ma bouche à l'endroit où mes dents s'étaient refermées sous l'impact. Mais en réalité, la gifle m'avait rendu service, me secouant de mon hébétude. Un calme inébranlable s'empara de moi.

Je n'avais aucun plan. Mais mon esprit était clair.

La seule personne à quatre-vingts kilomètres à la ronde en qui j'avais une parfaite confiance, c'était Bridger, même s'il était en passe de découvrir mon affreux secret.

La sonnerie de mon téléphone retentit à nouveau.

— Il vous a vus partir avec moi et il veut comprendre pourquoi.

— Il n'y avait personne avec toi, répliqua Azzan.

— Il était quelques mètres derrière moi.

Ma voix était glaciale. Le téléphone dans ma paume, je tendis la main vers lui.

— Si vous ne voulez pas que je réponde, je ne le ferai pas. Mais vous risquez d'être contactés par la police.

Il soupira.

— Dis-lui que tu vas bien et que tu rentres passer le week-end chez toi.

J'appuyai sur *répondre*.

— Allô ?

— Scarlet, souffla-t-il. Mais qu'est-ce qui vient de se passer, bon sang ?

— Eh bien, répondis-je en me raclant la gorge. Le garde du corps de mon père a décidé de me ramener chez moi pour Thanksgiving.

— Quoi ? Ça ne ressemblait pas du tout à ça. J'ai noté le numéro de plaque. Tu es sûre que ça va ?

Mon cœur se serra.

— Oui, je crois.

— Ça ne suffit pas. Quand reviens-tu ?

— Azzan, dis-je. Il veut savoir quand je rentrerai.

— Dimanche, comme tous les autres gamins d'Amérique.

— Tous les autres gamins d'Amérique prévoient leur retour.

— La ferme, Shannon. Raccroche maintenant. Tu vas perdre la connexion dans le tunnel, de toute façon.

— J'ai tout entendu, chuchota Bridger dans mon oreille. Scarlet, il faut qu'on parle.

— Je suis désolée. Comme tu l'as compris, la voiture entre dans le tunnel de West Rock.

— Non. Je veux que tu saches que… commença Bridger.

La communication fut interrompue.

Je regardais fixement mon téléphone lorsqu'Azzan me l'arracha des mains.

— Rendez-le-moi, geignis-je.

J'entendis mon téléphone émettre deux brèves sonneries.

— Eh bien, quel homme, fit-il en me tendant le téléphone pour que je puisse voir le message.

BRIDGER : *Je t'aime quoi qu'il arrive.*

— Je vais le garder pour le week-end, dit Azzan en rangeant mon téléphone dans sa poche. Tu pourras le récupérer quand tu auras rencontré les avocats et mangé la dinde avec ta famille.

Je passai l'heure et demie suivante à respirer par le nez, réprimant mes sanglots.

La présence des médias devant notre maison s'était sensiblement réduite, car la sélection du jury n'aurait pas lieu avant un mois. Je ne comptai que deux fourgons de télévision.

Le chauffeur d'Azzan s'engagea dans l'allée, mais il s'arrêta bien avant le garage.

— Descends, Shannon, m'enjoignit Azzan.

Il voulait que les journalistes blasés voient que j'étais rentrée pour les vacances.

Je crois que mon absence de protestation l'étonna. Je me contentai de quitter mon siège et de détaler vers le garage, sans m'arrêter pour me demander si l'on m'avait prise en photo. Ils avaient déjà d'innombrables clichés de moi, et la presse se faisait un plaisir de raconter sous tous les angles l'histoire du célèbre joueur de hockey et philanthrope qui, en réalité, n'était autre que Satan.

À mon approche, ma mère ouvrit la porte intermédiaire.

— Entre, ma puce.

Je m'arrêtai net en la voyant.

— C'était ton idée ?

— Ça faisait un mois que tu ne répondais pas à mes appels, ma chérie. Comment devions-nous faire pour discuter avec toi ?

— Il m'a giflée, dis-je en désignant Azzan, par-dessus mon épaule. Et il m'a menacée.

Elle pinça les lèvres.

— Ça n'a pas l'air très grave. Et maintenant, entre.

Comme j'entendais les pas d'Azzan dans mon dos, je la contournai pour pénétrer dans la salle à manger. La tête de mon père dépassait de son fauteuil, devant la télé. Me détournant de lui, je gravis les escaliers jusqu'à ma chambre.

Ma mère – qui savait très bien ce qu'elle faisait – ne tenta même pas de me forcer à participer aux repas familiaux. Le premier soir, elle m'apporta un bol de chili dans ma chambre.

— Tu devrais venir saluer ton père, dit-elle.

Mais j'avais déjà passé deux heures dans ma petite cage de banlieue chic, à ressasser mon malheur, et je n'avais pas la moindre envie de faire preuve de courtoisie.

— Ne fais pas comme si c'était une visite ordinaire, lui dis-je. Quand dois-je rencontrer les avocats ?

J'avais bien conscience que je n'avais pas d'autre choix. Je devais parler aux avocats. Et comme je ne savais rien, j'en serais vite débarrassée.

— Vendredi, déclara-t-elle en posant le plateau sur mon bureau. Le lendemain de Thanksgiving.

— Je veux rentrer à Harkness juste après.

Elle secoua la tête.

— Azzan te ramènera dimanche. Tu nous aurais facilité les choses, Shannon, si tu étais rentrée pour les vacances de ta propre initiative. Si tu avais parlé à ta famille.

Je ne répondis pas. Il n'y avait rien à dire.

En fin de compte, je passai vingt-quatre heures toute seule dans ma chambre. J'en profitai pour rattraper mon sommeil en retard. Mais le reste du temps fut affreux. J'étais obsédée par Bridger. Il avait eu toute la journée pour s'informer et lire toutes sortes d'articles au sujet de ma famille.

Quant à moi, je n'avais même pas Jordan pour me changer les idées.

Le mercredi soir, je pris une longue douche, puis ma mère frappa deux fois à ma porte avant de l'ouvrir.

— J'ai reçu un coup de fil pour toi, il y a un quart d'heure.

— Vraiment ? C'était Anni ?

Je doutais que la seule amie qu'il me restait du lycée soit rentrée de Californie juste pour un week-end prolongé.

Elle secoua la tête.

— C'était le jeune Baschnagel. Il voulait te dire qu'il assistait au match de hockey ce soir. Il m'a demandé si tu comptais t'y rendre.

— Andrew Baschnagel, répétai-je bêtement.

— Il étudie à Harkness lui aussi, n'est-ce pas ?

— Oui. En deuxième année.

— Je suis contente que tu te fasses des amis, Shannon. Il n'y a aucune raison pour que tu n'ailles pas assister au match. Ils jouent contre Quinnipiac.

J'éclatai de rire.

— Il n'y a aucune raison pour que je n'y aille pas ? Tu crois qu'on me laissera entrer à la patinoire ?

— Ne sois pas méchante, dit-elle en soupirant. Dans quelques mois, quand toute cette affaire sera terminée, ton père retrouvera son équipe. Va au match et garde la tête haute. Ou pas. C'est ton choix, après tout.

Elle tourna les talons.

— Maman ?

— Oui ? répondit-elle en s'immobilisant.

— Je veux récupérer mon téléphone.

— Dimanche, dit-elle avant de disparaître dans les escaliers.

J'étais leur prisonnière. Et ils n'essayaient même pas de le cacher.

Je passai le peigne dans mes cheveux mouillés, en proie au doute. L'appel d'Andy Baschnagel me prenait de court. La veille, je m'étais enfuie à toutes jambes alors qu'il venait juste de me dire bonjour.

Dix jours plus tôt à peine (même si j'avais l'impression que ça faisait des siècles), Bridger m'avait dit que son voisin de palier l'avait invité pour Thanksgiving. Mon cœur avait envie d'en tirer toutes sortes de conclusions romantiques. Et même si l'optimisme était sans doute une mauvaise idée, je ne pus m'empêcher de fouiller dans mon placard à dix-neuf heures pour passer en revue les vêtements que j'y avais laissés.

Sur l'étagère du haut, je trouvai ce que je cherchais – une casquette de baseball arborant la mascotte de mon ancien lycée. J'enfilai un sweat-shirt large à capuche et glissai mon portefeuille dans la poche de mon jean avant de descendre.

Mon père, la source de tous mes malheurs, était en train de se servir un scotch.

— Salut, lançai-je, d'une voix rendue éraillée par mes longues heures de mutisme.

— Tiens, bonsoir. Comment se passent les cours ?

Ses cheveux gris luisaient sous la lampe de la cuisine. Il essuya une goutte de scotch qui coulait le long de la bouteille et se lécha le doigt. Ses récents démêlés avec la justice avaient transformé les rides autour de sa bouche en de véritables canyons. Son pantalon pendait comme jamais sur ses fesses amaigries.

La célébrité sportive la plus diabolisée de l'histoire des médias avait l'air plus vieille et plus pathétique de jour en jour. Même sa voix vacillait. En le regardant, ce n'était pas de la pitié que j'éprouvais. Ni du dégoût à proprement parler. C'était une certaine confusion.

Rencontrer mon père dans la cuisine ne faisait que me rappeler la distance qui se creusait entre nous chaque fois que je le regardais. *L'avait-il vraiment fait ? Sans doute. Mais dans ce cas, comment avais-je pu ne pas le remarquer ?*

Et ces questions familières étaient chassées par une réponse tout aussi familière. *Toi aussi, tu es coupable. Seule une idiote égocentrique pourrait passer à côté d'une telle évidence.*

Je m'éclaircis la voix et répondis à sa question.

— Tout me plaît à la fac.

Il leva les yeux vers moi pour la première fois.

— C'est très bien, ma fille. Je suis heureux de l'entendre.

— Je sors un peu. On se voit plus tard ?

Il hocha la tête.

— Tu as besoin d'argent ?

— Ça va, merci.

Il m'adressa un autre signe de tête en prenant son verre à la main, puis l'homme – qui était soit le pire pédophile du monde, soit la pire victime de fausses accusations de toute l'histoire du sport – retourna d'un pas traînant dans la bibliothèque.

J'arrivais devant la porte quand ma mère lança :

— Tu vas au match ?

— Oui.

— Tu as parlé avec ton père ?

— Oui.

Elle me regarda en plissant les yeux.

— Tu as besoin qu'on te dépose… ?

— Non, m'empressai-je de répondre. Et j'ai les clés de la maison. Au revoir.

Dans le garage, je remontai la capuche de mon sweat-shirt sur la casquette de baseball et baissai la visière. Azzan et ses hommes de main n'étaient nulle part. Je quittai le garage par une porte latérale et sortis dans l'obscurité de notre terrain. Quand j'avais sept ans, mes parents avaient acheté la maison voisine pour la faire démolir et obtenir ainsi le plus grand jardin du quartier. Mon père avait construit une petite patinoire sur le côté de notre maison. Il ne faisait pas encore assez froid pour que mon père la remplisse et je me demandais s'il prendrait la peine de le faire cette année.

Je contournai la patinoire au pas de course en direction de la haie pour échapper aux caméras de télévision qui faisaient toujours le pied de grue devant la maison. Personne ne me prit en chasse, mais je continuai de courir. Quand j'étais petite, je n'avais jamais aimé le coin le plus reculé de notre vaste propriété et j'éprouvai un résidu de peur enfantine en traversant les buissons pour débouler sur le trottoir, de l'autre côté.

Je rejoignis la patinoire à petites foulées, atteignant dix minutes plus tard la rue qui en faisait le tour. Je terminai les derniers mètres en marchant pour reprendre mon souffle, tout en admirant le bâtiment illuminé. Je n'y avais pas mis les pieds depuis que l'université avait suspendu mon père le temps de l'enquête. S'il y avait un endroit en ville où je n'étais pas la bienvenue, c'était bien la patinoire Sterling. Mais la curiosité de découvrir qui m'y attendait associée à une envie désespérée de sortir de chez moi étaient trop fortes, et je franchis le seuil.

J'achetai un billet au guichet et entrai.

Balayer la foule du regard à la recherche d'Andy s'avéra plutôt ardu, étant donné que j'ignorais totalement ce qu'il portait ou s'il aurait une casquette. Je parcourus à pas lents le dernier niveau. Je reconnaissais des dizaines de visages familiers dans la foule. Mon dentiste occupait sa place habituelle derrière la surface de réparation. Mon entraîneuse de hockey de l'école primaire était assise avec son mari, près de la section étudiante.

Aucune de ces personnes ne serait ravie de me voir, ni moi ni les membres de ma famille. L'année précédente, j'avais passé des heures à essayer de comprendre leur si profonde haine. Et j'en étais arrivée à la conclusion que le rôle de mon père lors de la Coupe Stanley ne faisait qu'aggraver la situation. Les habitants de ma ville ne supportaient pas de s'être vantés auprès de leurs amis de connaître J. P. Ellison et de le croiser régulièrement au café.

Ils avaient été dupés par quelqu'un qu'ils avaient adulé. Et ils se sentaient coupables de l'avoir admiré. Mon visage ne faisait que le leur rappeler.

Bien sûr, moi aussi, j'étais le dindon de la farce. Mais leur désapprobation ne souffrait aucune nuance.

Les vieilles habitudes ont la peau dure, et je me surpris à regarder le panneau des scores. Quinnipiac gagnait 2 contre 1, mais ils n'en étaient qu'à la moitié de la première période. *Il va falloir remonter*, songeai-je par automatisme, avant de me rappeler que je n'accordais pas la moindre importance au résultat du match.

BRIDGER

Quand je l'aperçus, j'ai honte d'admettre que je ne la reconnus pas immédiatement. Il y avait une fille debout sur la mezzanine, qui observait la foule. Elle portait une casquette de baseball et un sweat à capuche, dans lequel elle semblait flotter. Mon regard passa sur elle avec indifférence. Mais elle se mit alors à marcher et sa démarche était typique de Scarlet – les épaules en arrière, la colonne bien droite. Il se dégageait d'elle une certaine prestance, que même ses vêtements informes ne parvenaient pas à dissimuler.

Je la suivis des yeux au sommet de la patinoire, prêt à agiter la main si elle regardait dans notre direction. Mais lorsqu'elle me repéra enfin, son expression me bouleversa.

C'était de la peur.

Pendant un instant, elle resta plantée là, repliée sur elle-même. Je finis par me remuer et lui fis signe. Lorsqu'elle accéléra le pas en direction du banc où Andy et moi étions installés, je ressentis une vague de soulagement. Je l'avais appelée la veille au soir, en vain. Je lui avais envoyé des textos. Et des e-mails. Elle ne m'avait pas répondu. Aujourd'hui, Andy avait sorti l'ancien annuaire du lycée en se proposant d'appeler chez elle, histoire de me remonter le moral.

Et maintenant elle était là, en train de se frayer un chemin entre les spectateurs pour nous rejoindre. Elle s'assit de l'autre côté d'Andy tout en se mordillant la lèvre. C'était encore trop loin à mon goût. Ma gorge choisit ce moment pour se nouer.

— Scarlet, dis-je d'une voix étranglée. Dieu merci... tu n'as pas idée de ce qui m'a traversé l'esprit. Quand je les ai vus... cette voiture.

Seigneur, si je ne prenais pas garde, j'allais perdre mon sang froid. Mais l'image de cette ordure en train de la bousculer dans la berline était gravée dans mon esprit. C'était exactement comme dans les cauchemars – quand la personne que vous essayez de rejoindre vous est brutalement enlevée. Ensuite, vous tentez de courir, mais la voiture est plus rapide...

Je faisais constamment ce rêve. Mais en général, Lucy en était l'actrice principale.

Andy fit mine de se lever.

— Je vais me décaler...

— Non, dit Scarlet en lui attrapant les mains pour l'obliger à se rasseoir. Tu es très bien à cette place.

Elle avait l'air nerveuse et ne cessait de jeter des coups d'œil par-dessus son épaule. J'en avais la chair de poule.

— Où est Lucy ?

— Chez moi, répondit Andy. Avec mes sœurs.

— Bien, dit-elle avec empressement.

Je me penchai vers elle, incapable de prendre son visage dans mes mains.

— Tu dois me dire ce qui se passe, merde ! Pourquoi t'ont-ils forcée à rentrer ?

Elle soupira.

— Ils attendent quelque chose de moi.

— Quoi ?

— Je n'ai pas envie d'en parler, Bridger. Le procès…

Elle secoua la tête et je me frappai les cuisses du plat de la main.

— S'il ne plaît, ne joue pas à ça. J'ai vu deux gorilles t'enlever en pleine rue, hier. Que veulent-ils ?

We Will Rock You retentit dans les haut-parleurs et les joueurs entrèrent sur la glace pour la deuxième période.

— Je vais chercher du popcorn, annonça Andy en se levant.

Il m'enjamba et rejoignit l'allée.

— Scarlet, regarde-moi, lui dis-je.

Elle leva péniblement les yeux du sol et rencontra mon regard impatient. Je me demandais comment elle allait réagir à mon aveu.

— Je le savais déjà, murmurai-je. Je savais qui tu étais.

L'incrédulité se peignit sur ses traits.

— Vraiment ?

J'acquiesçai, au comble du désarroi. Parce que j'avais l'intention de tout lui avouer dès l'instant où j'avais découvert le pot aux roses, deux jours plus tôt. Or tel un homme des cavernes, j'avais préféré l'entraîner dans mon repaire pour coucher avec elle.

— Je l'ai appris lundi soir.

— Comment ? chuchota-t-elle.

— Eh bien, je suis toujours au courant des rumeurs qui circulent dans le monde du hockey, tu sais ? J'ai appris qu'une gardienne de but exceptionnelle, qui se trouvait être la fille de J. P. Ellison, devait rejoindre l'équipe, mais qu'elle leur a finalement fait faux bond en début d'automne. Et tu semblais trop t'y connaître en hockey pour une fille de Miami, je me demandais bien pourquoi. Mais c'est quand j'ai lu un nouvel article au sujet du procès que j'ai fait le lien. Alors j'ai cherché Shannon Ellison sur Google.

Je m'interrompis pour prendre sa main dans la mienne.

— … et ton joli visage est apparu à l'écran.

— Je suis désolée, dit-elle en fixant le sol en béton.

Je me rapprochai pour lui passer le bras dans le dos.

— Tu n'as aucun souci à te faire, Scarlet. Je comprends pourquoi tu as fait changer ton nom.

— Vraiment ? Ça n'a même pas fonctionné, dit-elle, au bord des larmes. C'est moche. C'est *tellement* moche, et moi, je suis coincée en plein milieu de tout ça. J'ai essayé de me cacher, mais…

— Prends de grandes inspirations, d'accord ? Nous allons surmonter ça.

Mes lèvres effleurèrent ses sourcils.

— J'ai juste une question à te poser maintenant. Une seule.

Ma main se resserra autour de sa taille.

— Scarlet, es-tu à l'abri dans cette maison ?

Je sentis son corps se crisper à cette question. Et mon cœur cessa presque de battre tant je craignais ce qu'elle allait me dire. Mais j'avais besoin qu'elle me réponde. Même si la réponse m'anéantissait.

— Scarlet, murmurai-je. Je dois le savoir.

— Oui, dit-elle. Je suis en sécurité.

Malgré tout, ses yeux se remplirent de larmes.

— Alors quel est le problème ? demandai-je, la voix sur le point de se briser. C'est important.

— Rien, Bridger. Rien ne pose problème.

Pourtant, mon malaise refusait de se dissiper. Si elle courait le moindre risque dans cette famille, il était hors de question que je la laisse repartir.

— Scarlet, as-tu toujours été à l'abri dans cette maison ?

— Oui, s'empressa-t-elle de répondre.

— Tu me le dirais si ce n'était pas le cas, n'est-ce pas ? C'est important que moi, plus que quiconque…

Je n'avais aucune expérience dans ce domaine. Mais j'avais déjà couché avec Scarlet. À deux reprises. Si elle avait subi des attouchements dans son enfance, cela n'aurait pas été facile pour elle.

Elle me regarda droit dans les yeux.

— Oui, je te le *dirais*. J'ai tout un tas de problèmes, mais celui-ci n'en fait pas partie.

— Alors pourquoi pleures-tu ?

Elle essuya ses larmes du revers de la main.

— Personne ne m'avait encore posé cette question. Ils cherchent tous à nous fuir.

Putain de merde. Les braises de l'inquiétude se ravivèrent dans ma poitrine, tout autour de mon cœur. Je pris plusieurs inspirations.

— J'avais peur que tu m'aies caché ton véritable nom à cause de ton douloureux passé.

— Ce n'était pas ça. Je te le promets.

L'ombre d'Andy apparut.

— Finalement ce match s'avère palpitant, dit-il en s'asseyant de l'autre côté de Scarlet.

Je jetai un œil au tableau de scores pour essayer de me calmer. Ils étaient à égalité, 3 contre 3.

— Ça fait six matchs d'affilée que Quinnipiac gagne, m'expliqua Scarlet en regardant la glace. Ils ont de très bonnes pointes de vitesse. Mais ils vont perdre tout un tas de joueurs de dernière année, dont la plupart de leurs défenseurs.

Un éclat de rire mourut dans ma gorge et je l'attirai tout près de moi sur le banc.

— Ce qui me fait le plus de peine, c'est que je ne t'avais encore jamais entendu parler de hockey.

Andy sourit.

— Shan… commença-t-il avant de se corriger. Scarlet est la star de cette patinoire.

— *Était*, rectifia-t-elle.

— Tu étais une véritable reine au lycée, ajouta-t-il.

— Eh bien, merci, fit-elle en lui adressant un demi-sourire. Si c'est vrai, je m'en excuse.

Andy haussa les épaules.

— Ce n'est que le lycée. Maintenant, on ne m'enferme plus dans mon casier.

Elle lui piqua un popcorn.

— Tu ne t'en es pas rendu compte, Andy, mais j'ai eu un petit aperçu de ce que vivaient les plus impopulaires.

— Toi aussi, tu as eu droit aux casiers ?

Il pencha les popcorns vers elle.

— Reprends-en.

— Pas exactement...

Elle s'interrompit pour regarder une famille qui se frayait un chemin sur les gradins afin de venir s'asseoir juste devant nous. Ils s'installèrent sur le banc et la mère fit passer des hot-dogs à ses deux garçons, qui devaient être à l'école primaire.

Scarlet baissa sa capuche et retira sa casquette de baseball, libérant ses cheveux. Puis elle se pencha en avant et posa la main sur l'épaule de la femme.

— Bonjour, Mme Stein, dit-elle sur un ton guilleret. Joyeux Thanksgiving.

La femme se retourna, un sourire avenant aux lèvres. Mais lorsqu'elle reconnut Scarlet, son visage se ferma. Son mari, percevant une perturbation dans l'air, regarda d'abord sa femme avant de se dévisser le cou pour découvrir ma petite amie. Il se racla la gorge.

— Je crois que nous avons oublié...

— ... la moutarde, proposa sa femme. Les garçons ?

Elle se leva et poussa ses fils vers le bout de la rangée.

Ce n'était pas croyable.

— Est-ce qu'ils viennent de...

Je ne pouvais même pas me résoudre à le dire à haute voix.

— ... *changer* de place à cause de... ?

Toi.

— Oui, ça m'en a tout l'air, répondit Andy en suivant la famille des yeux.

— Avant, je faisais du babysitting chez eux, dit Scarlet.

Elle remit sa casquette sur sa tête et releva sa capuche.

— Il faut que tu comprennes l'état d'esprit, dans le coin. Ces gens frissonnent sans doute de peur chaque fois qu'ils se rappellent avoir laissé leurs enfants seuls avec moi.

— Ça n'a aucun *sens*, rétorquai-je. Tu n'es pas…

— *Lui*, dit-elle en achevant ma phrase. Pour eux, ça ne fait aucune différence, d'accord ? Ils sont paniqués, parce qu'ils viennent de prendre conscience que les monstres cachés sous le lit, ça existe. Ils n'en reviennent pas de n'avoir rien vu venir. Notre nom est devenu toxique. Alors ne te demande plus pourquoi je n'ai pas d'amis, ni pourquoi j'ai changé de nom, ni pourquoi je suis restée vierge jusqu'à ce fameux soir sur le lit d'Andy.

Andy avala son soda de travers.

— J'avais *une* amie l'an dernier. Seule une personne acceptait d'être vue en ma présence et s'asseyait avec moi au déjeuner. Andy, tu te souviens d'Anni Boseman ? Blonde, fine ?

— Bien sûr, répondit Andy en toussant.

— Eh bien, elle a fait une dépression nerveuse juste avant les examens. Pendant toute l'année elle a tenu bon à mes côtés, puis au mois de mai, impossible de sortir de son lit.

Elle déglutit et leva les yeux, son regard alternant entre Andy et moi.

— Ce que j'essaie de te dire, c'est qu'être mon ami n'a absolument rien d'amusant.

Elle prit un autre popcorn.

— Tous les deux, vous êtes les seules personnes dans cette patinoire de quatre mille places à bien vouloir vous asseoir à côté de moi en toute connaissance de cause. Et si vous changiez brusquement d'avis, je ne pourrais même pas vous en vouloir.

Je ne pouvais rien dire pour arranger les choses, et j'en étais malade. Je me contentai donc de poser ma main dans le dos de Scarlet et d'y frotter ma paume pour imprimer des cercles de chaleur sur sa peau. Scarlet ferma les yeux pour savourer ce moment. Quand elle les rouvrit, Andy la dévisageait attentivement.

— Quoi ? demanda-t-elle.

— Tu as sûrement été recrutée par Harkness au poste de gardien de but.

Elle avala sa salive.

— Oui. L'entraîneuse n'était pas très contente quand j'ai laissé tomber, la première semaine de cours.

— Comme Bridger, dit-il. Ça craint.

— Nous formons le club des lâcheurs, deux membres en tout et pour tout, lui dis-je.

— Ça vous laisse plus de temps pour... fit-il en se raclant la gorge. Être ensemble.

Scarlet posa la tête dans ses mains.

— Je n'en reviens pas d'avoir dit ça.

Andy secoua la tête.

— Au moins quelqu'un prend du bon temps dans mon lit.

— Nous allons te déposer chez toi, dis-je alors que nous quittions la patinoire à la fin du match.

— Je vais marcher, répondit-elle aussitôt.

— Pourquoi ?

— Eh bien, il y a des fourgons de télévision devant chez moi. Je préfère être la seule...

Elle s'arrêta au milieu de sa phrase pour chercher les mots justes.

— ... *éclaboussée* par toute cette affaire. S'il te plaît ?

Les lampadaires du parking illuminaient son visage fin.

— Si c'est vraiment ce que tu veux.

— Fais-moi confiance. Et puis, comme ça, je t'évite la rencontre gênante avec les parents.

— C'est vrai ? Nous pouvons aussi sauter cette étape en ce qui concerne ma famille.

Je tendis le bras et elle me tapa dans la main.

— On te verra ce week-end ? demanda Andy en lui souriant chaleureusement.

Mon voisin était un type bien. Et ma dette envers lui augmentait chaque jour un peu plus.

Elle se mordit la lèvre.

— Honnêtement, je ne pense pas. Je ne resterai peut-être pas tout le week-end, si je peux m'esquiver.

— Appelle-moi, lui dis-je en la serrant une dernière fois dans mes bras. Ce n'était pas très sympa de ta part de ne pas m'avoir répondu de tout l'après-midi.

— Ils m'ont confisqué mon téléphone.

Je reculai d'un pas.

— Tu es sérieuse ? Comment je saurai si tu vas bien ?

— Ça va aller.

Sa mine avait retrouvé toute sa gravité. Elle avait l'air plus ébranlée que jamais.

— Je vais faire tout ce qu'ils me demandent, et dans deux jours, nous serons tous de retour à la fac.

— Tu pourrais rentrer avec nous dimanche, proposa Andy. Il y a de la place dans la voiture.

— Merci, je vais demander à mes chefs suprêmes, dit-elle. En tout cas, je ne prendrais pas beaucoup de place, parce que bien sûr ils ne m'ont pas laissé emporter mes affaires.

Je l'embrassai à la volée.

— J'ai horreur de ça.

— Bienvenue dans mon monde, dit-elle.

SCARLET

Je me réveillai le matin de Thanksgiving pour sentir des effluves d'oignons et d'ail. Ma mère avait une règle d'or – elle doublait les quantités d'ail dans toutes ses recettes. « Pour de meilleurs résultats, toujours mettre deux fois plus d'ail », l'avais-je entendu affirmer à de trop nombreuses reprises. J'allais sans doute encore y avoir droit aujourd'hui.

Ma mère était un sacré personnage. Une foule en colère pourrait débouler devant notre maison et brûler une croix sur la pelouse qu'elle resterait devant les fourneaux avec sa manucure irréprochable, à débiter ses conseils culinaires.

Lorsque j'arrivai dans la cuisine, ma mère avait déjà cuisiné la farce et manœuvrait pour faire entrer la dinde dans le four.

— J'aurais bien besoin que tu m'aides en épluchant les pommes de terre, me dit-elle.

Pèle les patates. Parle aux avocats de ton père. Bienvenue au Thanksgiving de la résidence Ellison.

Je trouvai un économe et me mis au travail. Quand mon père entra enfin d'un pas nonchalant dans la cuisine, il m'accueillit par une seule question.

— Qui a gagné le match ?

Je me gardai bien de lui hurler la litanie que je mourais d'envie de lui balancer à la figure. *On s'en fiche ! Tu n'as que le hockey à la bouche ! Pourquoi fallait-il que je revienne dans cet asile de fous pour Thanksgiving ? Comment en est-on arrivés là ?*

Au lieu de ça, je répondis :

— Quinnipiac, pendant le temps additionnel.

Après avoir épluché les légumes, je remontai à l'étage. En entrant dans ma chambre, je posai les yeux sur le coin où j'avais pour habitude de ranger Jordan. Privée de mon moyen d'évasion favori, j'avais beaucoup de mal à passer le temps. Les examens approchaient, mais bien sûr je n'avais aucun manuel avec moi.

Quand vous vous surprenez à regretter votre livre de statistiques, c'est que ça ne va vraiment pas fort dans votre vie.

En dessous, la maison était silencieuse. Thanksgiving s'était toujours déroulé ainsi. Les parents de ma mère avaient été tués dans un accident d'avion quand elle avait dix-sept ans. Et les parents de mon père ne faisaient pas non plus partie du paysage. Il avait grandi au Canada « sous la coupe de cet alcoolique », comme il appelait son père. Apparemment, j'avais rencontré mes grands-parents un jour, lors d'un match de hockey à Calgary quand j'avais quatre ans, mais je n'en avais aucun souvenir

Il y avait bien mon oncle Brian. Il avait six ans de moins que mon père et ils n'avaient jamais été proches. Il nous rendait visite une fois par an environ, quand il était de passage en ville, souvent pendant ma saison de hockey. J'avais entendu ma mère raconter à ses amies que mon oncle Brian était en prison au moment de ma naissance. La dernière fois que je l'avais vu, c'était à l'automne dernier, alors que l'enquête battait son plein. Il s'était pointé sans prévenir sur le pas de la porte, prenant mes parents au dépourvu.

— Il faut qu'on parle, l'avais-je entendu dire. Vous devez répondre à mes coups de fil.

Mes parents m'avaient alors envoyée dans ma chambre avant de fermer derrière eux la porte de la bibliothèque. Pendant dix minutes, je n'avais entendu que des cris étouffés, puis il était parti.

À présent, je regrettais qu'il ne soit pas là pour briser le silence. L'absence de mon oncle Brian n'était pas dénuée d'ironie, à bien y réfléchir. Il n'était jamais là parce que mes parents – avec leur amour du succès et des apparences – ne supportaient pas d'avoir un traître dans la famille. Aujourd'hui, l'oncle Brian était un assistant social tout à fait respectable, d'après ce que j'avais compris. Ma mère avait laissé échapper cette information un jour, alors que je l'interrogeais à son sujet.

Il vivait au Massachusetts, pas très loin d'ici. Pourtant, il n'était jamais invité à Thanksgiving. Et maintenant, mon père était sur le point de décrocher la palme des casiers judiciaires, avec une liste de crimes longue comme le bras accolée à son nom.

Pour sauver les apparences, c'était raté.

Je ne fis aucun effort de toilette pour mon entretien avec les avocats. Quand je descendis dans la cuisine le lendemain de

Thanksgiving, je portais un jean si large qu'il ne rentrait même pas dans la valise que j'avais préparée avant de partir à la fac, ainsi que le même sweat à capuche que le soir du match.

— Tu ne ressembles à rien, Shannon, s'exclama ma mère en me lançant un regard noir. Montre-toi plus respectueuse.

— Si vous m'aviez laissé préparer mes affaires avant le week-end comme une personne normale, j'aurais peut-être une tenue plus adéquate à porter.

Voilà qui lui cloua le bec. Nous n'échangeâmes plus un mot jusqu'à ce qu'Azzan désigne la porte d'un hochement de tête.

— C'est l'heure, déclara-t-il.

Je le suivis à l'extérieur. Je n'avais pas le choix.

— Je vous sers un café, Shannon ?

L'avocate était vêtue d'un tailleur gris tourterelle impeccable et d'un chemisier en soie rose. Elle marqua une pause, les doigts posés sur le bois verni de la table de conférence.

— Je ne m'appelle pas Shannon, rectifiai-je.

Mon objection semblait mesquine, mais je ne voulais pas qu'ils croient pouvoir me traiter comme ils le voulaient.

— Désolée, Scarlet, dit-elle d'une voix mielleuse. Au temps pour moi. Voulez-vous boire quelque chose ?

— Non merci. Finissons-en.

Deux autres personnes entrèrent dans la salle – un autre avocat et un assistant juridique. L'assistant ajusta une caméra sur un trépied dans un coin. Une lumière rouge clignotait.

— Pourquoi me filmez-vous ? demandai-je.

— Au cas où nous aurions besoin de visionner notre entretien, répondit-elle.

Charmant.

— Enfin, bref.

Elle s'assit devant moi, un bloc-notes jaune et un stylo sur la table.

— Pouvez-vous nous rappeler votre nom et votre adresse, pour l'enregistrement ?

Au départ, les questions étaient banales – des éléments sur ma vie, ma date de naissance, combien de temps j'avais vécu chez mon père.

— Bien trop longtemps, répondis-je en me demandant si je pouvais les secouer un peu en me comportant comme une peste.

— Et en nombre *d'années*, combien de temps avez-vous vécu chez votre père ? demanda l'avocate.

En soupirant, je lui donnai la réponse qu'elle attendait.

Progressivement, les questions devinrent plus étoffées.

— Scarlet, votre père a-t-il déjà eu des gestes déplacés envers vous ?

— Non, dis-je. Jamais.

C'était une question facile.

— En fait, il ne m'a jamais touchée de quelque façon que ce soit – aucune caresse sur la tête, aucun câlin. Il est tout sauf attentionné.

L'avocate s'interrompit un instant.

— Il vaut mieux que vous vous contentiez de répondre à mes questions. Pas besoin de donner des détails à moins d'y être invitée.

— D'accord, fis-je en haussant les épaules.

— Votre père vous a-t-il déjà frappée ?

— Une fois, répondis-je. Je lui ai hurlé dessus et il m'a giflée.

— Quand est-ce arrivé ? demanda-t-elle.

— J'avais quinze ans et ce n'est arrivé qu'une seule fois. Mais il y a deux jours, votre homme, Azzan, m'a giflée après m'avoir kidnappée en pleine rue.

J'avais envie d'émailler son comportement de façade, mais ce ne fut guère efficace.

— Veuillez répondre aux questions que l'on vous pose.

— J'ai pensé que vous aimeriez savoir ce qu'a fait votre employé.

— Vous pourrez aborder ce sujet une fois que nous en aurons terminé avec l'entretien, si vous le souhaitez. Votre père vous a-t-il déjà frappée à part cette fois-là ?

— Non.

— Avez-vous déjà vu votre père frapper, agresser ou violenter qui que ce soit ?

— Non.

Si l'on excluait les agressions verbales.

— Pas physiquement.

— Frapper, agresser et violenter sont des actes physiques. Avez-vous vu votre père faire ce genre de choses ?

— Non.

— Avez-vous déjà vu votre père toucher ses joueurs de hockey de manière inappropriée ?

Je secouai la tête.

— On se donne souvent des tapes sur les fesses au hockey, entre entraîneurs et joueurs. Mais tout le monde le fait et il doit bien y avoir plusieurs centimètres de rembourrage entre les mains et les fesses.

— Je réitère ma question. Avez-vous déjà vu votre père toucher ses joueurs de hockey de manière *inappropriée* ?

— Non.

Ainsi de suite. Chaque question qu'elle me posait entraînait une réponse inoffensive. Au fur et à mesure que se déroulait l'entrevue, je me rendis compte qu'ils se servaient de moi pour bâtir une histoire familiale dont le message était : *circulez, il n'y a rien à voir !* Mes réponses brossaient de l'homme un portrait plutôt insipide.

Bien sûr, elle ne me demanda jamais s'il criait comme un fou furieux chaque fois que je manquais un but à l'entraînement, ni si son visage prenait une teinte de viande crue quand il était en colère. Elle ne voulait pas le savoir.

Une fois que toutes ses questions furent terminées, je laissai Azzan me raccompagner chez moi. Je gravis les marches jusqu'à ma chambre en me demandant ce que Bridger, Andy et Lucy pouvaient bien être en train de faire. J'espérais qu'ils étaient tous sur un canapé quelque part, devant un film. Peut-être avaient-ils emmené Lucy faire du patin ou du bowling. C'était ce que faisaient les gens normaux le vendredi après Thanksgiving. Les gens différents de moi.

CHAPITRE 13
UN BEL AVENIR À LA CIA

SCARLET

— JE PEUX RÉCUPÉRER mon téléphone maintenant ?

Nous revenions enfin à Harkness. Azzan ne m'avait pas permis de rentrer avec Andy et Bridger. Il avait insisté pour me ramener lui-même.

— Peut-être, grommela-t-il. Il y a d'abord quelque chose que je voudrais te demander. Dans ton historique, j'ai trouvé un appel manqué de l'État du New Hampshire. On a laissé un message, que tu as effacé.

Mon cœur s'emballa.

— Et alors ?

— Le bureau du procureur t'a appelée.

— Dites donc, Sherlock, avez-vous également vérifié mes appels sortants ? Parce que je ne les ai pas rappelés. Ce n'est pas personnel. Je n'ai pas envie de parler du procès à *qui que ce soit*.

Il eut un sourire narquois.

— Vois-tu, Shannon, je te crois. Je suis certain que tu n'aspires qu'à une chose, oublier jusqu'à l'existence même de ta famille. Mais nous ne pouvons pas te le permettre. Ton nom figure officiellement sur la liste des témoins, qui sera enregistrée demain.

— Vraiment ?

Et merde.

— Oui, en effet. Alors je te demande de m'écouter attentivement. Ne parle à *personne* de l'affaire. Et si le procureur prend à nouveau contact avec toi, je veux que tu m'appelles immédiatement pour me dire de qui il s'agit et ce qu'il ou elle t'a dit exactement.

— D'accord.

L'instinct me dictait d'acquiescer à toutes les paroles qui sortiraient de son affreuse petite bouche.

— Ils te promettront peut-être qu'ils ne te prendront pas plus de cinq minutes de ton temps, qu'ils veulent uniquement te parler à titre personnel. Mais ce ne serait qu'un mensonge, est-ce clair ?

— Bien sûr.

— Tout ce que tu as à faire, c'est continuer ainsi pendant quelques mois, comparaître au tribunal quand on te le demandera, en te comportant comme une enfant sage, puis tout sera terminé.

Il sortit mon téléphone de la poche de sa veste et me le tendit.

— J'ai ajouté mon numéro dans tes contacts.

— D'accord, Azzan.

C'était tout. Jouer les enfants sages.

Il se carra dans son siège.

— On dirait bien que c'est du sérieux avec ce Bridger. C'est la seule personne que tu appelles ou à qui tu envoies des messages.

J'étais hors de moi à l'idée qu'Azzan ait parcouru mes appels téléphoniques.

— Et alors ? demandai-je. Ça prouve seulement que je n'ai pas beaucoup d'amis. À Harkness, il faut travailler dur.

— Hmm. Qui est Lulu ?

Ma bouche se dessécha complètement.

— Une autre amie. Qu'est-ce que ça peut vous faire ?

— Tu as raison, ça m'est égal. Mais pour toi, c'est sans doute important.

— Que suis-je censée comprendre ?

— Shannon, fais ce que ta famille attend de toi et je ne m'inté-resserai pas à ton petit ami, d'accord ? Il me suffit de son nom et de son numéro de téléphone pour savoir qui il appelle, à qui il doit de l'argent et s'il a déjà eu une contravention. Il se pourrait bien qu'un sac d'herbe atterrisse dans sa chambre si tu te comportes mal. Réfléchis-y.

Je sentis la bile remonter au fond de ma gorge et la route se brouilla dans ma vision périphérique.

— Respire, Shannon, me dit Azzan.

Son rire était haché.

— Nous ne te demandons que des choses très simples. Réponds à toutes nos questions. Ne réponds à aucune question de la partie adverse. Fais de ton mieux et tout ira bien pour toi et ce joli cœur.

Je rassemblai mon courage pour le regarder.

— Je ne crois pas que mon père apprécierait de savoir que vous me menacez.

Il se contenta de sourire.

— Ma chérie, ton père est un vieil homme au bout du rouleau qui a la faiblesse d'aimer prendre les petits garçons par-derrière.

Mon ventre se noua et je dus déployer toutes mes forces pour demeurer impassible.

— Tu sais, je ne travaille pas pour ton père. Je travaille pour son *avocate*. Et son avocate a accepté cette affaire sordide en sachant que tout devait se dérouler sans accroc. C'est mon travail. Même si tu vas pleurnicher auprès de ton père, ça ne fera aucune différence. Il ne peut pas renvoyer son avocate juste avant la sélec-tion du jury.

Azzan alluma la radio.

Je passai le reste du trajet à regarder par la vitre, comptant les bornes kilométriques.

Cet après-midi-là, Bridger m'envoya de nombreux messages. *Tu es rentrée ? Appelle-moi.*

Mais j'avais bien trop peur pour le faire. Bridger était la dernière personne au monde à avoir besoin de subir les menaces d'Azzan. Et soudain, je me retrouvais en proie à une paranoïa aiguë. Je devais à tout prix l'en préserver.

Ce soir-là, Katie Blonde aussi était d'une humeur massacrante.

— Que se passe-t-il ? lui demandai-je en la voyant faire les cent pas dans notre chambre.

— J'ai rompu avec Dash, dit-elle.

Il me fallut une seconde pour me rappeler que Dash était le prénom de son dernier joueur de football américain.

— Je suis désolée.

— Pas la peine. Il cherchait juste un plan cul. Et s'il ne s'était pas comporté comme un vrai connard, ça ne m'aurait même pas dérangée.

— Parfois, être sexy ne suffit pas, renchérit Katie Couette derrière son numéro de *Vanity Fair*.

Katie Blonde tendit vers moi son ongle rose pétard.

— Toi, Scarlet, c'est toi qui as tout compris.

— Moi ?

Dont la vie est un putain de mélodrame ?

— Oui, j'ai vraiment tout compris, plaisantai-je.

— Tu ne penses pas ? demanda Katie Blonde. Tu as un sportif canon amoureux de toi. Comment as-tu réussi ?

Je me laissai tomber sur notre canapé d'occasion, à bout de force. Ma vie était un tunnel sombre et j'avais le sentiment oppressant que Bridger et moi n'atteindrions pas l'autre bout.

— J'ai de la chance, c'est tout, répondis-je.

Et surtout de la *malchance*.

— Il n'aurait pas des copains de patinoire ? s'enquit Katie. La fête de Noël approche à l'association d'étudiantes à laquelle je participe. Mais je ne sais vraiment pas qui inviter.

— Et tu ne peux pas y aller toute seule ?

Elle parut offusquée que l'idée m'ait seulement traversé l'esprit.

— Hors de question. Un cavalier, ce n'est pas optionnel, et il *faut* que ce soit un sportif. Et de préférence, pas un étudiant de première année.

— Hmm, répondis-je. Et les joueurs de basket, ça te plaît ?

Elle prit le temps de la réflexion, pinçant sa petite bouche parfaite.

— Au moins je n'aurais pas peur de le dépasser avec mes talons. Qui est-ce ?

— Il s'appelle Andrew. C'est un étudiant de deuxième année de la résidence Beaumont.

— Il est aussi canon que Bridger ?

— Personne n'est aussi canon que Bridger, remarquai-je.

Katie Couette leva de nouveau les yeux de son magazine.

— Quel est le classement de l'équipe, cette année ?

— La saison vient à peine de commencer, m'empressai-je de répondre.

Katie Blonde secoua la tête.

— N'achète pas de billet pour la finale. Non mais, tu as *vu* notre équipe de basket ?

Elle soupira.

— Bon, il est gentil ?

— C'est le plus gentil, lui promis-je. Tu devrais l'inviter.

— Tu as son numéro ?

Une heure plus tard, je reçus un message d'Andy.

ANDY : *Euh, merci ?*

MOI : *Euh, de rien ? Pas obligé d'y aller, tu sais.*

ANDY : *Oh si, je vais y aller. Mais faudra peut-être danser. Je danse comme une tortue épileptique.*

MOI : *Du nerf, Andy. La danse, ce n'est pas le sujet.*

ANDY : *T'essaies juste de te débarrasser de moi pour la soirée.*

MOI : ****oups****

ANDY : *Rappelle Bridger avant qu'il s'énerve.*

Mais j'avais encore bien trop peur pour prendre une décision au sujet de Bridger. Je devais mettre de la distance entre nous. Au lieu de l'appeler, je lui envoyai le message le plus inintéressant du monde.

MOI : *Je suis rentrée, je traîne avec les Katie.*

BRIDGER : *À ce qu'il paraît.*

Cette nuit-là, mon sommeil fut très, très agité. Pour une fois, mes cauchemars étaient différents. Je ne voyais plus le palet tomber dans un trou, cette fois c'était mon téléphone. Il glissait sur la glace et je le suivais en patinant, incapable de le rattraper avant qu'il ne disparaisse dans l'obscurité.

Enfin, j'abandonnai l'idée de dormir. Quand l'aube arriva, je fixais toujours le plafond, inquiète quant aux intentions d'Azzan. Je supposais qu'il avait lu tous les textos et tous les e-mails de mon téléphone. Sa menace était encore plus sinistre que mon cauchemar.

Je continuai de me ronger les sangs pendant le petit déjeuner, ainsi qu'à mes cours du matin. Je décidai alors de sauter le repas de midi pour résoudre une question qui ne m'avait pas lâchée de la matinée. Rien que cette idée me donnait l'impression d'être une folle complètement parano. Mais après tout, le vrai danger ne se mesurait pas à mon degré de paranoïa.

Le type derrière le comptoir de la Patrouille Informatique était un geek de première catégorie – la peau livide comme un vampire et des bras aussi fins que des cure-dents.

— Bonjour et bienvenue à la Patrouille Informatique, dit-il. Comment puis-je vous aider ?

— Bonjour, répondis-je en souriant. J'ai quelques questions un peu bizarres.

Le geek se frotta les mains.

— Génial. Que cherchons-nous ?

Je posai mon téléphone sur le comptoir.

— Bon, ceci a échappé à ma surveillance pendant quelques jours et… ça va vous paraître bizarre, mais je me demandais si vous aviez un moyen de savoir si le téléphone a été altéré.

— Comment ça, *altéré* ? demanda le type en inclinant la tête.

Je n'avais jamais vu des sourcils aussi noirs que les siens.

— Eh bien, l'homme qui m'a pris mon téléphone est du genre

à me harceler. Je voulais juste savoir s'il avait ajouté quelque chose sans que je m'en rende compte.

— Hmm, ça risque d'être délicat, me dit l'informaticien. Jetons un coup d'œil.

Il brancha mon téléphone sur son ordinateur et se mit à pianoter sur le clavier.

— À quand remonte la dernière fois que vous l'avez eue pour vous seule ? Jusqu'à quand dois-je effectuer mes recherches ?

— Je le lui ai laissé mardi après-midi avant Thanksgiving, et je l'ai récupéré dimanche vers midi.

Ses doigts couraient frénétiquement sur le clavier et sa pomme d'Adam faisait le yo-yo dans sa gorge. Soudain, il fronça les sourcils.

— Eh bien…

— Quoi ?

— Moi qui vous prenais pour une folle. Il y a bien un drôle de logiciel sur votre téléphone. On dirait un programme d'espionnage.

Il se frottait le menton.

— Sérieusement ? À quoi ça sert ?

— Je vais faire la recherche sur Google.

Il reprit son pianotage effréné, puis il tourna son moniteur vers moi.

Il me montrait une publicité pour un logiciel du nom d'*iTail*. « Suivez en temps réel ce que fait votre enfant et ce qu'il regarde ! pouvait-on lire. Rapide et sans effort ! »

Quelque chose dans cette publicité enjouée me donnait mal au ventre.

— Alors je ne suis pas folle ? Mon téléphone est sur écoute ?

Il secoua la tête.

— Il ne peut pas vous *entendre* parler. Mais il obtient votre localisation, les numéros de téléphone que vous appelez et ceux que vous recevez, les e-mails, les textos… énuméra-t-il en faisant dérouler l'écran. Le téléphone envoie toutes ces informations sur un site où votre harceleur peut les consulter à distance. Heureusement, ça ne va me prendre que trois minutes pour tout désinstaller.

— Attendez…

Je posai mes coudes sur le comptoir.

— Je crois qu'il vaut mieux le laisser. Du moins, pour l'instant.

Le geek ouvrit de gros yeux ébahis.

— Malin !

— Je peux vous demander autre chose ? insistai-je. Ai-je un moyen d'enregistrer les appels que je passe sur mon téléphone ?

— Oui et non, répondit l'informaticien en triturant ses favoris. Vous voulez enregistrer l'appel sans que votre interlocuteur le sache, c'est bien ça ?

J'acquiesçai.

— Je connais une astuce, mais ce n'est pas… euh, une procédure autorisée.

Il jeta un regard circulaire pour s'assurer qu'on ne l'écoutait pas, puis il consulta sa montre.

— Ma pause est dans une dizaine de minutes. J'ai besoin de vérifier quelque chose, et je pourrai peut-être vous expliquer ce que je sais autour d'un café.

— D'accord…

Je me demandais si le geek me draguait ou s'il avait vraiment envie de m'aider.

— Je vous retrouve dehors dans dix minutes.

— Au fait, je m'appelle Luke, dit-il en tendant la main.

— Ravie de faire ta connaissance, Luke. Je m'appelle Scarlet.

— Je passe un diplôme en science informatique, au cas où tu ne l'aurais pas deviné, me dit Luke.

— Je ne m'en serais pas doutée.

Quand je me rendis compte que le café où nous entrions était celui de Bridger, il était trop tard. Bridger leva les yeux et mon cœur se mit à palpiter comme chaque fois que je le voyais. Pendant une nanoseconde, je fus totalement heureuse. Puis je me rappelai ce qu'Azzan avait fait à mon téléphone et mon estomac se noua.

— Salut, dit Bridger d'une voix crispée.

— Salut.

— Merci de m'avoir dit que tu étais bien rentrée hier soir.

Une lueur accusatrice brillait dans ses yeux verts. J'ouvris la bouche avant de la refermer comme un poisson.

— Désolée.

Nous ne pouvions vraiment pas avoir cette conversation ici.

— Qu'est-ce que je te sers ? demanda Bridger. Puisque de toute évidence, tu n'es là que pour le café.

— Euh… j'aimerais un grand café latte, lui dis-je. Et je te présente mon ami Luke. Je l'invite pour le remercier d'un souci technique qu'il m'aide à résoudre.

— D'accord, répondit Bridger en saisissant des chiffres sur sa caisse enregistreuse. Ton ami, Luke, prendra un triple cappuccino avec un cookie au chocolat.

— Je suis tellement prévisible, dit Luke en soupirant.

Je tendis un billet de dix dollars à Bridger.

— Merci, Scarlet.

Quand Luke s'éloigna au bout du comptoir pour aller récupérer nos boissons, Bridger me rendit la monnaie. Puis il prit ma main dans la sienne.

— Scarlet, que se passe-t-il ? Quand comptes-tu me parler de ton trajet de retour ?

Je fermai les yeux pour sentir la chaleur de ses doigts sur les miens.

— Je ne peux pas, Bridger. Je crois que je vais devoir affronter ça toute seule.

Il me serra la main.

— Je suis *mort d'inquiétude* pour toi. C'est ce que tu veux ?

Ses yeux verts me clouaient sur place.

— Non. Ce n'est pas du tout ce que je veux.

Derrière moi, les clients commençaient à manifester leur impatience.

— Je pourrais avoir un double mocha latte avec caramel ? lança quelqu'un.

Abattu, Bridger me jeta un dernier coup d'œil. Puis il me lâcha la main.

Je rejoignis Luke, attablé au fond du café. Il mordait dans son cookie.

— Prends-en un bout, proposa-t-il.

— Miam.

Mon estomac gronda, me rappelant que j'avais sauté le déjeuner.

— S'il te plaît, dis-moi que ce n'est pas ton copain furieux, là-bas, qui a mis ton téléphone sur écoute.

Je secouai la tête.

— Non. Lui, c'est quelqu'un de fiable. Et il s'inquiète justement pour moi à cause de ces types.

— C'est promis ?

Je levai une main comme pour prêter serment.

— Je le jure.

Il soupira.

— Et maintenant, tu veux enregistrer tes appels ?

— Peut-être. J'essaie de trouver un moyen de les battre à leur propre jeu.

Il sourit.

— Je ne t'ai rien dit, d'accord ? J'aimerais garder mon poste.

— Je comprends.

— Bon, je vais te dire ce que je sais. Si tu cherches « enregistrement appels téléphoniques » dans l'App Store, tu trouveras plusieurs choix. L'application que tu cherches coûte dix dollars. Elle s'appelle Red Wolf, et l'icône ressemble à… à ton avis ?

— Un loup rouge, proposai-je.

— Exactement. Mais attends, il y a autre chose, dit Luke en sirotant son café. Tous ces programmes fonctionnent sur le même mode que les conférences téléphoniques. Une fois que l'appel a commencé, tu lances l'application et elle compose un *autre* numéro de téléphone, qui n'est en réalité qu'une ligne servant à enregistrer. Et il faut dix ou vingt secondes, il y a donc un temps de battement pendant lequel tu ne peux pas enregistrer. Donc appelle qui tu veux appeler, et essaie de gagner du temps.

— Ce n'est pas évident.

— Ce n'est pas encore le plus dur. Afin de rester dans la légalité, ces programmes font une annonce une fois que tu as appuyé sur le bouton « enregistrer » de l'application. Une voix prononce : « cet appel est désormais enregistré », et ton interlocuteur l'entend.

— Ça craint.

— Oui, mais il existe un moyen de contourner ça. Quand tu installes l'application, on te demande de choisir une langue pour l'annonce. Il te suffit de choisir Tagalog.

J'écarquillai les yeux.

— Sérieux ? Tagalog ?

Il hocha la tête.

— Les blogs que j'ai lus disent que cette option est en réalité silencieuse. Essaie. C'est une expérience à dix dollars. Je parie que ça fonctionne.

— Luke, lui dis-je. Tu as un avenir dans la CIA.

Son visage s'illumina.

— J'ai d'autres petits conseils pour toi, d'accord ?

— Je suis tout ouïe.

— Si la personne qui te harcèle est capable de lire tes relevés de carte de crédit, alors achète cette application avec une carte cadeau. Et paie en liquide.

— Zut. Et peuvent-ils voir grâce au logiciel espion que j'ai acheté cette appli ?

Il haussa les épaules.

— Je ne pense pas… mais je ne peux pas te le garantir. Et si tu achetais un tas d'applis en même temps ? Essaie un ou deux jeux vidéo – ou un truc pour améliorer la prise de notes. Donne l'impression que tu t'ennuies et que tu fais juste un peu de shopping.

— D'accord. Tu commences à me faire peur avec cette histoire d'espionnage. Bon sang…

Luke fit tournoyer le café dans sa tasse.

— Ton mec nous lance des regards en coin en ce moment. Il ne serait pas du genre à frapper un geek qui a le malheur de boire un café avec sa copine, si ?

Je secouai la tête.

— C'est à moi qu'il lance des regards.

Il fronça ses sourcils noirs.

— Promets-moi d'être prudente ! Parce que si je lis dans les journaux la semaine prochaine que ton corps mutilé a été retrouvé dans une décharge, je m'en voudrai terriblement de ne pas avoir parlé de ton idée folle à quelqu'un.

— Merci pour cette image, Luke. Mais ça n'arrivera pas. Les gens qui ont mis mon téléphone sur écoute travaillent pour mes parents. Ce sont des enfoirés, mais ils ne souhaitent pas ma mort.

— Argh. En tout cas, si tu as besoin de quoi que ce soit, je suis le seul Luke de la résidence Spanner et mon numéro est dans l'annuaire des étudiants.

— Formidable. Tu m'as été d'une aide précieuse.

Je me levai de mon siège.

— J'ai un cours d'italien.

— Grazie per il caffè ! lança Luke comme je m'éloignais.

— Prego !

Pendant le reste de la journée, je sentis le regard d'Azzan sur moi partout où j'allais. Assise au réfectoire en compagnie des Katie, j'imaginais Azzan en train de surveiller un point sur son écran. Un point qui peinait à terminer ses macaronis au fromage tant la peur lui broyait l'estomac dans un étau.

— Tu es de mauvaise humeur ? demanda Katie Blonde.

— Désolée, répondis-je en soupirant.

— Des problèmes de cœur ? essaya-t-elle de deviner.

— Eh bien...

Je déglutis.

— Bridger est fâché contre moi.

— Merde ! s'exclama-t-elle. Je suis vraiment désolée. Tu l'as trompé ?

— Non ! fis-je en secouant la tête. Nous avons eu beaucoup de soucis ces derniers temps, et... Je n'ai pas été très sympa.

— Tout n'est sans doute pas perdu, avança Katie Couette. Tu peux l'appeler, peut-être ?

Je portai ma fourchette de pâtes à ma bouche tout en réfléchissant. Malgré ma profonde panique, l'idée m'avait effleuré l'esprit que mes espions risquaient de se rendre compte qu'il s'était passé quelque chose si je ne donnais brusquement plus aucune nouvelle à Bridger. Et je ne voulais pas qu'ils pensent que j'étais au courant pour *iTail*. Je devais donc l'appeler, au moins une dernière fois.

Même si ça s'annonçait douloureux.

Après le dîner, je trouvai un appel en absence et un message vocal sur mon téléphone. Je l'écoutai sur le chemin de ma chambre.

— Ici la représentante adjointe du ministère public, Madeline Teeter, pour Scarlet Crowley. Scarlet, je vais passer dans votre secteur en fin de semaine et j'aimerais que nous discutions. Ça ne prendra qu'une demi-heure. Merci de me rappeler pour convenir d'un moment.

Zut !

Mon pouls s'emballa, car je pris conscience que je devais me soumettre sans plus attendre aux instructions d'Azzan. Sinon, il le saurait. En tremblant, je trouvai son numéro dans ma liste de contacts et l'appelai. Il répondit dès la première sonnerie.

— Allô ?

— C'est Scarlet, dis-je. Vous m'avez dit d'appeler si j'avais des nouvelles du ministère public.

— Oui, Shannon, ont-ils appelé ?

— Oui. Il y a une heure, environ. L'indicatif régional était 603.

Elle s'appelait Madeline quelque chose et elle m'a dit qu'elle aimerait discuter avec moi.

— Ne les rappelle pas, Scarlet.

— Non, je ne le ferai pas. Je vous préviens juste parce que vous me l'avez demandé.

— Brave fille. Si elle rappelle, ou vient te voir, je veux le savoir immédiatement.

— Très bien.

Je raccrochai.

Brave fille, avait-il dit. Mais j'avais chaque jour un peu plus de mal à définir ce que cela signifiait. Une brave fille devait-elle aider le ministère public ou au contraire l'éviter ? Une brave fille devait-elle mentir à son copain pour protéger sa petite sœur ?

La situation était inextricable, et je ne savais pas du tout comment démêler tout ça.

CHAPITRE 14
HESTER, BÉBÉ

BRIDGER

MON TÉLÉPHONE VIBRA vers neuf heures et demie. Sans faire de bruit, je quittai mon bureau et entrai sur la pointe des pieds dans le placard, où je trouvai une position inconfortable. Voûté dans ma cabine téléphonique de fortune, je répondis à l'appel de Scarlet.

— Salut.

— Salut, chuchota-t-elle. Tu peux parler ?

— À voix basse, répondis-je. Je suis dans mon placard.

Je l'entendis rire à l'autre bout de la ligne et la douleur de son absence se raviva.

— Un petit nid douillet.

— Oui, c'est génial. Mais je dois te parler et elle dort, alors…

— Comment vas-tu, Bridger ? m'interrompit-elle.

— Pas bien, parce que tu m'inquiètes. Qu'attendent de toi les hommes de ton père ?

Elle soupira.

— Rien d'illégal. Ils veulent que je témoigne et je n'en ai pas envie. Ma présence est requise au tribunal dès le début du procès, après le Nouvel An.

— Tu ne veux pas y aller, n'est-ce pas ?

— Non, répondit-elle d'une voix grave.

— Scarlet, t'ont-ils demandé de mentir ?

Je perçus son hésitation dans le silence.

— Je ne peux pas en discuter avec toi. Ce n'est pas aussi grave que tu le penses, en tout cas. Tant que je me présente dès qu'ils me sifflent, et tant que je souris sur commande, tout ira bien.

Mais son ton restait évasif.

— Personne ne devrait te mettre la pression. Je n'aime pas ça du tout.

— Est-ce que tu me fais confiance, Bridger ?

Euh, zut.

— Bien sûr, mais…

— Alors tu dois me laisser gérer tout ça.

— J'ai l'impression que tu me caches des choses. Des choses terribles.

— Bridger…

Sa voix se brisa.

— Je ne peux pas en parler.

Le téléphone resta longuement silencieux. C'était le bruit produit par deux personnes qui s'éloignent l'une de l'autre, et mon cœur se serra.

— Scarlet ?

— Oui ?

— Comment as-tu choisi ton nouveau nom ?

— Oh, Bridger, fit-elle en soupirant. J'aime que tu me poses cette question.

— Raconte-moi.

Elle renifla.

— *La Lettre écarlate* est l'un de mes livres préférés. Le personnage principal est si courageux, et tout le monde la déteste.

— Waouh.

— C'est un peu mélodramatique.

— Non, c'est génial, lui dis-je. Mais… comment s'appelait la femme dans le livre ? Elle ne s'appelait pas Scarlet.

— C'était Hester Prynne. Mais je ne pouvais tout de même pas m'infliger ça. *Hester* est tellement… pas sexy.

Malgré mon niveau de stress, j'éclatai de rire.

— Ma belle, je serais quand même tombé amoureux de toi. Essayons…

Je baissai la voix, chuchotant presque :

— Oh Hester, bébé. Saute-moi dessus, Hester.

Il y eut un bruit étranglé à l'autre bout de la ligne, celui d'un rire mêlé de larmes. Enfin, Scarlet dit :

— Je t'aime, Bridger.

Je cognai ma tête contre le mur du placard à deux reprises. Parfois, il était impossible de gagner.

— Je t'aime, Scarlet. C'est pour ça que je ne supporte pas ta façon de procéder. Tu me caches des choses. Tu me mets à l'écart au lieu de m'inclure.

— Ce n'est pas ça. J'ai besoin d'un peu d'espace pour trouver mon chemin dans cette galère.

— Ce n'est pas ainsi que l'amour fonctionne. Tu es censée partager les galères tout autant que les joies. Tu l'as dit toi-même.

Ce fut un silence résigné qui me répondit.

— Mais là, ça ne peut pas marcher.

— Et tu ne peux pas m'expliquer pourquoi.

Je ne comptais pas baisser les bras. Je pouvais la tanner jusqu'à ce qu'elle me le dise. Je pouvais sécher le cours de solfège une fois de plus, lui retirer tous ses vêtements et lui faire l'amour jusqu'à ce qu'elle comprenne à quel point elle était importante à mes yeux.

Je commençais à me laisser aller à cet agréable fantasme lorsqu'elle m'annonça le pire :

— Bridger, nous allons devoir faire une pause, le temps que je démêle tout ça.

— Quoi ? Hors de question.

— Je suis désolée, Bridger. Je t'aime, mais j'ai besoin de temps.

Le placard sembla soudain rétrécir.

— Ça n'a aucun sens, Scarlet. Je ne t'ai pas repoussée quand tu as appris à quel point ma vie était merdique.

— Tu es plus fort que moi, répliqua-t-elle. Pour le moment, au revoir.

Elle avait prononcé ces dernières paroles d'une voix cassée.

— Scarlet, attends...

Elle raccrocha, et de rage, je jetai mon téléphone dans mon placard exigu et obscur.

— *Scarlet*

La semaine suivante fut affreuse. J'avais constamment les yeux rouges et les Katie essayaient de savoir ce qui n'allait pas. Mais je ne pouvais rien leur dire, car il me faudrait mentir au sujet de notre rupture et des raisons qui m'empêchaient de voir Bridger.

J'étais tellement lasse des mensonges.

D'abord, Bridger m'appela fréquemment et je ne décrochais jamais. Il m'envoyait des textos auxquels je ne répondais pas. *Ne fais pas ça*, écrivait-il. *Nous trouverons une solution.*

Je me figurais Azzan, assis devant son ordinateur, en train de prendre note de toutes mes communications. Il buvait sans doute un café tout en espionnant ma vie. Notre prise de bec le faisait peut-être ricaner.

Cette idée me fendait le cœur.

Je n'aimais pas les mélodrames. Je n'étais pas ce genre de fille. La petite voix de la raison s'égosillait dans ma tête : *Mais parle-lui ! Explique-lui le dilemme.*

J'y avais songé. Sincèrement. Mais si je disais à Bridger qu'Azzan le menaçait et posait des questions au sujet de Lulu, il voudrait d'abord prendre ma défense. Il était comme ça. Ensuite, il y réfléchirait à deux fois et en arriverait à la seule conclusion logique – il en était incapable. Un type désespéré qui cachait une fillette de huit ans ne pouvait *pas* se mettre à dos une bande d'avocats de la défense, riches et arrogants, dépourvus du moindre sens moral et prêts à tout pour de l'argent.

Lui exposer mon problème reviendrait à le forcer à choisir entre Lucy et moi. Il en serait malade, et moi, je devrais l'écouter m'annoncer à quel point il était désolé.

Ces réflexions me coûtèrent une autre nuit de sommeil. Pendant que Katie Blonde ronflait après toute une soirée de jeux à boire dans une énième fraternité d'étudiants, je cherchais un moyen de pousser Bridger à m'oublier.

Le lendemain matin, lorsqu'il m'envoya un texto, ma réponse était prête. *Bridger, j'ai rencontré quelqu'un. Et il est libre le soir et le week-end.*

J'envoyai cette petite grenade vers dix heures du matin. Je ne reçus aucune réponse, ni appel ni message.

J'avais donc gagné cette bataille. Et perdu la guerre.

Si je m'étais crue déprimée, ce fut dix fois pire après ça. Mon cœur me faisait mal et mes yeux étaient humides. Je n'avais plus aucun espoir.

Mon erreur avait été de croire que je pouvais changer d'identité aussi facilement que les Katie troquaient leurs ballerines contre des talons aiguilles. Maintenant que je savais que ça ne fonctionnerait pas, je ne me sentais plus courageuse ni très neuve. Je ne me sentais plus vraiment Scarlet. J'avais plutôt l'impression d'arpenter le campus dans la peau de Shannon, essayant tant bien que mal de me concentrer sur mes cours. Shannon n'avait pas d'amis et elle rédigeait des fiches pour apprendre ses verbes italiens. Elle étudiait à la bibliothèque alors que les autres allaient dîner. Et elle jouait de la guitare sur son lit pendant que ses camarades se préparaient pour le bal de Noël.

À une seule occasion au cours de ces longues journées solitaires, Shannon fit une apparition opportune. J'ouvrais rarement ma boîte aux lettres, dans le bâtiment Warren, car personne n'écrivait à une fille qui avait récemment changé de nom – pas même les catalogues de vente par correspondance. Je ressortis de l'une de mes rares visites au bureau de poste avec une grande enveloppe estampillée du logo de l'Université de Harkness. L'adresse de l'expéditeur était celle du bureau du doyen des services étudiants.

Je la déchirai pour découvrir une feuille de papier à l'intérieur, accompagnée par une autre enveloppe. Sur le papier, on pouvait lire :

Chère Mlle Scarlet Crowley,

Veuillez accepter toutes nos excuses. Le courrier ci-joint est resté bloqué dans notre service pendant plusieurs semaines, car votre changement de nom n'avait pas été reporté correctement dans nos dossiers. Nous avons effectué les modifications nécessaires et si d'autres courriers nous parvenaient pour vous, soyez assurée qu'un tel délai ne se reproduirait pas.

Bien à vous,

1. J. Roberts

Maître de poste

J'inspectai l'enveloppe. Elle était adressée à Shannon Ellison, promotion 2017. L'expéditeur était le département des Affaires sociales du Massachusetts, et le nom d'Ellison était griffonné à la main au-dessus du tampon de l'adresse.

Oncle Brian ?

Je déchirai le rabat avec mon pouce et en sortis une autre lettre, datée du vingt septembre – plus de deux mois en arrière. C'était une feuille de bloc-notes manuscrite. Les mots penchaient nettement sur la droite, en fin de ligne, comme si leur auteur était pressé d'atteindre la marge.

. . .

Chère Shannon — Ce sentiment va sans doute te paraître étrange de la part d'un proche que tu connais à peine, mais je m'inquiète pour toi. Le procès de J. P. s'annonce terrible. J'ai le malheur de m'y connaître un peu en procès au pénal. Ils sont longs, déshumanisants, et j'espère que tu n'es pas impliquée jusqu'au cou dans les procédures.

L'an dernier, j'ai essayé de te rendre visite pour te proposer mon aide, mais tes parents ont refusé. Maintenant que tu ne vis plus chez eux, j'espère que nous pourrons renouer le contact. Malheureusement, je n'ai aucun numéro de téléphone où te joindre. J'espère sincèrement que tu m'appelleras. S'il te plaît, dis-moi si tu as besoin de quoi que ce soit. Si tu as l'impression d'en avoir par-dessus la tête ou si tu as simplement besoin de parler, n'hésite pas à m'appeler ou à m'écrire. N'importe quand.

Oncle Brian.

Il me laissait son adresse e-mail, ainsi que ses numéros de téléphone, personnel et professionnel. Je ne comptais pas l'appeler depuis mon portable espion, ni même saisir ses informations dans ma liste de contacts. Néanmoins, je rangeai soigneusement le papier dans mon portefeuille. Sa présence était rassurante.

CHAPITRE 15
UN ÉCLAT ROUX

BRIDGER

— REGARDE ! s'écria Lulu en sautillant devant moi.

Je décollai les yeux du trottoir pour voir ce qu'elle me montrait. C'était un gigantesque Père Noël gonflable, sur la pelouse d'un pauvre type. À côté de lui, des rennes animés penchaient mécaniquement la tête.

C'était le spectacle le plus ringard que j'aie jamais vu.

Ces derniers temps, Lucy avait les grands yeux écarquillés des gamins à l'approche de Noël. Elle était assez grande pour savoir que le Père Noël était un mythe, mais encore assez jeune pour se laisser enthousiasmer par les décorations de mauvais goût.

— Sympa, lançai-je d'un ton léger.

— Oui, n'est-ce pas ?

Nous nous arrêtâmes au bout de l'allée qui conduisait jusqu'à l'école. Les enfants nous dépassaient en courant, car la cloche n'allait pas tarder à sonner.

— Tu as bien pensé à emporter ton déjeuner ?

Elle posa la main sur son sac et hocha la tête.

— Parfait. Allez, fais-moi un câlin.

Je me baissai pour la serrer dans mes bras. Elle n'avait pas

encore atteint cet âge où l'on rejette les démonstrations d'affection. Pourtant, je savais que mes jours étaient comptés. Elle refusait déjà que je lui tienne la main quand nous étions entourés par
la foule.

— Au revoir, Bridger, lança-t-elle d'un ton joyeux par-dessus
son épaule tout en détalant vers le flot d'enfants.

— Au revoir ! criai-je.

Un instant plus tard, sa queue de cheval rousse avait disparu
et je fis demi-tour pour rentrer au campus.

C'était la dernière semaine de cours. Ensuite, ce serait la
semaine de révision, puis les examens. Mes camarades de classe
s'éparpilleraient en fin de semestre comme des contrôleurs de vol
sur le tarmac. Mais la fin de l'année était pour moi synonyme de
problèmes, parce que Lucy et moi n'avions nulle part où aller. Ses
vacances ne commenceraient qu'une semaine après la fin des
examens. En admettant que je prenne sur moi et avoue à Hartley
que nous étions à la rue, Lucy raterait une semaine de cours si
nous nous installions chez lui. Parce que je n'avais pas de voiture
pour faire les trajets entre l'école et la maison d'Hartley.

Comme toujours, mes options étaient pitoyables.

Posant sans conviction un pied devant l'autre, je me rendis en
cours de statistiques. Je m'assis au premier rang et me concentrai
sur ma prise de notes, même si je n'en avais pas réellement
besoin. J'avais du mal à me faire à l'idée que je n'aiderais pas
Scarlet à réviser son examen. Son rejet me transperçait le cœur
depuis plusieurs jours déjà.

J'aurais dû me sentir mieux en la voyant tout aussi triste que
moi. Chaque fois que je passais près d'elle en entrant dans la salle,
elle me lançait un coup d'œil furtif. Elle était blême et fatiguée, et
ses yeux noisette s'empressaient de retourner sur ses livres quand
je surprenais son regard.

Pour tout dire, cette histoire me mettait profondément mal à
l'aise. La manière dont elle s'était débarrassée de moi ne comportait aucune équivoque. Mais elle n'avait pas *l'air* d'une fille
épanouie dans une nouvelle relation.

Elle n'était plus qu'une loque.

Malheureusement, ce n'était pas parce que je lui en voulais que mon amour pour elle avait changé. Et tant pis si j'avais des problèmes plus importants sur les bras. Les événements du week-end de Thanksgiving ne cessaient de revenir en boucle dans mon esprit. Je cherchais constamment des explications sans jamais en trouver.

Autrefois, le jeudi était l'un de mes deux jours préférés de la semaine. Mais à présent, la matinée n'était que douleur à l'état brut. Après les statistiques, je rejoignais tout seul la classe de solfège, en prenant soin de m'asseoir loin de Scarlet. Ce n'était pas facile d'éviter quelqu'un. Quand elle était dans la même salle que moi, j'avais l'impression qu'il n'y avait pas suffisamment d'oxygène pour nous deux. Ma poitrine était comprimée et j'étais incapable de me concentrer.

— Salut, Bridger !

Je levai les yeux juste à temps pour voir une fille prendre place à côté de moi.

— Salut, répondis-je, m'efforçant de me montrer poli sans toutefois paraître intéressé.

Elle s'appelait Amelia et elle s'asseyait aussi à côté de moi dans le cours du mardi. Amelia chantait dans un groupe a cappella. Nous étions sortis ensemble une fois, l'an dernier, après une fête chez Corey Callahan. En réalité, nous étions sortis ensemble *pendant* la fête. Et après. Mais ce n'était qu'un coup d'un soir et cela remontait à un an.

— Nous allons réviser les structures aujourd'hui, annonça le professeur devant la classe.

Il écrivait plusieurs termes sur le tableau blanc tout en parlant. *Sonate. Menuet. Concerto.*

— D'abord, passons en revue les différentes notations musicales informant le musicien qu'il faut *répéter* une partie du morceau.

Il écrivit *D.C. al fine,* et *D.C. al coda.*

— Formidable, dit Amelia à côté de moi. J'adore les répétitions.

Bon sang. *Quelle subtilité !* Sans lui prêter attention, je recopiai scrupuleusement ce qu'écrivait le professeur, étant donné que je ne pouvais plus compter sur Scarlet pour m'aider à préparer cet examen. Et il était hors de question de faire appel à Amelia.

J'étais en train de prendre des notes sur la forme d'une sonate lorsque mon téléphone vibra dans ma poche.

SCARLET

Le rôle du gardien, c'est de surveiller toute la patinoire, en permanence.

Ainsi, même si je n'avais pas envie de remarquer la jolie fille qui s'installait pour la deuxième fois à côté de Bridger, je ne pouvais pas m'en empêcher.

Dans les journaux du matin, j'avais lu que le procès de mon père allait durer « deux ou trois mois ». Même si c'était vrai, ses avocats feraient appel. Et une fois que l'affaire criminelle serait enfin résolue, il y aurait probablement un procès civil. Le temps que tout se termine, Bridger ne se souviendrait même plus de mon visage.

Quand j'avais envoyé mon affreux texto à Bridger, je savais que ce serait douloureux de le revoir. Mais cette pimbêche qui jouait avec ses cheveux sous le nez de Bridger me brisait le cœur. J'avais envie de l'assassiner à mains nues.

En voilà une bonne idée. Une autre Ellison qui commet un crime. Nous pourrions peut-être avoir une aile à notre nom dans une prison quelque part, qui sait.

Vive mon humour macabre.

Le professeur expliquait la structure des concertos sur un ton monocorde, et je ne prenais aucune note. J'avais déjà lu ce passage dans le manuel.

Un gardien de but repère tout, qu'il le veuille ou non. Même si la fille minaudait à côté de lui et le masquait à ma vue, je sus qu'il venait de coller son téléphone contre son oreille. Et quand il sortit de la salle de classe, en proie à la panique, je remarquai tous les détails.

Une minute s'écoula, puis deux. Il ne revenait toujours pas. Son livre demeurait ouvert sur son bureau, là où il l'avait laissé.

Enfin, Bridger entra en trombe, le visage rouge. Il courut récupérer ses affaires avant de repartir en un clin d'œil. Alors qu'il rebroussait chemin vers la porte au pas de course, j'entraperçus son visage.

L'*anéantissement* était le seul mot susceptible de décrire ce que j'y vis.

Aussi vite que possible, je rassemblai mes propres affaires et m'élançai derrière lui. Lorsque je sortis de la salle, Bridger n'était déjà plus qu'un éclat roux au bas de College Street. Je courus pour le rattraper. Peut-être Lucy était-elle tombée malade à l'école ? Mais l'expression que j'avais perçue sur son visage me donnait la chair de poule. Bridger ne perdait pas facilement son sang froid. Il n'aurait jamais été affecté de la sorte en apprenant que sa sœur avait mal au ventre.

Toujours à sa poursuite, je vis Bridger prendre la direction de la résidence Beaumont. Au lieu de continuer vers l'école de Lucy, il présenta sa carte et poussa les grilles pour entrer.

Bizarre.

Le temps que j'atteigne les portes, essoufflée par ma course, les grilles en fer s'étaient déjà refermées. Ma carte étudiante ne pourrait pas les ouvrir, car Beaumont n'était pas ma résidence. Je restai donc plantée là, trépignant d'impatience, en attendant qu'un Beaumontois passe dans le coin et accepte de me laisser entrer.

— Tiens, salut. C'est Scarlet, n'est-ce pas ?

Je fis volte-face pour découvrir Hartley, l'ami de Bridger, qui passait sa carte devant le capteur.

— Bridger et toi allez manger au réfectoire Beaumont pour une fois ? Ou faut-il vraiment que je fasse imprimer vos visages sur cette brique de lait ?

— Salut, répondis-je d'une voix haut perchée, contente de pouvoir entrer.

— Eh, est-ce que ça va ?

En fait, pas vraiment. Je restai un long moment sans rien dire, indécise. Bridger avait volontairement tenu Hartley à l'écart, et je comprenais ses raisons. Mais de toute façon, je me rendais bien compte qu'il me serait impossible d'entrer dans le bâtiment de Bridger sans son aide.

Et puis, zut.

— Je crois que Bridger a des ennuis, lui dis-je.

Deux minutes plus tard, je gravissais le perron du bâtiment où vivait Bridger, Hartley sur mes talons. La porte de sa chambre était ouverte et je m'arrêtai net sur le seuil. J'eus à peine le temps d'apercevoir Bridger qui donnait un violent coup de pied au matelas de Lucy, posé sur le parquet. J'ouvris la bouche pour dire quelque chose, mais il se pencha pour le ramasser et le jeta sur son propre lit.

— *Putain !* hurla-t-il.

Puis il prit un lapin rose sur le sol et le lança contre sa fenêtre. Serrant le poing, il frappa le dossier métallique de sa chaise, la projetant par terre.

— Arrête ! m'écriai-je.

Bridger ne leva même pas les yeux vers moi. Il plaqua les deux mains sur la surface de son bureau et laissa retomber sa tête, au comble de l'abattement.

— Merde, mais que se passe-t-il ? chuchota Hartley dans mon dos.

— Bridger, s'il te plaît, explique-moi ce qui s'est passé, dis-je en m'avançant pour ramasser la chaise et la redresser. Je t'en prie.

Ses épaules se soulevèrent et il serra les poings. Il respirait péniblement et avait les yeux et le visage cramoisis. Malgré ma crainte, je m'approchai de lui et posai une main sur son torse.

— Que se passe-t-il ?

Il prit une inspiration frémissante et je sentis ses poumons se gonfler sous ma main.

— Ils sont passés la chercher à l'école.

— Qui ?

Il avait le regard dans le vague.

— La DFE – les assistants sociaux. Ils l'ont emmenée. Je ne sais pas où elle est.

Ses yeux étaient vitreux, il était en état de choc.

— Qui t'a appelé ? demandai-je.

— Son institutrice, dit-il d'une voix rauque. Ils sont venus dans la classe avec le proviseur et ont demandé à voir Lucy. Quand Mme Rose a demandé : « c'est à quel sujet ? », ils lui ont répondu que sa mère était morte.

— Elle est *morte* ?

— C'est ce qu'ils ont dit.

— Je suis vraiment désolée.

Il baissa la tête.

— Maintenant, je suis vraiment dans la merde.

Je vis les larmes lui monter aux yeux.

J'étais sans doute la dernière personne au monde avec laquelle il voulait être en contact, mais je ne pus m'empêcher de lui caresser le dos à deux mains.

Il frissonna.

— Je lui avais promis de ne pas la laisser tomber.

— Mais tu ne l'as pas laissé tomber.

— Ce sont des *inconnus* qui la détiennent. Elle doit être terrorisée.

— Je sais, Bridger. Nous allons arranger ça. Mais tu vas devoir demander de l'aide.

— Je ne peux pas, putain. Personne ne m'aidera. Ils me diront de la laisser partir.

— Nous trouverons bien quelqu'un qui saura quoi faire. Il faut juste t'adresser aux bonnes personnes.

À ces mots, il se redressa et repoussa mes mains.

— Demander de l'aide, comme *toi*, Scarlet ? Merci du conseil.

— Bridger ? demanda calmement Hartley.

J'avais oublié sa présence.

— Est-ce que Lucy *vivait* ici avec toi ?

— Oui, répondit-il d'une voix éteinte.

— Mais *pourquoi* ?

Bridger émit un rire amer.

— D'après toi ?

— Enfin… pourquoi n'as-tu rien *dit* ? Ma mère aurait…

— Je le *sais*, répliqua Bridger. Theresa, qui s'est démenée pendant vingt-deux ans sans rien obtenir en retour… elle aurait mis sa nouvelle vie de côté pour nous aider. Je ne le voulais pas. Et je ne pouvais pas suivre la procédure légale sans craindre que le système me la prenne, ce qui est précisément en train de se passer, de toute façon…

Bridger nous tourna le dos pour ouvrir son ordinateur. Lorsque l'écran se fut allumé en clignotant, il saisit « département des familles et de l'enfance du Connecticut » dans la barre de recherche et attendit.

— Que comptes-tu faire, Bridger ? demandai-je. Les appeler ? T'y rendre en personne ?

— Qu'est-ce que ça peut te faire, Scarlet ? Merde.

Il cliqua sur *Nous contacter*.

— Figure-toi que ça m'importe beaucoup, répondis-je d"une voix douce.

— Tu parles ! Je me suis fait un sang d'encre pour toi, à tel point que je n'ai *rien* vu venir.

À présent, il s'époumonait.

— *Et maintenant tu veux m'aider ?*

Il prit son téléphone d'un geste vif et entreprit de composer le numéro.

— Bridger, murmurai-je.

Il porta le téléphone à son oreille et attendit.

— Bridger, dit Hartley, en écho.

— *Non*, tonna Bridger dans le combiné, le visage empourpré par l'émotion. Je ne connais pas le numéro de poste de mon correspondant.

Il ferma les yeux.

Je m'avançai derrière lui pour le prendre dans mes bras, le visage contre son dos.

— Là, lui dis-je. Tout va bien se passer.

— Non, répondit-il d'une voix dure. Ça ne va pas bien se passer. J'ai fait tout ce que j'ai pu et tout a complètement foiré.

Hartley se dirigea vers la banquette sous la fenêtre et ramassa le lapin rose.

— Il nous faudrait quelqu'un qui s'y connaisse en services sociaux ou je ne sais quoi. Et il nous faut quelqu'un qui puisse nous aider sur les questions juridiques.

— Je crois que tu devrais t'adresser au doyen de la résidence Beaumont, proposai-je.

— Hors de question. C'est justement lui que j'essaie d'éviter depuis cet été.

— Attends… fit Hartley en levant les yeux au plafond, comme si la réponse s'y trouvait. Je pense qu'elle a raison. Jusqu'à présent, tu enfreignais les règles, mais plus maintenant. Il est le seul à pouvoir t'aider. C'est son travail, de toute manière.

— Je ne sais pas. Je suis incapable de réfléchir, dit Bridger.

Je passai ma main dans ses cheveux. C'était si agréable de le toucher à nouveau. Même si le timing était atrocement mal choisi, je ne voulais plus le lâcher.

— Écoute, dit Hartley. Je vais faire un saut dans son bureau pour voir s'il a une heure à te consacrer aujourd'hui. Je lui dirai que c'est important, sans préciser pourquoi.

— D'accord.

Bridger semblait en état de choc.

Hartley quitta la chambre et referma la porte derrière lui.

— Merde, pesta Bridger. Je ne connais absolument rien du

système. Je ne connais rien sur les assistants sociaux, si ce n'est que je voulais ne jamais avoir affaire à eux. Je n'ai aucune idée de leur fonctionnement.

Moi non plus, mais je me rendis compte que je connaissais quelqu'un à même de me renseigner. Déposant mon sac sur le sol, j'en sortis la lettre de mon oncle Brian. Je composai son numéro sur mon téléphone, mais mon pouce resta suspendu au-dessus du bouton d'envoi.

Je m'étais arrêtée juste à temps.

— Bridger, je peux utiliser ton téléphone ? C'est important. Mon oncle est assistant social. Il n'habite pas dans le Connecticut, malheureusement. Mais il saura peut-être quoi faire.

— Le tien ne marche pas ?

— Il est sur écoute, avouai-je en soupirant. Les chiens de garde de mon père sont au courant de tous les appels que je passe et lisent tous mes textos.

— Quoi ? fit-il en écarquillant les yeux. Putain, ça craint.

— Oui, tu peux le dire. Et c'est aussi pour cette raison que je ne t'ai pas parlé depuis dix jours.

J'appuyai sur le bouton d'appel de son téléphone avant de le porter à mon oreille.

Bridger posa son front dans sa paume.

— Tu aurais dû me le dire.

— On en parlera tout à l'heure, fis-je en entendant la tonalité retentir à l'autre bout de la ligne.

À la quatrième sonnerie, alors que je commençais à perdre espoir, la voix d'un homme répondit :

— Ici Brian Ellison.

— Oncle Brian ? répondis-je dans le silence. C'est… Shannon.

Après tout ce temps, mon ancien prénom me paraissait étranger.

— *Shannon*, fit-il d'une voix rauque. Waouh. Je suis si content d'entendre ta voix. C'est ton numéro de téléphone ?

— C'est celui de mon petit ami.

J'évitai de regarder le visage de Bridger en prononçant ces mots, mais ce ne fut pas facile.

— Je t'ai écrit une lettre il y a quelques mois. Tu l'as reçue ?

— Pas avant la semaine dernière, parce que j'ai changé de nom et qu'il y a eu une confusion.

— Oh, dit-il à voix basse. Je l'ignorais.

— Tu n'avais aucun moyen de le savoir. Aurais-tu une minute à me consacrer ? J'ai un problème.

— Pour toi, j'ai toujours une minute. Que se passe-t-il ?

— Ce n'est pas précisément mon problème, mais c'est très important. J'ai besoin de conseils pour comprendre le fonctionnement des services sociaux du Connecticut. Il y a une fillette – elle a huit ans – et sa mère est morte. Mais son frère est un adulte qui aimerait avoir la garde. Et c'est urgent.

Il garda un moment le silence.

— Ça m'a l'air sérieux. Est-ce que ceci a un rapport avec les histoires de J. P. ?

— Rien à voir. Mais ça concerne des gens que j'aime.

Je t'en prie, l'implorai-je silencieusement. *S'il te plaît, aide-moi.*

— Je peux passer te voir pour qu'on en discute en personne ? demanda-t-il. Je peux être à Harkness vers... disons dix-sept heures.

Le soulagement m'envahit.

— C'est une proposition formidable. Mais le bureau des services sociaux ne sera pas fermé à cette heure-ci ?

Un autre silence me répondit.

— Et si tu m'expliquais toute l'histoire. Qui est cette petite fille ?

— La petite sœur de mon copain, répondis-je.

Cette fois, je ne pus m'empêcher de lever la tête vers Bridger. Il avait les yeux rivés sur moi, mais sa mine était impassible.

— Il l'a enlevée à sa mère l'été dernier, parce que la mère se droguait et invitait des amis peu recommandables.

— Merde, s'exclama Brian dans mon oreille.

— Elle vivait dans sa chambre universitaire jusqu'à ce matin, quand les services sociaux sont passés la chercher à l'école, parce que leur mère est morte. Et ils ont sans doute pensé qu'elle vivait encore avec elle.

— Et le père ?

— Décédé.

— Quel bazar, soupira Brian. Je suis vraiment désolé.

— Moi aussi.

— Bon. Comment s'appelle ton petit ami ? Je peux lui parler ?

— Bien sûr.

Je tendis le téléphone à Bridger. Pendant que je rangeais les affaires qu'il avait éparpillées aux quatre coins de la chambre, il discuta avec l'oncle Brian, lui donnant toutes les informations nécessaires.

Dix minutes plus tard, Bridger remercia mon oncle et termina l'appel, puis il posa son téléphone et se tourna vers moi.

— Que va-t-il se passer ? demandai-je.

Bridger passa une main sur son visage.

— Il va passer quelques coups de fil pour savoir où elle est, et si je peux la voir. Puis il rappellera et m'expliquera comment essayer d'avoir la garde.

— Bon, d'accord.

— Merci de l'avoir appelé.

Bridger avait parlé sans oser me regarder.

Je tentai de déglutir pour chasser le nœud qui m'oppressait la gorge, mais sans succès.

— Je ferais n'importe quoi pour t'aider.

— Si c'est vrai, alors où étais-tu passé, putain ?

Il posa sur moi un regard dur.

— Je suis tellement en colère contre toi en ce moment.

Je perçus sa déception et sentis la peur m'envahir.

— Je le sais bien. Mais je devais faire profil bas pour que les gardes de mon père me laissent tranquille.

— Et qu'est-ce que ça a donné ?

Le sarcasme que je décelais dans sa voix me fit monter les larmes aux yeux.

— Je suis *désolée*, Bridger.

— Ton téléphone est *sur écoute* ? C'est pour ça que tu as rompu avec moi par texto ?

Je hochai la tête.

— Tu voulais qu'ils le voient ?

J'acquiesçai une fois de plus.

— Je suppose qu'il y a de bonnes raisons qui t'ont poussée à prendre cette décision complètement folle ?

Je savais que sa colère était méritée, mais elle me faisait peur.

— L'ordure en chef a commencé à me poser tout un tas de questions, et il a remarqué que je n'appelais que toi. Il t'a même *menacé*. Et puis... ajoutai-je avant de déglutir. Il a dit : « qui est Lucy ? »

— *Bordel*, s'écria Bridger, les yeux écarquillés. Tu aurais dû me le dire.

— Pourquoi ? Pour que tu t'inquiètes deux fois plus ?

— De toute façon, j'étais déjà inquiet ! s'exclama-t-il. Je suis tellement retourné à cause de toi que je n'ai rien vu venir !

— Alors tout est de *ma* faute, lâchai-je.

Ses épaules s'affaissèrent.

— Je n'ai pas dit ça.

— Toute la laideur de ma vie était en train de rejaillir sur la tienne.

— ... qui était *déjà* engluée sous son propre tas de laideur, termina Bridger.

Il leva de nouveau les yeux vers moi, le visage indéchiffrable. Mon cœur manqua un battement, comme chaque fois que nos regards se croisaient. Il n'était qu'à un mètre de moi, et pourtant j'avais l'impression que des kilomètres nous séparaient.

La porte s'ouvrit alors que nous étions debout l'un en face de l'autre, les yeux dans les yeux.

Hartley entra en se raclant la gorge.

— Bon, la mauvaise nouvelle, c'est que le doyen est à New York pour une conférence aujourd'hui. La bonne, c'est que son adjoint a réservé une heure pour toi, demain à midi.

— Merci, mec.

— Je t'accompagnerai, ajouta Hartley. Tu veux bien ?

Bridger se tourna vers son ami.

— Oui, ce serait sympa.

— Nous allons la récupérer, Bridger. Nous trouverons un moyen.

— Oui.

Sa voix n'exprimait pas la moindre conviction.

— Que fait-on, maintenant ? Nous pourrions emprunter une voiture et aller au département des services sociaux.

Hartley faisait basculer son poids d'une jambe sur l'autre, près de la porte, et mon cœur se gonfla en constatant que Bridger avait des amis prêts à l'aider.

Bridger fourra les mains dans ses poches.

— En fait, nous attendons que l'oncle de Scarlet nous rappelle. Il jette un œil au dossier.

— D'accord. Quoi d'autre ?

— Va à l'entraînement, Hartley. Tu m'aideras demain.

Hartley hésitait.

— Tu en es sûr ?

— Certain, mec. Vas-y.

Mais son ami ne s'en alla pas immédiatement.

— Je crois que j'ai enfin compris pourquoi tu avais abandonné le hockey.

Bridger s'assit lourdement sur son lit.

— Oui. Maintenant, tu le sais.

— Espèce d'idiot. Je suis furax que tu ne m'en aies pas parlé.

Bridger leva les yeux vers moi et ne détourna pas le regard, tandis qu'Hartley poursuivait :

— Tu t'es sans doute dit que ce serait plus noble de tout gérer tout seul.

— Je sais, dit Bridger d'une voix atone.

Hartley poussa un profond soupir.

— Tu m'as beaucoup aidé l'an dernier. Ça me tue que tu ne m'aies rien demandé.

— Je suis désolé.

— Moi aussi. On se voit demain.

Sans ajouter un mot, Hartley se retourna et sortit de la chambre en refermant la porte derrière lui.

Après quelques instants de silence, je pris la parole :

— Tu viens d'avoir la même dispute avec Hartley qu'avec moi.

Bridger répondit par un grognement :

— J'ai remarqué.

Pendant un moment, il se frotta la nuque, assis en face de moi, puis il se déplaça brusquement. Franchissant la distance qui nous séparait, il posa les mains sur mes hanches et me souleva dans ses bras. Enfin, il recula et se laissa tomber sur le lit, m'entraînant sur ses genoux.

— Je regrette que tu ne m'en aies pas parlé, murmura-t-il.

J'étais incapable de lui répondre, car j'étais au bord des larmes. C'était si agréable d'être à nouveau dans ses bras.

— J'ai besoin de toi, Scarlet. Même quand tout va mal. Surtout quand tout va mal.

Enfouissant mon visage dans le cou de Bridger, je humai son odeur. Il sentait le savon et le réconfort. Ça m'avait tellement manqué.

— Moi aussi, j'ai besoin de toi.

Ce fut d'une voix enrouée qu'il me demanda :

— Cet autre garçon, il existe ?

Je m'empressai de secouer la tête.

— Je ne connais même pas d'autres garçons.

Bridger se contenta de soupirer dans mes cheveux tout en me serrant contre lui. Nous restâmes longuement assis, dans les bras l'un de l'autre. Quand le téléphone de Bridger sonna enfin, je quittai d'un bond ses genoux.

Il se précipita.

— Allô ?

Au bout d'une minute, ses épaules se décrispèrent.

— Bien sûr. Merci. Je vais chercher un stylo.

Il se mit à noter quelque chose dans un cahier et je me levai pour jeter un œil par-dessus son épaule. C'était une adresse à Orange, la ville voisine.

— Je les appellerai avant notre arrivée. Oui, Scarlet a une voiture. Bien sûr. D'accord. Merci.

Bridger se tourna vers moi en me tendant le téléphone.

— Il veut te parler.

Je lui pris le téléphone des mains.

— Tu l'as retrouvée ?

— Elle est dans une famille d'accueil, qui dépanne dans les cas les plus urgents. Bridger a le droit d'apporter quelques vêtements à Lucy et de lui rendre visite ce soir.

Mes yeux se posèrent sur Bridger, qui s'affairait dans la chambre, ouvrant un tiroir pour en extraire de petits t-shirts.

— Waouh, merci.

— Ce n'est rien. Mais, écoute-moi... il n'est pas du genre à faire n'importe quoi, j'espère ? Elle doit rester dans la famille d'accueil tant que toute cette histoire ne sera pas réglée.

— Non, ça ira. Il ne... l'enlèverait pas, ni rien que tu puisses craindre.

— Tant mieux, parce qu'il ne lui sera d'aucun secours au fond d'une cellule.

— Je suis certaine qu'il en a conscience.

— Les émotions prennent souvent le dessus dans ce genre de situations. Les gens peuvent parfois faire des bêtises quand ils ont peur.

J'en sais quelque chose.

— Écoute, ma belle, j'ai envie de passer demain. J'aiderai Bridger à régler deux ou trois choses, et je pourrai aussi te voir.

— Super, d'accord !

— Je crois que je peux être là vers neuf heures. Tu pourras m'accorder un moment ?

C'était possible si je ratais mon dernier cours d'italien avant les examens.

— Évidemment.

— Formidable. Tu me donnes ton numéro ?

J'hésitai.

— Il vaut mieux utiliser celui de Bridger, d'accord ? Pas le mien.

— Merde. Est-ce que tes parents te surveillent ?

— Oui.

Il poussa un juron.

— Tiens bon, ma belle. Je te vois demain.

CHAPITRE 16

UNE HALEINE DE PHOQUE

BRIDGER

— C'EST CELLE-LÀ, la verte avec le porche, dis-je lorsque Scarlet s'engagea dans la petite rue résidentielle.

Le quartier était correct. Certes, la plupart de ces maisons étaient plus jolies que celles de la rue où nous avions grandi, mais ça ne voulait pas dire pour autant que tout cela me plaisait. Et si Scarlet n'était pas assise à côté de moi, je serais sans doute dans un sale état. Au lieu de pester sans discontinuer, je gardais le silence, tremblant comme une feuille.

Elle se gara devant le numéro 118 et je pris un moment pour regarder la maison. La façade semblait avoir besoin d'une nouvelle couche de peinture depuis au moins deux ans. Et des jouets étaient éparpillés dans le jardin.

Scarlet posa sa main sur la mienne.

— Ce n'est pas si mal, me dit-elle d'une voix douce.

— C'est vrai.

Il n'y avait pas d'armes ni de munitions autour de la maison, c'était déjà ça. Ni de tubes de crack.

— Je vais t'attendre ici, dit-elle en me serrant la main.

Mais je l'entendis à peine, car la porte d'entrée venait de s'ouvrir. Une femme s'avança. Derrière elle, j'aperçus Lucy, le visage livide et très éprouvé.

Une demi-seconde plus tard, j'étais sorti de la voiture et je remontais l'allée. Lucy dévala les marches et se jeta sur moi, atterrissant violemment contre mon torse. Je lâchai le sac que je portais pour la réceptionner et la soulever dans mes bras.

Elle enfouit son visage dans ma veste en gémissant.

— Eh, Lulu, lui dis-je en respirant péniblement.

Pour une raison quelconque, mes poumons refusaient de se gonfler normalement et ma vision se brouilla.

— Ça va aller, lui assurai-je d'une voix étranglée tout en lui frottant le dos.

Pendant que Lucy sanglotait, la femme ramassa le sac que j'avais laissé tomber et me poussa gentiment vers les marches du porche. Je les gravis, portant Lucy à l'intérieur. J'entrai dans un salon en désordre et titubai jusqu'au canapé, où je m'assis tout en serrant Lucy contre moi. Je pris plusieurs inspirations pour tâcher de me ressaisir.

Les sanglots de Lucy s'étaient mués en un hoquet humide et je passai mes mains sur son visage pour l'essuyer. Elle tentait de se calmer, mais ses doigts étaient toujours crispés sur ma veste.

— Je t'ai retrouvée, lui dis-je, même si ce n'était qu'à moitié vrai, ce dont nous étions conscients tous les deux.

— Elle est… m… morte, bredouilla Lucy, s'étouffant dans ses propres larmes.

— Je sais, ma puce. Je suis désolé.

Ma gorge menaçait de se nouer à nouveau et je m'éclaircis la voix.

— On aurait dû… commença-t-elle d'une voix étranglée… l'hôpital, peut-être. Nous n'avons pas…

Lucy pressa de nouveau son visage contre ma veste.

Oh, bon sang.

Je l'écartai de moi pour pouvoir la regarder en face.

— Non, ma puce. Écoute-moi.

Ses yeux verts étaient hagards et apeurés et il me fallut une seconde avant de capter son entière attention.

— Elle était malade, mais elle refusait d'aller à l'hôpital. Ce n'est pas de ta faute.

— Elle refusait ?

Je préférai secouer la tête plutôt que de lui mentir une fois de plus. Ce qui était vrai, c'était que j'avais souvent apporté des médicaments à ma mère et qu'elle n'avait rien voulu entendre. J'aurais peut-être pu faire une différence en traînant de force cette sale égoïste dans un centre, quelque part, qui sait ? Mais quand je m'étais rendu compte qu'elle avait besoin d'une véritable intervention, violente et implacable, il fallait aussi que je m'occupe de Lucy. Je n'aurais rien pu faire.

Du moins, c'était la version que j'avais décidé de croire. Sans doute pendant les soixante prochaines années.

Ma sœur semblait s'être épuisée à force de pleurer. À présent, elle pleurnichait contre moi et j'eus l'impression que nous cherchions tous les deux à retrouver notre souffle.

— Je m'appelle Amy, me dit l'assistante familiale au bout de quelques minutes. Ce sont les affaires de Lucy ? demanda-t-elle en désignant le sac.

— Oui.

Ma voix était toujours voilée.

— Lulu, je t'ai apporté quelques habits et ton pyjama. Et je t'ai aussi pris Lapinou.

— Je ne veux pas dormir ici, dit-elle dans mon t-shirt.

— Je le sais bien, fis-je en refermant mes bras autour d'elle. Mais c'est juste temporaire, jusqu'à ce que je puisse expliquer au juge que c'est moi qui devrais m'occuper de toi.

Je choisissais précautionneusement mes mots pour ne pas lui faire de promesses que je ne pourrais pas tenir.

— Pourquoi un juge ?

— Quand les parents meurent, ils veulent juste s'assurer que l'enfant a un endroit convenable pour vivre.

— On peut retourner à la maison, dit Lucy. Toi et moi.

Voir Lucy s'efforcer de trouver une solution me broyait la gorge dans un étau. C'était ce que j'avais fait pendant tout le semestre – organiser mentalement les cartes pour essayer d'obtenir une main gagnante. Je n'y étais jamais parvenu.

— Tu vas rester ici avec Amy jusqu'à ce que je trouve comment arranger ça, lui expliquai-je.

— J'ai une chambre pour toi, lui dit Amy d'une voix avenante, depuis le coin de la pièce où elle se tenait. Tu peux manger et prendre un bain. Tu iras à l'école demain, ta maîtresse sera contente de te voir.

— Non, déclara Lucy d'une voix proche de l'hystérie. Je veux juste rentrer à la *maison*.

Je pris une autre inspiration.

— Je parie qu'il y a une baignoire, dis-je.

L'une des nombreuses plaintes de Lucy au sujet de la résidence Beaumont, c'était son obligation de prendre des douches.

— Je m'en fiche.

— Ton frère peut la remplir, si tu veux, proposa Amy.

Je me redressai, soulevant Lucy dans mes bras. Je n'avais aucun mal à la porter tant elle était légère, mais elle commençait à être trop grande et elle m'arrivait au niveau des genoux. J'avais l'impression que, pas plus tard que la semaine dernière, elle était encore un petit paquet sur ma hanche quand je la transportais.

Je suivis Amy à l'étage. Nous passâmes devant une chambre, où un homme était assis au même bureau qu'un autre enfant, une fillette à la peau mate. Ils semblaient absorbés dans des devoirs de classe. En m'entendant dans le couloir, l'homme leva les yeux et m'adressa un clin d'œil.

D'accord. Bon, cet endroit ne sortait pas tout droit d'une scène d'*Oliver Twist*. Mais j'avais toujours du mal à accepter qu'il me fallait y *laisser* Lucy. Seigneur.

Lucy refusa de me laisser sortir de la pièce pendant toute la durée de son bain. Je crois qu'elle craignait que je m'échappe, même si je lui avais promis que je resterais. Je lui rinçai les cheveux à l'aide d'un récipient en plastique tout en essayant de lui faire perdre son air apeuré.

J'avais pensé à apporter sa brosse à dents, mais j'avais oublié ses chaussettes.

— Ce n'est pas grave, dit Amy. J'en ai quelques-unes.

Évidemment. Parce que la maison d'Amy était prête à accueillir les cauchemars des autres.

Pendant que j'essayais tant bien que mal de convaincre Lucy de manger ne serait-ce qu'un nugget de poulet et deux galettes de pommes de terre, Amy me résuma son histoire. Elle avait exercé en tant qu'assistante maternelle pendant des années avant d'ouvrir son foyer aux hébergements d'urgence, pour essayer de faire une différence dans leur malheur.

J'avais beau avoir envie de la détester, c'était impossible.

Son mari, Rich, vint me serrer la main avant de dire à sa femme :

— Sheena est au lit, elle attend que tu montes lui dire bonne nuit.

— Si vous voulez bien m'excuser un instant, dit Amy en quittant la pièce.

C'étaient des gens adorables. Et pourtant, même si je savais que Lucy serait en sécurité avec eux, je n'en étais pas plus enclin à laisser l'État prendre les choses en mains. Parce que tous les assistants familiaux n'étaient pas comme Amy. Et à huit ans, Lucy avait encore une décennie devant elle avant d'échapper aux griffes de l'État. J'appréciais beaucoup Amy, mais je n'avais aucune garantie que ma sœur pourrait rester chez elle. Si le vent tournait, Lucy risquait d'atterrir dans un endroit sordide, avec des gens qui hébergeaient un maximum d'enfants pour des raisons exclusivement financières. Et je ne pourrais absolument rien y faire.

Enfin, le moment tant redouté arriva.

— C'est l'heure d'aller au lit, Lucy, lui annonçai-je d'une voix douce. Je reviendrai demain après l'école.

— Tu pourras passer me chercher ?

Lentement, je secouai la tête. J'étais presque certain que cette tâche incombait à Amy. Les services sociaux m'avaient accordé des « visites sous surveillance ». Et je n'avais pas l'intention de désobéir.

Je vis les yeux de Lucy s'embuer à nouveau.

— Non, ma petite puce, chuchotai-je en la serrant contre moi. Tout va bien se passer.

— Je veux partir avec toi.

— Je sais, répondis-je, le nez dans ses cheveux. Je fais tout pour.

— Dis-leur que je veux habiter avec toi.

— Je le leur dirai.

— Dis-leur que ça m'est égal où on habite.

— Je le leur dirai une centaine de fois s'il le faut.

— Un millier.

— D'accord, je le leur dirai un millier *de millier* de fois. Ce qui fait un million. Ou cent fois dix mille. Ou…

— *Tais-toi*, Bridger, fit-elle entre deux hoquets.

Amy essaya d'intervenir, espérant peut-être que Lucy finirait par me lâcher.

— Y a-t-il un livre que tu aurais envie de lire avec moi, maintenant ?

— Nous sommes en train de lire *Harry Potter*, expliquai-je pour être utile.

— Non, déclara Lucy.

Elle se tourna vers Amy en grimaçant.

— Tu ne peux pas me lire *Harry Potter*. Seulement Bridger. Il fait les voix.

Je lâchai doucement Lucy pour me détacher d'elle.

— Amy a sans doute beaucoup de livres, proposai-je. Pourquoi n'irais-tu pas en choisir un ?

Elle ne bougeait pas. Bientôt, une larme roula sur sa joue.

— Je dois y aller, maintenant, lui dis-je.

Ma voix menaçait de se briser à nouveau.

— Tu peux saluer Scarlet. Elle m'attend dans la voiture.

Les yeux de Lucy se tournèrent vers la porte et je choisis ce moment pour commencer lentement à m'en rapprocher. Elle me suivit, mais je ne m'arrêtai pas avant d'atteindre la porte et de poser ma main sur la poignée.

— Non ! hurla Lucy.

Je dus prendre une grande inspiration avant de lui dire :

— À demain, Lulu. Je reviendrai.

Je déposai un baiser sur sa tête et ouvris la porte.

— Fais coucou à Scarlet. Tu la vois ?

Tout en parlant, je sortis sous le porche. La politesse aurait voulu que je serre la main d'Amy, mais je ne m'en sentais pas capable. Je continuai donc à marcher, puis j'ouvris la portière de la Cayenne et montai à son bord. Scarlet mit le moteur en marche. Baissant la vitre du côté passager, elle se pencha sur moi pour adresser à Lucy un geste de la main.

— Vas-y, démarre, lui dis-je d'une voix étranglée.

Par bonheur, la Porsche s'éloigna du trottoir. Quelques secondes plus tard, nous avions presque atteint la rue suivante. Et je pouvais arrêter de faire semblant. Posant les coudes sur mes genoux, je cachai ma tête dans mes paumes. Ma gorge se serra et, bientôt, mes mains ruisselaient de larmes.

Je gardai cette position en m'efforçant de me ressaisir, tandis que la voiture filait dans les rues étroites, accélérant avec toute la fluidité que lui permettait sa mécanique allemande. Lorsque la voiture finit par s'arrêter, j'avais presque repris contenance. Je levai les yeux au-delà du pare-brise.

— Où sommes-nous ?

— Au supermarché bio de Milford, répondit calmement Scarlet.

Elle tendit la main et me serra le genou.

— Nous avons raté le dîner. Et le déjeuner. Quand as-tu mangé pour la dernière fois ?

— Je n'en sais rien.

Hier.

— Tu veux venir avec moi, ou j'y vais seule ?

J'expirai pour éviter de répondre. Je n'étais pas en état d'affronter un lieu public.

— Je reviens, dit Scarlet en se penchant pour récupérer son portefeuille entre nos deux sièges.

Je passai alors mes mains autour de son buste pour l'attirer vers moi.

— Merci, répondis-je d'une voix enrouée contre son épaule.

Elle lâcha son portefeuille pour m'entourer de ses bras.

— Tout ce que tu voudras, Bridger.

— Désolé de t'avoir abandonnée si longtemps dans la voiture.

— Ce n'est rien, murmura-t-elle sans me lâcher. C'était si terrible ?

— Le pire moment de ma vie.

Et je savais pourtant que cela pouvait encore empirer. Je risquais de devoir bientôt m'asseoir en face de Lucy pour lui annoncer que j'avais échoué. Que le juge m'avait décrété inapte. Que la banque avait saisi notre maison. Que l'université m'avait suspendu pour avoir enfreint leur règlement. Toutes ces éventualités pesaient comme l'enclume des dessins animés sur ma poitrine.

Scarlet passa les doigts dans mes cheveux et m'embrassa dans le cou.

— Ne bouge pas, me dit-elle en se retirant. Je reviens dans cinq minutes. Ou dans dix, s'il y a trop de monde aux caisses.

— Je ne bouge pas, répondis-je.

C'était la seule promesse que j'étais capable d'honorer aujourd'hui. La seule et unique.

Assis dans sa voiture, nous dévorâmes une quantité impressionnante de sushis excessivement chers, alignés dans de petites boîtes en plastique. Je commençais à me sentir mieux.

— Il reste deux rouleaux californiens, dit Scarlet en me tendant son plateau.

— Sans façon, répondis-je en me frottant le ventre. Honnêtement, c'était délicieux. Ça faisait un bail que je n'avais pas mangé
de sushis.

Ça n'entrait pas dans mon budget. Lucy et moi mangions
essentiellement des sandwichs que je préparais sur un coin de
bureau. Quel juge pouvait considérer cela comme un repas
équilibré ?

— C'est la première chose que j'ai vue, admit Scarlet. Mais moi
non plus, je n'en avais pas mangé depuis longtemps. Le réfectoire
Turner ne propose pas de sushis.

Elle planta son regard dans le mien.

— J'aimerais pouvoir faire plus, Bridger. Sérieusement. Te
donner à manger, c'est la seule chose qui me vient à l'esprit.

Et puis, zut. Je me penchai et pris son visage entre mes mains
pour l'attirer vers moi. Ses lèvres étaient douces contre les
miennes. Je déposai des baisers sur sa bouche, sa mâchoire, son
cou. Je passai mon pouce sur sa lèvre avant de l'embrasser à
nouveau, lui demandant tout doucement de s'ouvrir à moi. Elle
m'avait tellement manqué. Et même si ma vie partait en
lambeaux, j'avais besoin de lui prouver mon amour.

Mais elle se déroba sous mes baisers insistants.

— Quoi ? demandai-je.

— J'ai sûrement une haleine de phoque, dit-elle en gardant la
bouche au-dessus de mon épaule.

— Une haleine de phoque ?

— Tu sais… je sens le thon.

Je me mis à rire. Peut-être était-ce parce que nous nous étions
disputés, ou parce que je vivais la journée la plus stressante de ma
vie. Toujours est-il que je trouvais cela hilarant. Je ris à en avoir
des crampes d'estomac. Jusqu'à ce que mes yeux se remplissent à
nouveau de larmes et que Scarlet doive passer les mains sur mes
pommettes pour les essuyer.

Pour la dixième fois ce jour-là, j'avais du mal à canaliser mes
émotions.

— Je me fiche que tu aies une haleine de phoque, lui dis-je, le ventre toujours contracté par des gloussements incontrôlables.

Elle passa en marche arrière et se retourna pour regarder derrière elle.

— C'est noté, déclara-t-elle en manœuvrant pour quitter la place de stationnement. Rentrons. Tu pourras me prouver ce que tu avances.

SCARLET

Lorsque nous rentrâmes à la résidence Beaumont, la chambre de Bridger était sombre et silencieuse. Le matelas de Lucy occupait le centre de la pièce, soulignant son absence avec une cruelle évidence. Sans un mot, je me blottis contre lui et passai mes mains autour de sa taille. Il posa le menton sur mon épaule et soupira.

— Tu restes avec moi ? demanda-t-il.

— Bien sûr.

Pendant que Bridger passait quelques coups de téléphone, je me rendis dans la chambre d'à côté pour annoncer à Andy les terribles péripéties de la journée.

— Tu te fous de moi, dit-il en écarquillant les yeux derrière ses lunettes.

— Non.

— On ne le laissera jamais *tranquille* ?

J'aurais aimé connaître la réponse à cette question.

— Je peux faire quelque chose ? s'enquit-il.

— Je ne pense pas. Ça ne fait que quelques heures.

— Tu as mon numéro, n'est-ce pas ? Je pourrais… appeler les pompes funèbres de la région, ou autre. Donne-moi quelque chose à faire.

— Merci, Andy. Je suis sûre qu'il te trouvera une mission.

Mon cœur se gonflait d'affection pour les amis de Bridger.

Quoi qu'il arrive, j'espérais qu'il n'aurait jamais à abandonner les cours. Cet endroit était trop précieux pour risquer de le perdre.

J'empruntai la brosse à dents de Bridger et enfilai l'un de ses t-shirts. Nous nous allongeâmes côte à côte dans son lit, épuisés après une si longue journée. Bridger m'enveloppa de son grand corps, dans un geste qui m'avait tant manqué. Ces derniers temps, il n'y avait pas eu un soir où je n'avais pas rêvé de ce moment – de pouvoir passer quelques heures seule avec lui.

Mais ce n'était pas supposé se passer dans de telles circonstances.

Je somnolai par intermittence, mais le lit était étroit. Je me réveillai en pleine nuit, incapable de me retourner. Quand j'ouvris les paupières, je découvris Bridger allongé sur le dos, les yeux rivés au plafond.

— Bridger, murmurai-je. À quoi penses-tu ?

— À un pain de viande fourré. Avec de la purée à l'intérieur. C'était la spécialité de ma mère.

Je me redressai sur un coude pour mieux le voir.

— C'était bon ?

— Pas vraiment. Je n'ai jamais compris pourquoi elle se donnait tout ce mal. Les pommes de terre auraient été tout aussi bonnes en accompagnement. Et il fallait une heure pour tout préparer. Il y a quelques semaines, Lucy m'a demandé si je pouvais lui en cuisiner. J'ai dû lui expliquer qu'on ne pouvait pas faire cuire un pain de viande au micro-ondes.

Pendant un long moment, nous écoutâmes le silence nocturne de la chambre. Enfin, je pris la parole :

— Je suis désolée pour ta mère, Bridger.

Il fit la grimace.

— C'est la seule responsable.

— Ce n'est peut-être pas si simple. Elle a commis plusieurs erreurs et ensuite, son corps n'a plus été capable de suivre.

— Je ne l'ai jamais vue essayer de s'en sortir.

Je n'avançai aucune objection. Ce n'était pas mon rôle. Je me contentai de poser ma tête sur son épaule et de lui masser le sternum.

— Que leur doit-on ? demanda-t-il.

— À qui ?

— Aux parents qui foirent en beauté. Que doit-on supporter pour rembourser la dette de notre naissance ?

Seigneur, c'était la question à mille dollars.

— Je n'en sais rien. Mais j'y pense constamment.

— J'imagine.

La main de Bridger lissait tendrement mes cheveux et je me pelotonnai davantage.

— Je me sens coupable, avouai-je.

— De quoi ?

— Ça dépend des jours. J'étais tellement insouciante. Je vivais juste ma vie, tu sais… Alors je me sens affreusement mal pour les victimes. À d'autres moments, je me dis qu'il y a toujours zéro virgule zéro zéro un pour cent de chance qu'il soit innocent. Et pourtant, j'ai déjà essayé de le déclarer coupable sans attendre le procès officiel. En un mot, je culpabilise en permanence. Ça prend juste différentes formes, c'est tout.

— Tu es une bonne personne, Scarlet Crowley.

Même si je l'avais très souvent entendu, depuis le temps, ce nom me paraissait étranger.

— Tu es une bonne personne, Bridger McCaulley.

— Je veux bien essayer de m'en persuader, si de ton côté, tu essaies aussi.

— Marché conclu, lui dis-je.

CHAPITRE 17
ÇA EN FAIT, DES SOIRÉES AU CAFÉ

SCARLET

— LÀ, s'exclama Bridger. C'est forcément lui. Vous vous ressemblez comme deux gouttes d'eau.

Je levai les yeux de l'autre côté de la vitrine du café pour apercevoir mon oncle au moment où il franchissait la double porte. Je n'avais pas assez côtoyé Brian pour me soucier de notre ressemblance. Mais c'était vrai. Mon oncle et moi avions les yeux de la même couleur imprécise, et nos cheveux étaient ondulés de la même manière.

— C'est lui.

Bridger se leva. Il était vêtu d'un pantalon beige et d'une chemise, qui ne suffisaient pas à masquer l'épuisement que l'on décelait dans son regard.

Brian poussa les portes et, aussitôt, braqua son regard sur moi tel un rayon laser. En quelques enjambées, il nous avait rejoints et m'attirait dans ses bras pour une étreinte vigoureuse.

— Mon Dieu, tu as tellement grandi.

Il éclata d'un rire qui me parut triste.

— Tu es si grande.

Il prit une profonde inspiration avant de reculer pour me dévisager attentivement, ses bras toujours sur mes épaules.

— Merci d'être venu, lui dis-je avec une timidité inattendue.

— C'est normal.

— Voici Bridger, lui annonçai-je lorsqu'il me relâcha enfin.

Ils échangèrent une poignée de main et Brian s'assit.

Restant debout, je leur demandai alors :

— Je vais chercher des cafés pour tout le monde. Qu'est-ce que tu bois ? demandai-je à mon oncle.

Il posa la main sur mon bras, qu'il pressa délicatement.

— Un café noir avec un sachet de sucre. Merci, ma belle.

Quand je revins à la table, leur discussion allait bon train. Et Bridger avait commencé à prendre des notes sur le cahier qu'il avait posé devant lui.

— Tu as de bonnes chances d'obtenir la garde, disait l'oncle Brian. Tu es suffisamment âgé, avec de bonnes perspectives et un casier judiciaire vierge. Si son institutrice se présente au tribunal pour témoigner devant le juge que tu as fait un excellent travail cette année, ça pourra également jouer en ta faveur.

Bridger nota « maîtresse de CE2 » sur son cahier.

— Mme Rose est formidable et elle acceptera de nous aider. Mais je ne vois pas comment un juge pourrait m'accorder la garde, avoua Bridger.

— Tu ne regardes pas la situation sous le bon angle, insista Brian. Ils *veulent* maintenir les familles ensemble. C'est de la pure logique, et ça permet à l'État d'économiser. Le plus gros obstacle sera la question du logement.

— C'est là que le doyen entre en jeu, intervins-je. Il t'aidera à évaluer toutes les options possibles.

Bridger affichait toujours une mine renfrognée.

— Même s'ils m'aident à trouver un endroit où vivre, ça me coûtera de l'argent. Dont je ne dispose pas. Une source de revenus, c'est important pour un juge, non ?

— L'argent n'est pas aussi important que tu le penses, expliqua

Brian. Lucy a ses propres revenus, n'est-ce pas ? Ses aides sociales couvriront une grande partie des dépenses.

Bridger était livide.

— Votre père est décédé, n'est-ce pas ? Et Lucy a moins de dix-huit ans. Elle peut toucher des allocations. En plus de la part de ta mère.

— Mais… mes parents n'étaient pas à la retraite quand ils sont morts, dit Bridger.

L'oncle Brian secoua la tête.

— Aucune importance. Si un adulte actif meurt en laissant derrière lui un enfant mineur, l'enfant touche une allocation d'orphelin jusqu'à sa majorité. Vous n'avez jamais reçu de courriers de la sécurité sociale ?

Bridger ouvrit de grands yeux stupéfaits.

— Si, en effet.

— C'étaient les chèques de Lucy.

— *Putain*. Ma mère a sans doute tout dépensé pour…

Bridger ne termina pas sa phrase et laissa tomber sa tête dans ses paumes.

Brian posa une main sur son épaule.

— C'est précisément ce qui te fera gagner ton droit de garde. Le juge sera déjà au courant.

— Mais comment se fait-il que moi, je ne l'aie jamais su ? demanda Bridger en fixant la table des yeux.

Parce que tu ne demandes jamais l'aide de personne. Je parvins à ne pas formuler ma remarque à haute voix, mais ce ne fut pas facile.

— De combien parlons-nous ? demanda Bridger.

— Tout dépend du nombre d'années pendant lesquelles tes parents ont cotisé à la sécurité sociale. Plus de mille dollars par mois, en tout cas.

Mon petit ami écarquilla les yeux.

— Bon sang. Ça en fait, des soirées derrière le comptoir du café.

— Tu vas devoir prendre contact avec l'administration de la

sécurité sociale, expliqua Brian. Ils doivent être informés du décès de ta mère.

Bridger reprit son stylo.

— Je l'ajoute à ma liste.

Lorsque les notes de Bridger atteignirent le bas de la feuille, Brian avait réussi à lui redonner espoir.

— Si la fac m'aide à trouver un logement, je ne serai peut-être pas obligé de laisser tomber les cours, dit-il.

— Tu n'abandonnerais qu'en dernier recours, le rassura Brian. Maintenant, si tu pouvais envisager d'obtenir ton diplôme *avant* de postuler pour obtenir la garde…

Bridger secouait déjà la tête sans attendre la fin de sa phrase.

— Je refuse d'attendre. Je ne peux pas regarder Lucy dans les yeux et lui annoncer que j'ai envie de terminer les cours avant de la sortir de là.

Brian garda le silence. Manifestement, il choisissait soigneusement ses mots.

— Je sais qu'elle est importante à tes yeux. Mais il y a une grande différence entre le métier que tu pourrais décrocher maintenant et celui que tu obtiendrais dans dix-huit mois. Ce n'est pas égoïste d'attendre. Un diplôme de Harkness accroché sur ton mur, ce serait aussi très utile pour ta sœur.

Bridger se frotta les tempes.

— Je comprends. Vraiment. Mais ce sera toujours plus utile pour elle de ne pas rester dans le système pendant deux ans. Je ne doute pas qu'il existe de bonnes familles d'accueil dans le monde. Mais vous ne pouvez pas me promettre que certaines d'entre elles ne sont pas sinistres.

Mon oncle ferma brièvement les yeux et prit une grande inspiration.

— Elle a de la chance de t'avoir.

Il n'insista plus pour faire changer Bridger d'avis et je lui en fus reconnaissante. Quelques heures en sa présence me suffisaient pour savoir que c'était un assistant social du tonnerre. Il était calme et ne jugeait pas les gens.

En un mot, c'était l'exact opposé de mon père.

— Dans combien de temps pourrai-je obtenir une audience, d'après vous ? demanda Bridger.

— Je vais me renseigner pendant que vous rencontrez le doyen, dit Brian. Il vous faudra un avocat, bien sûr. L'école de droit de Harkness propose sans doute une assistance juridique gratuite. Je vais essayer de trouver leur numéro de téléphone.

— Seigneur, est-ce que ça pourrait fonctionner ? demanda Bridger, les yeux brillants d'émotion.

Brian se leva.

— J'ai siégé à de nombreux procès, avec des personnes qui demandent la garde de leurs gamins, et honnêtement tu es un bien meilleur candidat que quatre-vingt-dix pour cent d'entre eux.

— Mais combien obtiennent la garde, en fin de compte ? grommela Bridger.

— *Beaucoup*, répondit Brian. Maintenant, je vais me rendre au tribunal pour poser quelques questions. Toi, tu as rendez-vous avec le doyen. Et Scarlet va retourner à ses révisions.

— Vraiment ? fis-je.

J'avais l'impression de ne pas être capable de me concentrer sur mes devoirs.

Bridger m'embrassa sur la joue.

— Nous ne pouvons tout de même pas être recalés tous les deux. Je t'appelle dès que j'en sais plus.

BRIDGER

— Salut.

Hartley m'attendait devant le bureau du doyen Darling, la mine grave.

— Salut. Merci d'être venu.

— Ce n'est rien, dit-il avec plus de courage que je n'en ressentais.

Hartley tourna la vieille poignée en laiton et passa la tête dans le bureau aux boiseries ancestrales du doyen. J'avais l'impression d'entrer dans ma propre chambre. Depuis le mois de juillet, je faisais semblant d'être capable de réussir, de pouvoir m'occuper de Lucy tout en étant étudiant à temps plein comme les autres. Je craignais qu'on m'annonce qu'il me fallait revoir mes ambitions à la baisse.

La secrétaire du doyen Darling nous fit signe d'entrer et contourna son bureau pour prendre ma main dans les siennes.

— Oh, mon pauvre petit, dit-elle. Je vous présente toutes mes condoléances.

— Merci, Shirley.

Tout cela ne me semblait que trop familier. À la mort de mon père, j'avais passé un mois la gorge nouée, tandis que tous mes voisins et professeurs essayaient de me réconforter.

Sans succès.

La porte du bureau s'ouvrit et le doyen en personne nous invita à entrer. Hartley et moi passâmes devant lui et allâmes prendre place sur les vieilles chaises en bois disposées devant son bureau. Dieu merci, je n'avais encore jamais été convoqué dans cette pièce. Jusqu'à cette année, mon cursus universitaire s'était déroulé sans accroc.

Ce n'était plus le cas.

— Je suis vraiment désolé d'apprendre que vous avez perdu votre mère, commença le doyen.

Il avait un accent britannique suranné.

— Merci, Monsieur.

— Sachez que vos examens de fin d'année ne doivent pas vous préoccuper en ce moment. Vous les passerez quand vous serez prêt. J'ai déjà contacté vos professeurs.

— Oh, merci.

Je me demandais s'il se montrerait aussi arrangeant dans une minute, quand je lui expliquerais à quel point ma vie était sens dessus dessous.

— J'ai lu dans votre dossier ce matin que votre père est déjà décédé. Avez-vous de la famille dans la région ? Je vous pose cette question, car je suis inquiet à l'idée de tout ce que vous risquez de devoir prendre en charge. Non seulement un décès est dévastateur, mais il s'accompagne de tout un tas de tracasseries administratives. Il y a des funérailles à organiser, et des décisions à prendre. Quelqu'un peut-il vous aider ?

Le doyen posa les coudes sur son bureau et me regarda attentivement.

— J'ai... euh, commençai-je.

Merde.

— J'ai des problèmes plus importants encore. Les services sociaux ont placé ma sœur et je dois la récupérer.

Le visage du doyen se radoucit.

— J'allais vous interroger au sujet de Lucy. Son nom figure aussi dans votre dossier.

— Oui. Ce semestre, j'ai... fis-je en me grattant la nuque.

— Vas-y, crache le morceau, chuchota Hartley.

Et c'est ce que je fis. J'expliquai au doyen que j'hébergeais Lucy dans ma chambre de Beaumont depuis le mois de juillet. Et que mes efforts pour la récupérer allaient passer en priorité sur tout le reste, y compris, malheureusement, mon prochain semestre à Harkness. Pendant toute la durée de mon récit sordide, il me regardait avec sérénité. C'était sans doute ce qu'on leur enseignait à l'école des doyens – comment écouter les situations les plus tordues sans ciller.

Quand je terminai enfin, il garda un moment le silence. Il reposa le stylo doré qu'il triturait et dit :

— Je me posais justement des questions sur cette bicyclette rose, dans la cour.

Il se carra dans sa chaise et croisa les bras derrière la tête.

— Ce que vous demandez là n'est vraiment pas facile.

— Je sais, bredouillai-je. Le juge va me rire au nez.

Brusquement, le doyen Darling frappa le sous-main de son bureau.

— Mon cher garçon, ce n'est pas vrai. Et ce n'est pas ce que je voulais dire. Ce n'est pas facile de suivre des études tout en s'occupant d'un enfant.

Je haussai les épaules.

— C'est déjà ce que je fais. S'occuper d'une fillette de huit ans, c'est une partie de plaisir. Ce n'est pas comme quand elle était petite et que je devais la suivre partout toute la journée pour m'assurer qu'elle n'avale aucune pièce de monnaie.

Le doyen Darling caressa un moment sa barbe immaculée avant de reprendre la parole.

— Vous avez raison. De toute évidence, vous avez plus d'expérience que moi en ce qui concerne la garde d'enfants. Cependant, élever une jeune adolescente ne sera pas facile. Et vous devrez prendre toutes vos décisions tout seul.

Bridger fit un geste évasif.

— Dans tous les cas, je m'impliquerai dans sa vie. Si l'État décrète qu'elle doit vivre chez quelqu'un d'autre, il ne fera que me compliquer la tâche. Si je dois rester près d'elle, ça limitera les postes que je pourrai accepter après mon diplôme. Je ne suis pas… Ce n'est pas un *caprice* pour moi, Monsieur. C'est ma vie.

Lorsque le doyen parla, sa voix était calme.

— Plusieurs fois par an, un étudiant prend place dans mon bureau pour me présenter ses immenses problèmes. Et en général, je ne peux absolument rien y faire. Souvent, les résultats de l'étudiant ont tellement chuté qu'il est trop tard pour les repêcher. Parfois, des substances psychotropes sont impliquées, payées avec l'argent des parents. Et le jeune en question me demande d'arranger les choses.

Pendant un moment, le doyen tourna la tête pour regarder la cour, de l'autre côté de la fenêtre. Puis il revint vers moi.

— Et il y a *vous*, Bridger McCaulley. Vous avez un dossier rempli de réussites, sans avoir reçu aucune aide extérieure. À l'exception de vos amis, comme M. Hartley ici présent. Un autre de nos étudiants les plus doués et travailleurs.

Jetant un coup d'œil en direction d'Hartley, je vis qu'il regardait le doyen avec attention. Comme moi, il n'avait pas la moindre idée de la tournure qu'allaient prendre les événements.

— Shirley ! lança le doyen d'une voix forte.

Quelques instants plus tard, la porte s'ouvrit et le visage de la secrétaire apparut.

— Oui ?

— J'aimerais que vous me trouviez un professeur de droit qui n'aurait pas quitté la ville pour les vacances. Commencez par Blackwell ou Potter. Nous avons besoin de conseils juridiques. Et l'un de ces messieurs saura à qui s'adresser.

Elle disparut en refermant la porte.

— Bridger, commença le doyen.

Avec son accent, mon nom paraissait plus huppé.

— Nous n'allons pas baisser les bras et vous laisser tourner le dos à votre diplôme de Harkness. Je n'ai encore jamais eu à résoudre ce type de problème pour un étudiant, mais s'il est possible de faire quelque chose, alors nous trouverons un moyen.

Il tira un classeur de son étagère et l'ouvrit.

— Il existe ce que l'on appelle des logements pour étudiants mariés. Vous pouvez postuler pour l'attribution d'un appartement si vous avez un enfant mineur sous votre garde.

Le doyen Darling décrocha son téléphone.

— Je vais poser la question au doyen des doctorants. Un instant.

Du dos de la main, Hartley me donna une petite tape sur le bras.

— Tu vois, murmura-t-il.

Ce n'est pas encore gagné, songeai-je, m'enjoignant à la prudence. Mais dans ma poitrine une bulle d'espoir se gonflait déjà, que je m'efforçai de repousser pendant que le doyen conversait au téléphone.

CHAPITRE 18
APPELÉ À LA BARRE

BRIDGER

LE WEEK-END PASSA dans un tourbillon d'appels téléphoniques, d'entrevues avec des avocats et de visites à Lucy. Alors que le reste des étudiants se pressaient dans les bibliothèques, la tête penchée sur leurs manuels, Scarlet et moi survivions à coup de cafés et ne quittions presque jamais sa voiture.

Mais ça en valait la peine. Le lundi matin, l'avocat avec lequel le doyen Darling m'avait mis en contact parvint à obtenir une audience d'urgence au tribunal pour le lendemain après-midi. En attendant, Scarlet et moi faisions les cent pas dans ma chambre, passant des appels fébriles à toutes les personnes impliquées.

— Brian viendra à l'audience, déclara Scarlet après avoir raccroché.

Elle me rendit mon téléphone.

— Heureusement que c'est en fin d'après-midi, m'exclamai-je. Ça permettra à l'institutrice de Lucy d'être présente. J'ai déjà laissé deux messages au doyen. Je suis à deux doigts de faire irruption dans son bureau s'il ne me répond pas bientôt.

— Il va répondre, me rassura Scarlet en déposant un baiser sur ma tête. Tout va s'arranger. Brian voulait s'assurer que tu avais bien une tenue correcte à porter au tribunal.

— Oh, merde.

Je baissai les yeux sur ma tenue. Un vieux jean ? *OK*. Un t-shirt de Harkness tout fripé ? *OK*.

Ma petite amie éclata de rire.

— As-tu un costume quelque part ? Ou faut-il aller au centre commercial ?

— J'ai une bonne veste de costume et un pantalon. Mais mes cravates sont toutes tachées.

— C'est facile. Pas la peine de quitter la ville pour trouver une cravate. As-tu une chemise digne de ce nom ?

— Qu'entends-tu par *digne de ce nom* ? demandai-je.

Scarlet me tira pour me faire quitter ma chaise de bureau.

— Allez, viens. Les magasins nous attendent.

— Maintenant ?

— Dépêche-toi un peu, McCaulley. Il ne reste plus beaucoup de temps avant le gong.

— Tu es magnifique, m'assura Scarlet le lendemain après-midi en me nouant ma cravate.

Mais j'étais trop occupé à me retenir de transpirer et de tremper ma chemise pour acquiescer.

— Allons-y, déclarai-je.

— Brian t'attend sur Elm Street, fit-elle en enfilant son manteau.

Je tins la porte de ma chambre ouverte pour laisser passer Scarlet.

— Il *nous* attend, n'est-ce pas ?

Elle s'arrêta sur le seuil et secoua la tête.

— Je ne peux pas t'accompagner.

— Pourquoi ?

Elle avait travaillé sans relâche à mes côtés pendant ces

derniers jours. Je ne comprenais pas ce qui l'empêchait de vouloir connaître le résultat.

— Réfléchis, murmura-t-elle. Je n'ai pas la prétention de croire que le juge me reconnaîtra. Mais s'il y a le moindre risque qu'un journaliste se trouve au tribunal à ce moment-là et sache qui je suis... tu n'as pas besoin de ça. Il ne faut surtout pas que le nom d'Ellison soit associé à ton affaire de garde. Et puis, mon téléphone va montrer que je suis sagement assise à la bibliothèque pendant que tu seras au tribunal.

— Scarlet, on ne pourrait pas te débarrasser de cette merde sur ton téléphone ? J'aimerais que tu envoies paître ces enfoirés pour ne plus avoir à m'inquiéter à ton sujet.

— Bientôt, promit-elle en détournant le regard.

J'avais envie d'argumenter, mais je n'en avais pas le temps. Je l'embrassai donc avant d'aller retrouver son oncle.

— Adresse-toi toujours au juge en disant « votre honneur », me rappela Brian.

— D'accord.

J'avais sans doute regardé assez de séries policières pour ne pas me tromper. Mais l'angoisse me faisait tourner la tête lorsque nous entrâmes dans le tribunal.

Il y avait plus de personnes présentes que je ne l'aurais cru. *Seigneur.* Ils étaient tous venus pour me soutenir. Entre autres, Hartley et sa mère étaient assis sur un banc à côté de l'entraîneur de l'équipe masculine de hockey. L'institutrice de Lucy m'adressa un signe de tête de l'autre côté de l'allée centrale, où elle avait pris place avec le doyen Darling. Andy Baschnagel et *ses parents* étaient assis derrière eux. *Bordel.* Au moins, je n'aurais à annoncer la mauvaise nouvelle à personne une fois que ma demande aurait été déboutée.

Mon jeune avocat me fit signe de le rejoindre à l'avant de la salle.

— Je parlerai en votre nom. Mais permettez-moi de vous présenter au chef du département du contentieux de la fac de droit, le juge Blackwell.

Je lui tendis la main.

— C'est un honneur de vous rencontrer, Monsieur… commençai-je avant de rectifier. *Juge.*

Bon sang. Je n'étais pas au tribunal depuis plus d'une minute que je m'emmêlais déjà les pinceaux.

Le vieil homme ricana.

— Réservez les « votre honneur » pour l'homme assis là-haut, fit-il en désignant l'estrade d'un hochement de tête.

— Merci d'être venu, lui dis-je sans trop savoir ce qu'il venait faire là.

— D'habitude, à cette heure-ci, le doyen Darling et moi jouons au squash, dit le vieil homme. Comme il a dû annuler, je me suis dit que j'allais venir assister à la première comparution au tribunal de l'un de mes étudiants.

— Merci, répétai-je.

Seigneur, ce que je me sentais nerveux. À ce moment, je vis la famille d'accueil de Lucy franchir la porte. Je regardai derrière eux, mais ma sœur n'était pas là.

— Où est Lucy ? demandai-je à mon avocat.

— Les enfants n'assistent pas aux audiences, me répondit-il aussitôt. C'est trop traumatisant dans le cas où les choses ne tournent pas comme ils l'espèrent.

J'eus l'impression de recevoir un coup de poignard dans le cœur.

— C'est logique, m'empressai-je de dire.

Je tirai sur mon col, qui me semblait soudain trop serré. Si le juge m'opposait un refus, j'allais la faire pleurer. *Une fois de plus.*

— Respirez profondément, me dit l'avocat.

— Veuillez vous lever pour son honneur Richard Cranmore !

— Que le spectacle commence, murmura le juge à la retraite.

Nous reportâmes notre attention vers l'avant de la salle, où un homme aux cheveux gris montait sur l'estrade et s'asseyait derrière son bureau.

— Vous pouvez vous asseoir, annonça le clerc.

Le juge ouvrit un dossier devant lui avant de lever les yeux sur la salle.

— Bonté divine, dit-il en manipulant les lunettes de lecture suspendues autour de son cou. J'ai un doyen et la moitié de la faculté de droit dans mon tribunal aujourd'hui. Mais qui reste-t-il à l'université pour faire tourner la boutique ?

Des rires fusèrent dans l'assistance, mais j'étais trop occupé à suer toutes les gouttes de mon corps pour trouver la remarque amusante.

Le juge Cranmore examina les documents devant ses yeux.

— Requête d'urgence pour obtention de tutelle, lut-il. M. Bridger McCaulley peut-il venir à la barre ?

Je me levai, suivi par mes deux avocats.

Le juge détacha les yeux du dossier quand je m'approchai de lui.

— Requête d'obtention de tutelle de Lucy J. McCaulley, présentée par Bridger McCaulley. Le demandeur est le frère de l'enfant mineur. Ont-ils les deux parents en commun ?

— Oui, votre honneur, répondit mon avocat. Leurs certificats de naissance figurent dans le dossier.

— Désolé, c'est vrai, dit le juge en tournant les pages. Les documents de renfort incluent les déclarations de l'enseignante de l'enfant, des parents d'accueil, des amis de la famille… vous avez constitué un sacré dossier.

— Ils sont tous présents dans cette salle, dit l'avocat. L'enseignante sera ravie de vous parler. Sa déclaration décrit l'assiduité exemplaire de Lucy et sa participation scolaire durant les mois pendant lesquels elle vivait avec son frère, dans sa chambre universitaire.

Je m'efforçai de ne pas frissonner. Mais *sérieusement*. Comment n'avais-je pas prévu que ce détail serait mentionné ?

Le juge parcourut les déclarations contenues dans le dossier avant de baisser les yeux sur moi.

— Vous êtes étudiant à temps plein. Serez-vous capable de poursuivre vos études tout en ayant la garde de l'enfant ?

L'avocat reprit la parole :

— Votre honneur, en réalité la tutelle légale facilitera les choses pour M. McCaulley, car il lui a déjà garanti un soutien sans faille dans des circonstances défavorables. Son projet de tutelle est dans le dossier.

Le juge agita la main.

— J'en ai pris connaissance. Je voulais juste l'entendre de vive voix.

Je déglutis.

— Il n'y a que deux choses qui m'importent, bredouillai-je. La première, c'est d'offrir un foyer à Lucy, et la deuxième est d'obtenir mon diplôme. Certes, cela aurait pu mieux tomber, mais je sais que je suis capable de tout réussir. Je me suis toujours occupé d'elle.

Je sortis de ma poche arrière l'une des photos que j'avais récupérées à la maison, en automne. On y voyait Lucy dans un porte-bébé, sur mon torse, pendant que je lisais un manuel de géométrie.

J'avais quatorze ou quinze ans à l'époque où la photo avait été prise.

Le juge la regarda longuement, puis il appela un assistant social à la barre.

— L'État formule-t-il des inquiétudes au sujet de cet arrangement potentiel ?

— L'hébergement, votre honneur, déclara l'assistant social chargé du dossier. Mais on m'a dit que l'université fournirait un logement adéquat si la tutelle était accordée.

Le juge leva les yeux vers la foule qui se tenait devant lui.

— Qui souhaiterait confirmer cette information ?

Le doyen Darling se leva.

— La famille McCaulley recevra un petit appartement de deux

chambres dans l'un de nos bâtiments consacrés aux étudiants de doctorat. Puisque M. McCaulley est en train de passer son master de biologie cellulaire, je n'ai pas eu beaucoup à insister auprès du doyen des doctorants pour qu'une unité se libère. La bourse de M. McCaulley couvrira les deux tiers du coût, et on m'a dit que les allocations d'orpheline de l'enfant couvriraient la différence. Par ailleurs, un ancien étudiant de l'équipe de hockey s'est généreusement proposé de prendre à sa charge les frais de cantine de M. McCaulley et de sa pupille durant le second semestre. Leur nouvel appartement dispose évidemment d'une cuisine, mais ainsi, ils n'auront pas à s'en servir avant l'été s'ils le désirent.

— Voilà qui est très généreux, déclara le juge.

Je ne pus qu'approuver, sous le choc. Je ne connaissais aucun ancien étudiant de l'équipe de hockey.

Le doyen Darling se racla la gorge.

— De nombreuses personnes ici présentes souhaitent la réussite de notre étudiant. Il ne nous a jamais demandé notre aide, mais nous voulons qu'il sache qu'elle lui est accordée avec plaisir.

— Très bien, dit le juge en hochant la tête. Alors nous allons libérer une place dans notre programme d'aide à l'enfance.

Mon ventre se serra quand il évoqua le système d'aide à l'enfance et je ne compris pas la phrase dans son ensemble. Mais lorsqu'il reprit la parole, ses mots s'imprimèrent en moi :

— Requête d'urgence pour tutelle temporaire accordée.

Comme à la télévision, il abattit un marteau contre son socle.

— Nous nous reverrons dans trois mois pour nous assurer que toutes les conditions du plan de tutelle ont bien été respectées.

Je restai debout un moment, repassant ses paroles dans mon esprit, espérant avoir bien entendu ce que je croyais avoir compris.

Derrière moi, Theresa et Hartley poussèrent un cri de joie.

SCARLET

— Demain ? m'écriai-je au téléphone.

Bridger avait le souffle coupé par le soulagement.

— Pourquoi ne peux-tu pas la récupérer ce soir ?

— Question de paperasse, grogna-t-il, mais je lui ai annoncé la bonne nouvelle moi-même, au téléphone. Amy et Rich vont l'emmener manger chez Chuck E. Cheese pour fêter ça. Et le restaurant, c'est le meilleur pot-de-vin qui soit pour s'en tirer les doigts dans le nez.

Je me mis à rire.

— Où êtes-vous ? Je rentre à l'instant à Vanderberg.

J'avais passé du temps à la bibliothèque, à réviser pour mes examens de statistiques.

— Il m'a fallu un moment pour sortir de là, dit-il. J'ai dû remercier tout un tas de gens qui étaient venus pour me montrer leur soutien, même si le juge n'a appelé que le doyen à la barre. Brian est en train de se garer, nous ne sommes qu'à une minute de chez toi. Tu nous attends dehors ?

— Bien sûr.

Je raccrochai en essayant de ne pas paniquer à l'idée que le numéro de Bridger s'était sans doute affiché sur l'écran d'Azzan. Rangeant le téléphone dans ma poche, je décrétai qu'il était grand temps de demander à Luke de me retirer ce logiciel espion. Je l'avais laissé suffisamment longtemps pour que les hommes de main de mon père ne me soupçonnent pas d'avoir repéré leur manège. Et je m'étais rendu compte que si j'achetais un nouveau téléphone, la transition paraîtrait accidentelle.

J'étais tellement absorbée dans mes pensées que je ne vis pas la femme qui m'attendait devant la résidence Vanderberg.

— Bonjour, Scarlet.

Levant le menton, je découvris la représentante du ministère public, Madeline Teeter, debout devant la porte de mon bâtiment.

— Je vous ai déjà dit que je ne pouvais pas vous parler, lui dis-je immédiatement.

— Je le sais bien, répondit-elle d'une voix monocorde. Mais si vous voulez bien m'accorder trente secondes, je peux vous expliquer pourquoi j'ai fait tout ce trajet pour vous poser une question. C'est au sujet de l'agencement de votre maison.

L'agencement de notre maison ? Voilà qui piquait ma curiosité, même si cela n'avait pas beaucoup de sens. Après l'arrestation, la police avait passé la maison au peigne fin à plusieurs reprises, armée de mandats de perquisition.

— Scarlet ?

Bridger arriva et passa un bras autour de mon épaule. Brian nous rejoignit à son tour, m'encadrant de l'autre côté.

— Qui est-ce ?

— Le procureur, répondit Brian à ma place. Elle m'a interrogé il y a deux mois, avant que l'équipe de sécurité de J. P. me fasse suivre dans tout le Massachusetts pendant trois jours.

— Je ne peux pas vous parler, répétai-je.

Si je le faisais, Azzan l'apprendrait et il menacerait à nouveau Bridger. Et j'étais prête à tout pour lui épargner de souffrir.

— Votre père n'en saura rien, dit Mme Teeter comme si elle lisait dans mes pensées. Vous ne figurerez jamais sur notre liste de témoins.

— Vous ne pouvez pas me le promettre, protestai-je. Et puis, je suis déjà sur la liste.

Elle secoua la tête.

— C'est ce que vous dit la défense pour faire bonne figure, mais ils ne vous appelleront jamais à la barre.

— Pourquoi cela ? demandai-je.

Le procureur se frotta les mains l'une contre l'autre.

— Je préférerais vous l'expliquer dans le bureau que j'ai réservé en ville.

— Dites-le-lui ici, intervint l'oncle Brian.

— Très bien.

Elle plissa les paupières, ses yeux bleus rivés sévèrement sur moi.

— Je ne vous appelle pas à la barre, parce que demander à une fille de témoigner contre son père peut paraître désespéré. À moins que la fille ait quelque chose de crucial à dire.

— Ce qui n'est pas le cas, précisai-je.

— Je n'en doute pas, dit-elle d'une voix douce. Sinon, l'équipe juridique de votre père n'oserait même pas vous laisser en liberté. Mais ils ne vous appelleront pas non plus, et je peux le prouver.

— Allez-y, dit Brian.

Le procureur sortit un dossier de l'élégante sacoche en cuir qu'elle portait à son bras. Sous son autre bras dépassait un tube en carton, comme si elle transportait une affiche.

— Si votre père vous appelle à la barre comme tactique pour se défendre, je ferai moi-même appel à un témoin du nom de David Clancy.

Je ne comprenais rien.

— Le coéquipier de hockey de mon père ? Pourquoi ?

— Parce qu'il a fait une déposition, avec plusieurs autres témoins, au sujet du comportement de votre père envers vous pendant les matchs de hockey. Et ce n'est pas le genre de chose que votre père veut laisser entendre au jury. Votre père a occupé le poste d'entraîneur de votre équipe pendant deux matchs, il y a deux ans. Vous en souvenez-vous ?

Je hochai la tête en me crispant. Cette fois-là, notre entraîneur habituel avait quitté la ville pour assister à un enterrement. Et avec mon père à la tête de l'équipe, je n'en menais pas large. Ces matchs ne s'étaient pas bien passés pour moi, et à présent mon petit ami et mon oncle allaient connaître les détails de cette sale période.

— Le témoin a dit que vous aviez laissé passer deux buts en trois minutes, et que votre père aurait hurlé…

Ce qui allait suivre serait encore plus humiliant que mes erreurs au hockey.

— … *Espèce de sale conne. Il n'y a qu'une pute pour accepter de se faire baiser comme tu viens de te faire baiser.*

À côté de moi, le corps de Bridger se durcit et l'oncle Brian poussa un juron.

— Hors contexte, on dirait vraiment que c'est affreux, répondis-je, le visage rouge.

— Hors *contexte* ? s'exclama Bridger d'une voix étranglée. Dans aucun contexte il n'est acceptable de proférer de telles horreurs à son enfant.

— J'avais seize ans, soulignai-je sans aucune raison.

J'ignore pourquoi je persévérais à vouloir défendre mon père, même sans conviction. Peut-être parce que je me sentais bête d'avoir vécu avec un homme capable de me dire ce genre de choses sans me rendre compte qu'il était capable de bien pire.

À côté de moi, l'oncle Brian se pencha pour poser les mains sur ses genoux. Il baissa la tête.

— Ça va ? demanda Bridger en le regardant.

— Laissez-moi une minute, murmura-t-il.

— S'il vous plaît, Scarlet, reprit le procureur. Je ne vous poserai que quelques questions sur l'agencement de votre maison. Et votre oncle peut rester pendant l'entretien. Si vous n'aimez pas mes questions, vous pourrez vous lever et partir à tout moment. Mais j'en ai besoin. Et les garçons qui ont été victimes en ont besoin aussi.

Mon père m'avait traitée de pute devant une centaine de personnes. Mais ce qu'avaient subi ces garçons était encore pire.

— D'accord, m'entendis-je prononcer.

— Le bureau se trouve sur South Street, dit-elle.

— C'est de là que nous venons, remarqua Bridger.

Brian se redressa, les joues en feu et les traits tirés.

— Il faut croire que nous allons y retourner.

Dix minutes plus tard, j'étais assise dans une petite salle de conférence gouvernementale, que le procureur avait empruntée à ses collègues du ministère public du comté de Harkness. Le tube qu'elle portait sous le bras était en réalité un plan d'architecte détaillé de ma maison du New Hampshire. Accompagnée de son assistante, elle le déplia sur la table.

— Je dois vous interroger au sujet de votre sous-sol, annonça Mme Teeter. On ne dirait pas une cave.

— Eh bien, le sous-sol donne sur l'extérieur, expliquai-je en désignant le dessin. Ces portes en verre coulissantes ouvrent sur le jardin de derrière. La maison est construite sur une pente, si bien que seul un côté du sous-sol est véritablement sous terre.

— Et il n'y a aucun mur ni aucune cloison en bas ? demanda-t-elle.

Je secouai la tête.

— Le dessin est exact.

Elle marqua son approbation.

— Parlez-nous de cette buanderie.

Elle tendait le doigt vers le petit local technique sous les escaliers.

— Est-elle spacieuse ?

— Pas du tout, répondis-je. On peut à peine y entrer. Ma mère y rangeait toujours son papier cadeau, mais j'ai découvert sa cachette quand j'étais en CE1.

Brian émit un rire étouffé avant de se pincer l'arête du nez.

— C'est isolé ? insista le procureur. S'il y avait quelqu'un là-dedans, pourriez-vous l'entendre ?

— Il est impossible que ce soit isolé, répondis-je. Pourquoi me posez-vous cette question ?

Elle soupira.

— De vieilles histoires évoquent un sous-sol. Ou des oubliettes. Mais il n'y a rien qui ressemble à des oubliettes dans votre maison. À vrai dire, il n'y a même pas de *porte* dans votre sous-sol.

C'était vrai. Tout était ouvert et espacé.

— Ça m'intrigue, avoua le procureur, parce que je veux disposer de détails solides lors du procès. Et, quoi qu'on puisse dire au sujet des avocats, je veux que ma plaidoirie soit véridique de bout en bout. Je n'ai pas le temps d'exagérer les faits. Et cette histoire d'oubliettes, ça ne me plaît pas. Est-ce que le sous-sol aurait *changé* au cours des dix dernières années ? Vos parents ont-ils entrepris des travaux en bas ?

Je secouai la tête.

— Les seules rénovations dont je me souvienne dans la maison sont celles des cuisines et des salles de bains.

— Le sous-sol est resté en l'état ?

— Oui. Il était terminé et déjà moderne quand nous avons emménagé. C'est pour cette raison qu'ils ont choisi de raser l'*autre* maison lorsqu'ils ont acheté cette deuxième propriété. Celle-là était vraiment vieille...

Je m'interrompis. Quelque chose me tracassait et j'étais incapable de mettre le doigt dessus.

— Une deuxième maison ? demanda le procureur d'une voix rauque.

— Oui...

Une fois de plus, mon esprit butait sur quelque chose.

— Mon père voulait un grand jardin, pour pouvoir faire installer une patinoire.

Je visualisai la patinoire, le jardin... et le coin sombre et obscur de la propriété, où je n'aimais pas m'aventurer depuis que la superficie de notre jardin avait doublé.

— Il y a des portes, fis-je d'une voix étranglée dont je fus la première surprise.

— Quelles portes ? demanda le procureur.

— Il y a...

Je déglutis péniblement. Ma gorge était comme du papier de verre.

— ... Ces portes dans le sol. Comme dans *Le Magicien d'Oz*.

Je posai une main sur le plan.

— Juste là. Au bord de votre carte. Elles faisaient partie de l'ancienne maison.

Le procureur et son assistante échangèrent un regard.

— Appelez le détective. Vérifiez le mandat de perquisition pour vous assurer qu'il couvre aussi les dépendances.

L'assistante sortit en trombe de la salle et un terrible frisson descendit le long de ma colonne vertébrale. Ces portes m'avaient toujours fait peur. Je n'avais jamais voulu m'en approcher. Quand j'avais huit ou neuf ans, je croyais que des monstres vivaient là en bas.

— Oh mon Dieu, soufflai-je en plaquant la paume contre ma bouche.

— Oh là, intervint Brian en se levant si vivement que sa chaise tomba derrière lui. Cet entretien est terminé. Nous avons fini.

Le procureur leva les deux mains en signe de défense.

— D'accord. Plus de questions. Je vais m'en aller. La salle est toute à vous. Scarlet, vous nous avez été très utile.

Je ne lui répondis pas. Parce que les larmes me brûlaient les yeux. J'avais *entendu* quelque chose dans cette vieille cave abandonnée. J'étais à l'école primaire et je traînais dehors au lieu de faire mes devoirs. J'avais entendu des cris étouffés provenant de cette partie du jardin.

— Oh mon Dieu, répétai-je. Oh mon Dieu.

— Là, là, me dit Brian, rapprochant sa chaise après l'avoir redressée.

Toujours assis, il passa les bras autour de moi.

— Là... Je suis désolé.

— Je crois qu'il y avait quelqu'un *en bas* un jour, m'écriai-je.

Brian essuya mes larmes.

— Ma belle, es-tu toi-même déjà descendue là-bas ?

Je secouai la tête avec véhémence.

— Jamais. Je ne l'ai jamais vraiment *su*. Je ne le savais pas. Je ne le savais pas. *Je ne le savais pas.*

Il attira ma tête contre son épaule.

— Tu ne le savais pas, murmura-t-il en me berçant. Tout va bien.

— Non, tout ne va pas bien !

— Tu n'as fait de *mal* à personne, ma belle. Tu étais un enfant. Respire, tu veux bien ? De grandes inspirations.

Lentement, je tâchai de me calmer.

— On peut partir, maintenant ? J'ai vraiment envie de partir.

Si je sortais de cette pièce, le monde cesserait peut-être de vaciller.

— Dès que tu seras prête, me dit Brian. Allons manger quelque part. Nous avons besoin de décompresser.

— Décompresser, répétai-je bêtement.

En levant les yeux, je découvris Bridger debout de l'autre côté de la table, silencieux. Sa tête était penchée sur le côté, comme s'il essayait de résoudre un mystère.

— Bridger ?

Il me dévisagea longuement.

— Oui, Scarlet, finit-il par répondre, Allons-y.

CHAPITRE 19
JETEZ UN ŒIL AUX ACTUALITÉS

SCARLET

BRIDGER NOUS EMMENA AU CAPRI, une pizzéria que l'équipe de hockey aimait fréquenter. L'établissement n'était pas encore bondé, et nous trouvâmes un emplacement rien que pour nous, au fond de la salle. Nous commandâmes une pizza, avec saucisses et olives. Bridger but une bière, Brian et moi des Coca.

Épuisée, je me blottis contre l'épaule de Bridger. Je ne savais pas comment affronter le souvenir d'avoir peut-être entendu quelque chose d'affreux. C'était si vieux. Je devais avoir l'âge de Lucy quand j'avais commencé à éviter ce coin du jardin.

— Le doyen m'a dit que j'aurais un appartement sur Osage Street avant Noël, annonça Bridger. Apparemment, il y a souvent des roulements pendant les vacances, parce que certains étudiants s'en vont entre deux semestres. En attendant, Lucy restera une semaine de plus à Beaumont et peut-être une semaine chez Hartley s'il le faut.

Il desserra sa cravate.

— Cette semaine, j'ai vécu mon pire cauchemar. Merci à vous deux de m'avoir aidé à le traverser.

— De rien, répondit Brian. Je suis content pour toi.

Mon oncle commença alors à jouer avec la paille dans son verre. Son visage était sombre.

— Maintenant, nous allons devoir discuter de *mon* pire cauchemar.

— Que veux-tu dire ? demandai-je.

Mon oncle se tourna vers moi, la mine grave.

— Il y a certaines choses que tu devrais comprendre au sujet de ta famille.

— D'accord…

Ses sourcils se rejoignirent sur son front.

— Savais-tu que ton père et moi avons été adoptés ?

— Non. C'est vrai ?

— C'est vrai. Tes grands-parents n'ont pas le même sang que toi.

— Il ne m'en avait jamais parlé.

Mais ce n'était pas surprenant. Mon père ne se confiait jamais. À propos de quoi que ce soit.

— Ton soi-disant grand-père…

Brian se racla la gorge.

— S'il a adopté deux petits *garçons*, c'était intentionnel.

Oh.

Ce récit prenait une direction qui me brisait le cœur.

Brian baissa les yeux sur la table.

— Ce n'était pas un homme bon. Et il nous a bien bousillés tous les deux. Tu sais déjà en partie quelles conséquences ses actes ont eues sur moi. Je buvais et je volais. Mais J. P.….

Il soupira.

— Je croyais que J. P. s'en était remis. De nous deux, c'était lui qui semblait avoir repris le dessus. C'était une grande star de hockey, avec une carrière florissante. Du moins, c'était ce que je croyais. Jusqu'à ce que la nouvelle éclate.

Oh.

— Shan… commença-t-il avant de se corriger. Scarlet, je l'ignorais. Et ça me rend malade. Je dois te demander quelque chose de très important.

— D'accord.

Brian leva les yeux vers Bridger et hésita.

— Je suis désolé, mon ami. Mais pourrions-nous avoir un moment en privé, elle et moi ?

L'anxiété se peignit sur le visage de Bridger.

— Uniquement si Scarlet me le demande.

Je me penchai sur la table pour poser la main sur la manche de Brian.

— Non. Tout ce que tu as à me dire, il peut aussi l'entendre.

J'en avais assez de cacher des choses à Bridger.

— Ma belle, je dois te poser une question très personnelle.

— *Non*, tranchai-je.

Brian ouvrit la bouche pour protester, mais je l'en empêchai.

— Je voulais dire : non, mon père ne m'a jamais fait de mal.

Les yeux de Brian s'embuèrent.

— Ma belle, il est crucial que tu me dises la vérité.

Ses yeux s'aventurèrent une fois de plus du côté de Bridger.

— S'il t'a fait quelque chose, je suppose que ce doit être très difficile pour toi d'en parler.

— Je te *dirais* la vérité. Je te *dis* la vérité. Comme je l'ai dite à Bridger quand il m'a posé cette même question. Je ne mens pas à ce sujet.

Il avait toujours l'air méfiant.

— Parfois, les gens se forcent à oublier.

Je secouai la tête.

— Écoute, ce n'était pas un bon père. Mais… il n'est jamais rien arrivé de tel. Il criait, Brian. Surtout au hockey. Mais c'est le pire qu'il m'ait jamais fait subir.

Les larmes dévalèrent les joues de Brian.

— Seigneur, Scarlet. J'espère que tu dis vrai. Parce que ça, vois-tu, c'est *mon* pire cauchemar.

Je sentis Bridger me serrer la main et j'exerçai à mon tour une légère pression.

Brian expira. Un long souffle tremblant.

— Je ne me le pardonnerais jamais… amorça-t-il sans terminer sa phrase.

Bridger me comprimait toujours la main. En fait, il la broyait tellement fort qu'il commençait à me faire mal.

— Aïe, lui dis-je tout bas.

Il me relâcha aussitôt. Mais il fixait toujours Brian du regard.

— Que se passe-t-il, Bridger ? demandai-je.

Mon petit ami se mordait la lèvre.

— Excusez-moi, mais j'ai moi aussi une question à vous poser.

Brian leva la tête et s'essuya les yeux du revers de la main.

— Quoi ?

— J. P. et vous, êtes-vous du même sang ?

À ces mots, Brian s'immobilisa. Il ne répondit pas à Bridger et son regard retomba sur la table.

Les yeux de Bridger alternèrent entre Brian et moi, avant de revenir sur lui.

— Allez, c'est une question facile. Oui ou non. J. P. et vous avez tous les deux été adoptés. Des mêmes parents ou pas ?

— Pourquoi ? demandai-je.

La tension soudaine que l'on ressentait autour de cette table m'oppressait. Je ne comprenais rien.

En guise de réponse, Brian secoua la tête.

— Fait chier, se récria Bridger. C'est vrai ? Allez-vous… ?

— Eh, ralentis un peu.

— Pourquoi cela ? lança Bridger sur un ton de défi.

— Ralentir *quoi* ? m'exclamai-je.

— Regarde bien Brian, Scarlet. Ton *oncle* adopté…

Brian abattit le poing sur la table.

— Merde, donne-moi une minute, tête brûlée !

Son visage était rouge.

— J'y viens, d'accord ?

— Vous me faites peur, tous les deux, leur dis-je d'une petite voix.

Bridger s'adossa contre la banquette en bois, puis il prit mes deux mains dans les siennes.

— Je suis désolé, Scarlet. N'aie pas peur.

Et pourtant, je ne pouvais pas m'en empêcher. Car en observant Brian, j'éprouvais un terrible pressentiment au sujet de ce qu'il allait dire.

— Ta mère… commença lentement Brian.

Chaque mot était un supplice.

— J. P. et elle m'ont fait signer un document aussi épais que la Bible, pour me faire promettre de ne jamais te le dire. Sinon, ils essaieraient de me détruire. J'ai accepté de garder le secret, parce que je n'étais qu'un gamin idiot et que je pensais faire le bon choix.

Ma vision périphérique se brouilla. J'appréhendais ce qui allait suivre.

Brian se tordait les mains sur la table en bois éraflée et baissa la voix.

— J'ai mis ta mère enceinte quand nous n'avions que dix-neuf ans.

Je parvins sans trop savoir comment à ne pas pousser un cri de surprise.

— … et quand elle s'en est rendu compte, j'étais en prison.

Il me regardait, les yeux humides.

— Ma belle…

— Alors, J. P. n'est pas… Il n'est pas… ?

— J. P. n'est pas ton père. Moi, je le suis.

Ma gorge se contracta si brutalement que j'eus du mal à lui poser ma question :

— Nous n'avons aucun lien de sang ?

Jamais auparavant l'idée que mon père puisse ne pas vraiment être mon père ne m'avait effleuré l'esprit. Au-delà du choc, je sentais déferler une vague de soulagement. C'était l'inverse de *Star Wars*. Dark Vador n'avait aucun droit sur moi.

Brian secoua la tête.

— C'est le seul avantage, en effet.

Les émotions me submergeaient. J'avais l'impression qu'elles ne s'arrêteraient jamais.

— Mais… tu m'as *laissée* avec lui ?

— Je sais, ma chérie. Mais ta mère…

Il ferma les yeux, visiblement à bout de force.

— Je ne me trouve aucune excuse. Mais c'était son idée. Elle voulait son argent et son niveau de vie. Et lui, il voulait… Je n'ai jamais vraiment compris ce qu'il attendait de ce marché. Il voulait une famille. Il m'a dit qu'il ne pouvait pas avoir d'enfants. Peut-être est-ce la vérité. Maintenant, je me dis qu'il voulait juste faire partie d'une famille en apparence normale. Il se cachait derrière ta mère et toi. Je ne me suis même pas demandé pourquoi il voulait conclure cet étrange accord. Mais pendant des années, j'ai cru que tout était pour le mieux. Tu allais si bien.

— Qu'est-ce que *tu* en sais ? Tu n'étais même pas *là* !

— J'ai essayé, murmura-t-il. Mais ils ne me faisaient pas confiance. Un match de hockey par an. C'est ce qu'ils m'ont accordé.

Les larmes roulaient sur ses joues.

— J'ignorais qu'il allait *agresser des enfants*.

— Putain, je pourrais vous tuer sur-le-champ, lança Bridger d'une voix gutturale.

— Je pourrais *moi-même* me tuer sur-le-champ, répliqua Brian. Cette année a été… Je n'ai pas pu la trouver. Je suis même venu ici, sur le campus, et je me suis mis à ta recherche, ma belle. Il n'y avait aucune Shannon Ellison dans l'annuaire.

Il leva les mains au ciel.

— Je suis tellement désolé. Je suis passé chez toi l'an dernier, mais ils m'ont jeté dehors. Leurs gorilles s'en sont chargés. Et leur équipe juridique m'est tombée dessus. Cette enflure d'Azzan m'a traqué sans relâche, juste pour m'intimider.

— D'accord, dis-je dans un souffle.

Je sentais presque des ondes de stress émaner de Brian. Me penchant par-dessus la table, je pris ses mains dans les miennes.

— C'est bon. Tout va bien. Un jour, le procès sera terminé.

J'essayais de me rassurer tout autant que lui.

— Je suis désolé, répéta-t-il. J'étais jeune et ils m'ont convaincu qu'un riche sportif valait mieux pour toi qu'un criminel sans le sou.

Sa voix se brisa.

— Ils m'ont dit que j'étais un moins que rien, et je les ai crus.

Ma tête tournait. J'aurais voulu que le monde ralentisse pendant une minute, pour que je puisse me ressaisir.

— Je ne sais pas quoi dire.

— Tu n'es pas obligée de dire quelque chose. Quand je suis venu te voir vendredi, je n'étais pas encore sûr de te l'avouer. Ensuite, je me suis dit que j'allais attendre que l'affaire de Bridger soit réglée avant de te parler du procès. Nous n'avons pas eu un seul instant de tranquillité.

C'était la vérité.

— ... Mais je n'ai *jamais* cessé de penser à toi. Pas une seule journée. Ta mère m'a dit que si je savais m'effacer, ils te donneraient tout. Elle est venue me le dire au parloir de la prison, ma chérie. J'étais là, assis comme un pouilleux dans mon uniforme orange, et je l'ai crue.

Si j'avais toujours du mal à l'accepter, en revanche je pouvais presque entendre la voix de ma mère dans cette histoire. Elle aurait préféré se forcer à avaler des clous plutôt qu'élever un enfant hors mariage avec un criminel. Ma vie entière, elle avait pris des décisions basées sur les apparences. Et elle en avait payé le prix.

Oh mon Dieu, c'était déprimant.

— Et maintenant ? demandai-je.

Brian ouvrit les mains.

— Peu importe ce qu'essaient de me faire ces enflures du New Hampshire, ma porte te sera toujours ouverte. Ils ne me feront plus peur.

— J'ai besoin de réfléchir, dis-je en me massant les tempes.

J'avais l'impression d'avoir du sable dans les yeux tant j'étais fatiguée. Je venais de passer la journée la plus éprouvante de toute ma vie, et je ne savais même pas quoi lui dire.

— Je crois que nous devrions nous revoir pendant les vacances de Noël, proposai-je.

Son visage se radoucit.

— C'est possible ? Parce que je m'en veux de te lâcher une telle bombe et de m'enfuir. Mais je dois être dans le Massachusetts demain matin. Un ex-détenu ne peut pas se permettre d'être absent au travail. Il ne s'en présentera peut-être jamais d'autre.

Je hochai la tête.

— Je sais que tu as pris du temps sur ton travail pour aider Bridger.

— J'en avais envie.

Sa voix était à nouveau éraillée.

— Je vais rentrer chez moi, maintenant. Sois prudente, ma belle.

Il se leva. Je l'imitai. Il s'approcha de moi et me serra contre lui aussi fort que lorsque nous nous étions retrouvés au café, quelques jours plus tôt. Cette étreinte énergique prenait tout son sens à présent.

— Je suis désolé, murmura-t-il. Sincèrement.

— Je le sais, répondis-je.

Bridger lui tendit la main.

— Merci pour tout. Et désolé d'avoir haussé le ton tout à l'heure.

Brian serra la main de mon petit ami.

— Bridger, tu es un homme qui protège les gens qu'il aime. Il n'y a rien de mal à ça. Bonne nuit à vous deux. On se reparle bientôt.

Après le départ de Brian, Bridger et moi restâmes un moment dans le restaurant.

— *Seigneur*. Est-ce que tu vas bien ? me demanda-t-il.

— Ça va aller.

En quelques heures, ma réalité avait été bouleversée. Il allait me falloir du temps pour tout saisir. Quand je quittai enfin la banquette, Bridger se leva et me prit la main. Ensemble, nous sortîmes du Capri pour nous engager dans les rues de notre ville universitaire. Alors que nous attendions que le feu passe au rouge pour traverser, je sentis la chaleur de sa main contre mes reins et la paix m'envahit.

En fuyant la maison de mon enfance, le jour de la fête du Travail, je vivais une intense solitude. Mais ce n'était plus le cas. En silence, nous rentrâmes à Beaumont. Je suivis Bridger jusqu'à sa chambre et, en haut des marches, il m'embrassa sur le front.

— Dormir nous fera du bien, déclara Bridger en récupérant ses clés dans sa poche.

Comme par automatisme, je bâillai à m'en décrocher la mâchoire.

— Je vais te border dans mon lit, dit-il. Et nous allons regarder un film débile sur mon ordinateur.

— Surtout, ne choisis pas un film dramatique, lui demandai-je pour plaisanter. J'en ai ma dose.

Il sourit.

— Nous allons nous cantonner aux comédies pendant quelque temps. Tu peux même choisir un film romantique. Tant que le couple se déshabille avant le générique de fin, ça me va.

Nous entrâmes dans sa chambre et je refermai la porte.

— Si tu veux voir deux personnes toutes nues, nous n'avons pas besoin d'un film, soulignai-je.

Bridger se tourna vers moi, un sourire amusé aux lèvres.

— Toi, tu es une fille intelligente !

Il ôta sa veste de sport et la suspendit sur le dossier de sa chaise, puis il traversa la chambre pour me rejoindre et repoussa mes cheveux sur mes épaules. Il pressa ses lèvres sur ma pommette.

— Tu es sûre que ça va ?

Il déposa un chemin de baisers le long de mon visage.

— C'est vrai, ce n'est pas tous les jours qu'on apprend qu'on est sa propre cousine.

Je gloussai contre son cou.

— Ça va aller, le rassurai-je en dénouant sa cravate. Dès que tes mains se poseront sur moi.

Il retira sa cravate d'un geste vif et je m'attaquai aux boutons de sa chemise.

Nous nous étions retrouvés seuls dans sa chambre durant quatre nuits de détresse. Nous nous étions câlinés, mais rien de plus. À présent que Lucy allait revenir, il me semblait que c'était le meilleur moyen d'occuper nos dernières heures d'intimité. Je devais laisser de côté les révélations traumatisantes de la journée. Et je voulais sentir sa peau contre la mienne, sa caresse qui me changerait les idées.

La lueur dans les yeux de Bridger lorsque je lui retirai ses vêtements était de toute beauté. Je me sentais forte. Il se pencha pour m'embrasser alors que je faisais glisser sa chemise sur ses épaules.

— Patience ! lui dis-je en l'esquivant.

Je reculai pour le simple plaisir de le regarder et je fis passer mon t-shirt par-dessus ma tête, jouant à l'émoustiller. Quand nous retrouvâmes le contact visuel, le désir qui illuminait son regard s'était changé en un brasier incandescent.

Il me dévisageait. Faisant danser mes mains sur mon ventre, j'entrepris de baisser la fermeture de mon jean.

— Tu es en train de me tuer, dit-il.

— Tant mieux.

Le tissu glissa sur mes hanches. Sans me laisser le loisir de continuer, Bridger me rejoignit et s'agenouilla devant moi pour embrasser le V que formait ma peau exposée sous mon nombril. *Oh, Seigneur*, ce que c'était bon. Puis il tira sur mon jean et se frotta contre moi. Ses lèvres se frayèrent un chemin sur ma culotte en soie.

Un gémissement d'émotion m'échappa. Je sentais la chaleur de son souffle sur toutes mes zones les plus sensibles. Il ouvrit alors la bouche et la friction du satin chaud et humide contre mon corps faillit me faire capituler. Je sentis mes genoux se dérober.

Des mains puissantes se refermèrent autour de mes hanches et j'entendis un ricanement étouffé.

— Allonge-toi, bébé.

Il me déposa sur le lit, puis d'un coup sec, me retira mon jean et mes chaussettes.

— Tu as dit que tu voulais sentir mes mains sur toi. Et ma bouche, qu'en dis-tu ?

Sans attendre ma réponse, il couvrit de baisers avides mon ventre, puis mes hanches. Je tremblais d'impatience.

C'était quelque chose que je n'avais encore jamais fait et je me demandais si je n'étais pas trop embarrassée pour en profiter. Mais les baisers de Bridger étaient délicats et formaient des cercles taquins sur ma peau. Lorsqu'il atteignit enfin sa destination, j'eus l'impression que les révélations de la journée n'étaient pas encore terminées. Mon corps s'illumina comme le sapin de Noël dans la Cour des Nouveaux et je chassai tous les soucis de ma conscience.

Une heure plus tard, nous nous effondrâmes en sueur l'un contre l'autre. Je fis glisser mes doigts le long de ses côtes, épuisée et comblée. Je sentais son cœur battre sous mon oreille. De l'autre côté de la porte, j'entendais les éclats de voix étouffés de la télévision d'Andy.

— J'espère que cette porte coupe-feu est épaisse.

Bridger ricana.

— Tu vas paniquer si je te dis que tu es du genre à crier ?

Mon cœur s'emballa à cette idée. Je m'étais toujours considérée comme une fille sage. Une fille *très* sage. Malgré les preuves accablantes du contraire.

— Je ne paniquerai pas, lui dis-je sans conviction. Mais je serai gênée et j'essaierai de me réfréner.

— C'est dommage, fit Bridger. Parce que c'est très excitant.

— Tu me le promets ?

Il roula sur le côté et me regarda droit dans les yeux.

— Il n'y a rien de meilleur, chuchota-t-il. Ça me donne l'impression d'être une bête de sexe.

— Tu *es* une bête de sexe.

Son regard s'embrasa.

— Et si je te disais que la bête a envie d'une crème glacée de la victoire.

J'y réfléchis un instant.

— Je te dirais qu'il fait froid dehors. Et que nous sommes tout nus.

— On peut s'habiller pour sortir prendre un dessert. Ça me donnera l'occasion de te dévêtir une fois de plus quand nous reviendrons.

Ses doigts descendirent le long de mon dos pour venir me caresser les fesses. Je me sentais si bien que je me mis à onduler lascivement contre lui, incapable de m'en empêcher.

— Hmm… dit Bridger en m'embrassant l'oreille. La crème glacée d'abord. Parce que tu vas avoir besoin de quelques calories supplémentaires. J'ai l'intention de faire nuit blanche.

Je me laissai glisser sur le sol et me mis en quête de mes habits. Difficile d'aller contre cette logique, même si je n'avais encore jamais fait nuit blanche à part la veille d'un examen. Cela dit, me déshabiller avec Bridger avait un petit côté *instructif*. Je ne me sentais pas encore très à l'aise. Il avait tellement plus d'expérience que moi, ça se voyait forcément.

— Pourquoi fais-tu cette tête ? demanda-t-il en ouvrant un tiroir de sa commode. Nous pouvons rester ici si tu préfères.

— Ce n'est pas ça, lui répondis-je en secouant la tête. Tu as de bonnes idées.

Bridger sourit et je remarquai qu'il s'apprêtait à enfiler son jean sans sous-vêtements.

— Alors qu'y a-t-il ?

— Absolument rien. C'est juste que j'espère pouvoir… te satisfaire.

Il leva vivement les yeux sans perdre son sourire.

— Comme si ça ne se *voyait* pas !

— Eh bien…

Ce n'était pas facile à dire. Je savais que son corps réagissait au mien. C'était évident. Mais je savais aussi que je commençais tout juste à apprendre les différentes façons de le toucher.

— J'espère que tu me le dirais si je pouvais m'améliorer sur un point ou un autre.

Il laissa retomber un t-shirt dans le tiroir et me rejoignit.

— Chaque fois est meilleure que la précédente, dit-il en prenant mon visage dans l'une de ses grandes mains. Ne va *jamais* t'imaginer que tu ne me conviens pas, Scarlet. L'expérience n'a aucune importance.

— Je ne fais pas de complexes, Bridger. Mais parfois, je me demande si, avant, tu t'amusais plus que maintenant…

Il secoua la tête.

— Ça ne fonctionne pas comme ça, même si je l'ignorais avant de te rencontrer.

— Tu ignorais quoi ?

Il était tout près de moi. Je ne voyais que ses grands yeux verts étincelants.

— Tu es la meilleure chose qui me soit arrivée, Scarlet. Parce que je t'aime. Quand d'autres personnes me touchaient, c'était agréable. Mais quand toi, tu me touches, c'est agréable *et* ça signifie quelque chose. Et ça, c'est *fort*.

Il pencha la tête et m'embrassa derrière l'oreille, où j'étais si sensible.

— Hmm, murmurai-je pour marquer mon approbation.

Je passai mes mains sur son torse nu et il gémit.

— Honnêtement, dit-il. J'ai l'impression d'être redevenu adolescent. Nous n'avons pas souvent l'occasion d'être ensemble, alors tu occupes constamment mes fantasmes.

Cette pensée me réchauffa la peau.

— Pas ce soir.

— Tu as raison, dit-il en me donnant une petite tape dans le dos. Maintenant, enfile un t-shirt, parce que j'ai besoin d'un bon Ben & Jerry's.

Une fois que nous nous fûmes habillés, et que j'eus arrangé mes cheveux pour ne pas crier sur tous les toits que je venais de m'envoyer en l'air, Bridger frappa à la porte d'Andy.

— On va chez Scoop, on te rapporte quelque chose ? demanda-t-il.

La porte s'ouvrit quelques secondes plus tard et je fis semblant d'être absorbée dans le manuel de solfège de Bridger. Comme si Andy pouvait croire que j'avais passé la soirée à lire.

— On fête ta victoire ?

— Oui. Lucy revient demain.

Andy sourit et lui tapa dans la main.

— Alors, tu veux une glace ?

— Avec plaisir. Je peux vous accompagner ? J'ai besoin de me sortir un peu la tête de ce bouquin de chimie.

— Prends ton manteau.

Bridger me tenait la main lorsque nous sortîmes dans la nuit froide. Les cours et les allées étaient silencieuses. Harkness était paisible en période d'examens, à l'exception de quelques fêtes de fin d'année.

— Alors, Andy ? C'est demain que tu sors avec Katie ?

— Oui, dit-il. À moins qu'elle ait changé d'avis.

— Elle ne ferait pas une chose pareille, protestai-je. Katie est super. Il faut dépasser les cheveux de Barbie et le gloss à lèvres brillant. En dessous se cache une personne très généreuse.

— Tant mieux, dit-il. En parlant de généreux, Hartley te cherchait tout à l'heure, Bridger.

— Ah bon ?

— Il a mis toute l'équipe de hockey sur le pont. Certains vont participer à l'organisation des funérailles, et d'autres vont t'aider à nettoyer la maison de ta mère.

Bridger tressaillit.

— Je ne sais pas si j'ai très envie qu'on m'aide sur ce point.

Je lui serrai la main.

— Demain, d'accord ? Nous nous occuperons de tout ça demain.

— Bonne idée.

À son tour, il me serra la main.

Nous terminions nos cônes glacés quand mon téléphone sonna. C'était un appel de ma mère. Je ne répondis pas, mais elle essaya de nouveau, une minute plus tard.

— Demain, murmura Bridger.

L'idée était tentante. Le problème, c'était que j'avais tout chamboulé en parlant au procureur. Et si Azzan et compagnie n'aimaient pas ça, ils risquaient de monter dans leur voiture et venir jusqu'ici pour exprimer leur mécontentement de vive voix.

— Je dois répondre. Mais je crois savoir comment m'en débarrasser. Souhaite-moi bonne chance.

D'abord, j'ouvris cette application d'enregistrement des appels dont Luke m'avait parlé. Après l'avoir activée, je décrochai enfin.

— Qu'est-ce que tu as *fait* ? vociféra-t-elle.

— Tu n'as pas intérêt à me hurler dessus, répondis-je.

Il y eut un bref silence, peut-être parce que ma menace l'avait prise au dépourvu.

— Azzan veut te parler. La police est revenue aujourd'hui, et il pense que tu es peut-être impliquée.

— Pourquoi penserait-il ça ? demandai-je, curieuse de connaître sa réponse.

— Je n'en sais rien. Mais tu vas répondre à ses questions.

— Seulement si tu réponds d'abord aux miennes. Maman, as-tu autorisé Azzan à me suivre et à lire tous mes textos et mes e-mails ?

Elle marqua une pause.

— Bien sûr que non.

— Papa, alors ?

Une autre pause.

— Non.

— Merci. Parce que *traquer* mes moindres faits et gestes ne serait pas très digne de la part de quelqu'un qui affirme qu'en famille, il faut se serrer les coudes.

Elle ignora ma remarque.

— Quand rentres-tu pour les vacances ?

— Je ne rentre pas, maman.

Elle soupira comme un dragon cracheur de feu.

— Si, tu rentres. Et tu emporteras une tenue appropriée pour ta comparution au tribunal.

— Il ne va rien se passer de tel...

Je l'entendis prendre sa respiration, prête à s'égosiller à nouveau, mais j'enchaînai sans lui en laisser le temps :

— ... tu vas la boucler une minute et me laisser t'expliquer pourquoi.

J'inspirai profondément.

— C'est terminé. J'attends juste que vous preniez en charge mes frais de scolarité. Vous payez les factures de l'université et vous me fichez la paix. Et si vous essayez de m'impliquer dans cette affaire, j'accorde une interview au *New York Times*.

— Tu n'oserais pas.

— Oh, que si. Et la première chose que je leur raconterai, c'est que vous m'avez menti toute ma vie.

À l'autre bout de la ligne, ma mère étouffa un cri.

— Je vais le tuer.

— Tu ne peux pas. Parce que je m'en suis rendu compte toute seule. Moi aussi, le lis les journaux, maman.

J'improvisais, mais en percevant sa panique, je compris qu'elle me croyait.

— L'un des articles les plus fournis évoquait Brian. Il y était fait mention d'une adoption. Il y avait une photo, aussi. Et mon petit ami a dit : « Ton oncle et toi, vous vous ressemblez comme deux gouttes d'eau. »

Je levai les yeux vers Bridger. Il me dévisageait avec admiration.

— J'ai vite fait le lien, mentis-je.

Même si j'en voulais toujours à Brian pour son rôle dans cette trahison, je ne voulais pas non plus le mettre sur la sellette pour prouver ce que j'avançais.

— Je suis convaincue que le journal serait particulièrement intéressé par ces informations. Ça donne tout de suite à papa un peu plus de crédibilité, tu ne trouves pas ?

— Ne fais pas ça, dit-elle d'une voix blanche.

— D'accord, répondis-je sur un ton implacable. Mais laissez-moi être une étudiante normale et vous n'entendrez plus parler de moi. Maintenant, passe le téléphone à Azzan.

Pendant une minute, je n'entendis rien du tout. À deux cents kilomètres de là, ma mère devait faire une dépression nerveuse ou, au contraire, échafauder une stratégie d'urgence. Alors que je m'apprêtais à raccrocher, le Connard de l'Année prit la parole.

— Shannon, fit-il d'un ton bourru.

— Raté ! m'exclamai-je avant d'imiter le bruit d'un buzzer. Essaie encore. Si vous voulez me parler, appelez-moi par mon nom.

— Espèce de *salope*.

— Ce n'est pas ça non plus.

Je devais avoir complètement perdu la boule, parce que ce petit jeu commençait à m'amuser.

— Azzan, c'est illégal de lire les messages de quelqu'un sans son consentement. Et c'est illégal de menacer mon petit ami pour me garder sous votre coupe.

— Arrête de pleurnicher, dit-il, et dis-moi ce qui s'est passé aujourd'hui. Que faisais-tu dans cet immeuble de South Street ?

— Si vous voulez vraiment le savoir, je veux que vous me présentiez vos excuses.

Dans le silence qui suivit, je pouvais presque sentir les vagues d'agressivité qui déferlaient sur moi par la voie des ondes.

— Je fais mon travail, s'écria-t-il.

Ce n'était pas assez convaincant. Je voulais qu'il admette ce qu'il m'avait fait subir.

— Vous le faites dans l'*illégalité*, lançai-je.

— Je n'aurais jamais planqué de la drogue dans la chambre de ton copain, espèce de conne. Et bonne chance pour prouver mes paroles.

Yes ! Je bondis de ma chaise en souriant comme une foldingue. En face de moi, Bridger arqua un sourcil. Je voulais le pousser aux aveux.

— Vous ne devinerez jamais où j'étais cet après-midi.

— Ce sont tes parents qui paient ton téléphone. S'ils y ont installé un mouchard, je n'y vois aucun mal.

— Intéressant, dis-je.

Parce que ma mère avait réfuté cette théorie, et que je l'avais enregistrée.

— Eh bien, ce fut un plaisir de discuter avec vous ce soir. Mais je crains que ce soit la dernière fois que nous ayons ce genre de conversation – elle vous expliquera pourquoi.

Je mis un terme à la communication et m'empressai de consulter l'application. Je l'avais essayée dix jours plus tôt, mais une fois seulement.

— Que se passe-t-il ? demanda Bridger.

— Attends. Je vais te montrer.

Quelques secondes plus tard, l'application émit une sonnerie. *Appel enregistré*, pouvait-on lire sur l'écran. J'appuyai sur « partager » et envoyai le fichier à Bridger.

— Tu peux regarder tes e-mails ? J'aimerais savoir si ça fonctionne.

Il sortit son téléphone et l'activa.

— Que dois-je faire ? Suivre ce lien ?

— Oui.

Il attendit, et trente secondes plus tard j'entendis quelque chose. Bridger mit le haut-parleur et la voix de ma mère retentit. Elle niait avoir autorisé la mise sur écoute de mon téléphone.

Bridger et Andy écoutèrent l'intégralité de la conversation et grimacèrent quand Azzan me traita de salope. À la fin, Bridger me sourit.

— Très ingénieux.

Je me mis à faire les cent pas dans la boutique, trop fébrile pour rester assise.

— Ne me cherchez pas d'embrouilles cette semaine, les garçons, parce que je botte des fesses et je fais tomber des têtes.

Je « partageai » alors la conversation que j'avais enregistrée avec Azzan, ainsi qu'avec mon ami informaticien, Luke. Puis j'enfilai mon manteau et rentrai d'un pas léger à Beaumont, en compagnie de Bridger et d'Andy.

Ce soir-là, je fis à nouveau ce rêve familier. Mais cette fois, il était légèrement différent. Le palet disparaissait dans un recoin sombre. Et quand je patinais pour le récupérer, je me rendais compte que le trou s'était transformé. Cette fois, il y avait deux portes rectangulaires dans la glace. Dans mon cauchemar, je savais qu'il me fallait de toute urgence les ouvrir. Mais les portes étaient dépourvues de poignées.

Et les bruits qui s'en échappaient me terrorisaient.

— Là, là, chuchota Bridger à mon oreille.

J'ouvris les yeux. Il faisait noir et j'étais nue dans son lit.

— Désolée, fis-je en haletant.

— Tout va bien, dit-il pour me rassurer. Tu faisais un mauvais rêve.

Je pris une minute pour laisser le temps à mon cœur de retrouver un rythme normal.

— Bridger ? Je crois que je devrais dire au ministère public ce que j'ai entendu. Ce qui signifie que je risque bien de finir dans ce maudit tribunal, en fin de compte.

— Du calme, me dit mon petit ami en m'attirant contre son corps chaud. Rendors-toi maintenant, tu t'inquièteras plus tard.

— D'accord, murmurai-je.

Il déposa un baiser sur mon épaule et je parvins à chasser mes craintes. Je choisis de me concentrer sur sa respiration sereine et sur la douceur de sa peau contre mon dos.

J'avais dû me rendormir, car bientôt, la lumière du soleil filtra à travers les fenêtres et j'entendis quelqu'un frapper contre la porte coupe-feu.

— Eh, les amis ? me parvint la voix d'Andy. Je crois que vous devriez jeter un œil aux actualités. J'ai allumé la télé.

— Hmm, grogna Bridger.

Mais Andy avait toute mon attention. M'extirpant des draps de Bridger, j'enfilai mes vêtements.

— Je peux entrer ? demandai-je en frappant à sa porte.

— Bien sûr.

Je pénétrai dans sa chambre. Une chaîne d'informations était allumée en mode silencieux. Mais un bandeau au bas de l'écran annonçait : *Nouvelles preuves accablantes découvertes sous terre. J. P. Ellison négocie un plaidoyer de culpabilité. Peine de 25 ans.*

— Oh, mon Dieu, m'exclamai-je en fixant l'écran.

— Waouh, fit Bridger en arrivant dans mon dos.

Ses mains atterrirent sur mes épaules.

— Qu'est-ce que ça veut dire ?

— Pas de procès au pénal, répondis-je. Et il perdra les poursuites civiles. Je dois trouver un job. Et je dois suivre le semestre d'été à Harkness.

— Pourquoi ?

— Je dois obtenir le plus d'unités d'enseignement possible avant qu'il perde tout.

— Bienvenue dans mon monde, dit Bridger en m'embrassant derrière la tête.

— Il y a toujours les bourses, avança Andy.

— Je sais. Je vais m'en sortir. J'y ai beaucoup réfléchi. Et surtout, je suis contente qu'il ait gagné toute sa fortune avec la ligue de hockey. Au moins, on ne peut pas dire que c'est de l'argent sale.

— Les dommages et intérêts protègeraient quand même l'argent de tes études, non ? demanda Andy.

— Je n'en ai aucune idée. Et je ne peux compter sur personne pour me donner une réponse précise.

— Allez, dit Bridger en me prenant la main. C'est l'heure du petit déjeuner. On s'inquiètera plus tard.

— Hier soir, tu as dit qu'on s'inquièterait ce matin.

Il me pinça les fesses.

— La journée commence après le petit déjeuner. Et j'ai le droit de manger au réfectoire comme un véritable étudiant, parce que c'est Amy qui emmène Lucy à l'école ce matin. La cafétéria propose des omelettes et c'est justement ce dont j'ai envie.

— Tu passeras chercher Lucy aujourd'hui ? demandai-je en le suivant dans sa chambre.

— Oui, Madame. Après mon rendez-vous avec le service des logements de la fac.

— Je peux vous conduire dans sa famille d'accueil ensuite, pour récupérer ses affaires ?

— Ce serait génial. Et maintenant, allons déguster cette omelette.

CHAPITRE 20
MEUBLES ET BOULETTES SUÉDOISES

SCARLET

APRÈS LE PETIT DÉJEUNER, je fis l'effort de passer une heure à la bibliothèque, avant d'appeler Luke, mon ami informaticien.

— Tu as écouté l'appel que je t'ai envoyé ? lui demandai-je.

— Tu joues dans une série policière, n'est-ce pas ? dit-il. Avoue-le.

— J'aimerais bien, répondis-je en éclatant de rire. Je suis prête à me débarrasser de ces tarés, maintenant. Tu pourras supprimer tout ça sur mon téléphone ?

— Bien sûr ! Je travaille de onze à dix-huit heures. Passe quand tu veux.

J'avais toujours le sourire aux lèvres sur le chemin du bâtiment Vanderberg. Je n'y avais pas passé beaucoup de temps ces derniers jours, juste pour prendre une douche et de nouveaux habits. Quand je poussai la porte de notre chambre, les deux Katie levèrent les yeux de leurs manuels.

— Salut, les filles !

Comme les examens commençaient dans moins de soixante-douze heures, je n'étais pas étonnée de les voir à l'intérieur en train de réviser.

Mais qu'elles me suivent des yeux sans prononcer un mot, voilà qui était curieux.

— Quoi ? demandai-je en ôtant mon manteau.

— Nous avons regardé les informations ce matin, au salon de manucure, déclara Katie Blonde.

Oh, zut.

— Les informations ? demandai-je.

Comme si jouer les imbéciles pouvait m'aider.

— Il y avait une photo de toi, poursuivit-elle. *Shannon.*

Je poussai un profond soupir et m'assis sur le tapis, en face de Katie Blonde.

— Oui. D'accord. J'ai changé de nom.

— Tu nous as *menti*, reprit Katie Blonde. Pourquoi ?

— Parce que mon père…

Je butai sur ce mot. Il me faudrait du temps pour me faire à l'idée qu'il n'était pas mon père.

— Je ne suis pas comme lui. Et beaucoup de personnes ne le comprennent pas.

Elles me dévisageaient en silence.

— Il, euh… il a plaidé coupable ce matin.

C'était encore un changement auquel je devais m'habituer. Je pouvais arrêter de me faire du mauvais sang en me demandant ce qui s'était passé. S'il avouait au monde entier qu'il était coupable, je n'avais plus à me torturer l'esprit au quotidien pour essayer de découvrir la vérité.

— Tu ne viens pas de Miami Beach, dit Katie Couette. Je me disais bien que tu n'étais pas assez bronzée !

Je secouai la tête.

— Tu n'as pas fait l'école à la maison ! s'exclama Katie Blonde.

Une fois de plus, je confirmai ses dires.

— Mais c'est tout comme. J'étais rejetée. Et je ne voulais pas que ça continue à la fac. Je suis désolée de ne pas vous l'avoir dit. Simplement, je ne savais pas comment laisser tout ça derrière moi.

Katie Couette referma violemment son livre de cours et se leva.

— Ce n'est pas sympa. Tu ne peux pas vivre avec des gens et leur mentir en permanence.

Elle se retira dans sa chambre d'un pas lourd. Quand la porte claqua derrière elle, j'en sentis les répercussions jusque dans ma poitrine. *C'est reparti.* Je me tournai tristement vers Katie Blonde et attendis qu'elle suive son exemple.

Mais elle inclina la tête pour me regarder attentivement.

— Ça n'a pas dû être facile. Être obligée de changer de nom.

— C'était surtout difficile d'être le défouloir de la ville. Mais un garçon s'est suicidé. C'était encore pire pour lui.

— Tu le connaissais ?

Je répondis par la négative.

— Bizarre.

— Oui.

Elle se mordit la lèvre pendant quelques instants avant de se lever.

— Moi aussi, j'aurais changé de nom à ta place, déclara-t-elle.

Elle alla enfiler son manteau.

— Je vais à la salle de sport.

— D'accord, répondis-je en me demandant ce qu'elle pensait de tout ça.

Elle s'interrompit, la main sur la poignée.

— Tu vas rester une Scarlet ? Maintenant que tout est terminé ?

J'ouvris la bouche pour lui dire que ce ne serait jamais vraiment terminé, mais je ne voulais pas lui donner l'impression de me plaindre. Pour la première fois en un an, je sentais enfin que ma vie prenait la bonne direction.

— Oui, lui répondis-je. Je vais rester une Scarlet.

— Tant mieux, déclara Katie en ouvrant la porte. Ça te va bien.

— Merci ! lui lançai-je.

BRIDGER

— Bridger !

À quatorze heures trente, Lucy sortit en trombe de son école primaire et se rua vers moi. Aujourd'hui, elle ne se souciait pas de sa réputation de grande fille. Elle se *jeta* dans mes bras. Je la soulevai du sol et elle imita le petit singe à la perfection.

— Salut, toi ! Je t'avais dit que je serais là.

Je l'avais appelée avant qu'elle parte à l'école, le matin même, pour lui annoncer que je l'attendrais à l'endroit habituel, près du râtelier à bicyclettes.

Elle ouvrit la bouche et ce qu'elle dit me fendit l'âme :

— Mais les choses ne se passent pas toujours bien.

— C'est vrai, parfois, admis-je. Nous avons eu quelques soucis, n'est-ce pas ?

— Oui.

— Ça va s'arranger maintenant, lui promis-je. Beaucoup de personnes sont prêtes à nous aider, plus que je le pensais.

— Pas maman, dit-elle d'un ton prosaïque.

Bon sang ! Mes yeux se mirent à piquer.

— Pas maman, acquiesçai-je. Nous allons être tristes pendant un moment. Nous ne lui avons pas encore dit adieu.

— Tu veux dire, comme un enterrement ?

— Oui. Par exemple. Nous le ferons la semaine prochaine.

Hartley et Theresa m'avaient convaincu d'organiser une cérémonie en son honneur ce week-end, et le doyen avait mis à ma disposition l'une des chapelles de l'université.

Pour le cercueil, en revanche, j'avais apposé mon veto.

— C'est trop macabre, leur avais-je expliqué.

Lucy avait déjà subi la perte progressive de sa mère, qui s'était lentement effacée de sa vie. La présence d'une boîte contenant sa dépouille serait trop dure à supporter. J'avais donc opté pour la crémation. Quand Lucy serait plus grande, je la laisserais disperser les cendres.

J'avais pris soin de bien l'expliquer à Hartley et à sa mère. Theresa en avait eu les larmes aux yeux.

— Tu es vraiment doué pour ça, m'avait-elle dit. Tu fais déjà partie des meilleurs parents que je connaisse.

Je ne me sentais pas digne d'un tel compliment.

— Je me débrouille au fur et à mesure, c'est tout, avais-je bafouillé.

Elle m'avait serré l'épaule.

— C'est comme ça que ça *marche*, mon petit. C'est ce qu'on fait tous.

J'espérais qu'elle avait raison, sinon je n'allais pas tarder à perdre pied.

Je reposai Lucy sur le trottoir et lui pris la main pour la conduire le long de l'allée bétonnée. J'étais son tuteur légal, son parent, et c'était exactement ce que je voulais. Je ne regrettais absolument rien. Mais cela ne voulait pas dire que j'avais les moyens d'aider Lucy à gérer son chagrin.

Deux heures plus tard, je saluais Amy tandis que Lucy sautillait d'un pied sur l'autre, impatiente de s'en aller.

— Appelez-nous quand vous voudrez, me dit Amy. Si vous avez besoin d'une babysitter à la dernière minute, ou juste besoin de respirer.

Je savais que je n'en ferais rien, mais sa proposition était touchante.

— Merci.

— De nombreuses personnes vous soutiennent, dit Amy en lisant dans mes pensées. Mais c'est toujours bon d'en avoir une de plus.

— Vous avez été formidable, répondis-je avec sincérité.

Rich me serra la main.

— Et pourtant, vous espérez bien ne plus jamais nous revoir, n'est-ce pas ?

— Prenez bien soin de vous, leur dis-je en riant.

— Vous aussi, répondit Amy. Vous deux.

Lucy sortit de la maison en courant, son manteau sous le bras.

— Enfile ce manteau, lui lançai-je.

— Bonne chance, fit Rich en souriant d'un air amusé.

Quand j'entrai enfin dans la voiture, Lucy avait déjà bouclé sa ceinture derrière Scarlet.

— Tu es sûr que ça ne dérange pas l'université que je dorme dans ta chambre ? demanda-t-elle en se rongeant un ongle.

— Maintenant, ils sont au courant, lui expliquai-je. Et ce n'est que pour quelques nuits. Bientôt, nous aurons notre propre appartement.

— Comment est-il ? demanda-t-elle. Dis-le-moi encore.

Elle avait l'air nerveuse. Ça ne me paraissait pas logique. J'avais espéré que, ce soir, elle pourrait enfin se détendre. Mais la semaine qui venait de s'écouler l'avait vraiment ébranlée. J'allais devoir surmonter ses appréhensions.

— Eh bien, je n'ai passé qu'une minute dans l'appartement, lui expliquai-je.

Il y avait une jeune mère stressée à la maison quand le service du logement m'avait envoyé jeter un œil. Elle portait un bébé agité dans une écharpe autour du cou et avait un petit enfant dans ses jupes. Je n'avais pris que deux minutes pour faire le tour du propriétaire et déterminer les meubles que j'allais devoir acheter.

— Alors, voyons. La cuisine se trouve au bout du salon. Il n'y a pas de mur de séparation, mais il y a un comptoir entre les deux.

— Parle-moi de ma chambre.

— Eh bien, les murs sont blancs…

Elle était petite et les étudiants en doctorat qui vivaient là avaient réussi à y entasser deux berceaux. Ils s'en allaient sans doute pour des raisons d'espace.

— Il y a une fenêtre au-dessus du lit, dis-je en cherchant quels détails je pourrais bien ajouter. Nous te trouverons un petit bureau où faire tes devoirs.

— Est-ce que ça ressemblera à mon ancienne chambre ? s'enquit Lucy.

J'ignorais que répondre. *Plus petit, à vrai dire, mais sans le laboratoire de meth dans la salle à manger.*

Scarlet vola à mon secours.

— Ce sera bien plus cool, dit-elle. Une chambre de grande fille. Je crois qu'on devrait accrocher ton nom sur le mur. Ou peut-être un panneau sur la porte.

Quand je me retournai pour regarder Lucy, elle se mordait la lèvre.

— J'aime bien ça. La porte de Mandy a un panneau qui dit : « Entrée interdite pour les Moldus ».

— C'est drôle, répondit Scarlet.

— Nous devrions aller manger, dis-je en consultant ma montre. Les réfectoires ne vont pas tarder à fermer.

— J'ai une meilleure idée, annonça Scarlet.

— Quoi ?

— Que font les femmes pour se détendre quand elles sont stressées, Bridger ?

Elle aussi avait remarqué la nervosité de Lucy.

— Je ne sais pas. Elles vont au spa ?

— Presque, dit-elle. Elles font du shopping.

— Où ? demandai-je.

— Chez Ikea, bien sûr.

Après avoir mangé des boulettes suédoises, nous lâchâmes Lucy dans la section des enfants.

— J'aime cette lampe rose, dit-elle. Et regarde !

Elle désignait un mobile en tissu accroché au plafond, qui formait un drapé autour d'une tête de lit.

— On dirait les lits à rideaux dans *Harry Potter* !

— Nous n'achetons rien pour l'instant, l'avertis-je.

Lucy avait prévu d'acheter tout le magasin.

— Oh, mais *ça* je l'achète, murmura Scarlet. C'est super, et ça ne coûte que trente dollars.

— Pour Noël, soufflai-je.

— Marché conclu, répondit-elle en passant une mèche de cheveux derrière son oreille avant de me sourire.

Elle sortit un petit carnet de son sac à main et se mit à écrire.

— Que fais-tu ?

— Une liste des choses dont tu as besoin. Jusqu'à présent, j'ai inscrit un bureau pour Lucy. Deux lampes pour lire. Nous irons chercher des ustensiles de cuisine dans la salle d'exposition suivante.

— Ça va porter un sacré coup à ma carte de crédit.

— Non, fit Scarlet en souriant. La femme de ton entraîneur a demandé une liste à Hartley. Et Hartley m'a chargée de la lui fournir.

— Parce que ce n'est pas un boulot pour quelqu'un doté d'une queue, c'est ça ?

Elle leva les yeux au ciel.

— Hartley l'a formulé de manière plus délicate.

— Scarlet, je ne peux pas laisser l'équipe de hockey meubler mon appartement.

— Pourquoi ? Parce que tu te retrouveras avec une télévision, une console de jeux vidéo et rien d'autre ?

— Non. Parce que je ne veux pas qu'ils mettent la main au porte-monnaie.

Elle rangea le carnet dans sa poche arrière.

— Je crois que tu n'as pas vraiment le choix. Mais regarde le bon côté des choses. Tu ne seras pas obligé de faire la tournée des magasins.

Je la pris par la taille et l'embrassai.

— Merci.

— Pour quoi ?

— Pour tout.

Je l'embrassai de plus belle. J'aurais dû me sentir abattu en ce moment même. Tout ce que je craignais cette année avait eu lieu. Et pourtant, tout allait bien se passer. Même si j'avais un tas de problèmes à gérer et des dégâts à réparer, et même si ma vie était ballottée dans une tempête d'incertitudes. Scarlet. Hartley. Theresa. Amy et Rich. Le doyen. L'entraîneur. Andy. Le nombre de gens qui assuraient mes arrières était stupéfiant. Pouvoir compter sur eux me donnait de la force, alors que j'avais toujours cru le contraire.

— Pouah, pas de baisers, se plaignit Lucy. C'est dégueu…

Scarlet gloussa.

— D'accord, allons plutôt voir la vaisselle. C'est presque aussi amusant.

Nous rentrâmes à Beaumont après l'heure où Lucy aurait dû se mettre au lit. Mais Hartley et Corey nous attendaient avec du champagne et de la limonade pour fêter le retour de la fillette.

— Merci, dit Lucy en acceptant un verre des mains de Corey.

— De rien, mais j'ai autre chose pour toi. Le doyen m'a demandé de te donner ça.

Elle sortit de son sac une carte d'accès de Harkness, accrochée à un ruban rose. Lorsqu'elle la retourna, on pouvait lire *Lucy McCaulley* sur le recto, avec sa photo.

— Comme celle de Bridger ! s'exclama Lucy en la passant autour de son cou.

— C'est ce que tu utiliseras pour entrer au réfectoire.

— On pourra y manger demain ? demanda Lucy.

— Évidemment, lui dis-je. Nous devrons nous préparer pour l'école un peu plus tôt, mais ils ont cinq sortes de céréales et il y a toujours du bacon.

Seigneur, le réfectoire m'avait manqué. Il me faciliterait tellement la vie.

Hartley sabra le champagne et remplit ma collection de verres chipés à la cafétéria.

— On pourrait en proposer à Andy, suggéra Hartley.

— Il a un rencard ce soir, dit Scarlet.

Corey jeta un œil vers la porte coupe-feu.

— Pourtant, je parie que je viens de l'entendre.

Scarlet fronça les sourcils, craignant sans doute que sa sortie avec Katie n'ait viré au fiasco.

Corey leva la main pour frapper contre la porte, mais elle sembla se raviser au dernier moment. Elle se retourna, l'air amusé.

— Vous savez, je pense que ça ne l'intéressera pas.

De l'autre côté de la porte, un gémissement se fit entendre.

— Il va bien ? demanda Lucy.

— Très bien, s'empressa de répondre Corey. Il est… euh…

— Il regarde le match de basket, intervins-je alors qu'un autre gémissement se faisait entendre. Et son équipe ne s'en sort pas très bien. (Énorme mensonge ! On aurait bien dit, au contraire, que son équipe s'en sortait *très* bien.)

— Si on dansait ? s'exclama Scarlet en se ruant vers mon ordinateur.

Elle effleura le pavé tactile et, une seconde plus tard, le rap de Macklemore envahit la chambre. Scarlet monta le son et se mit à onduler.

— Allez, Lucy ! Bouge ton corps.

Ma petite amie était formidable.

Mais ma sœur resta un moment immobile, visiblement perplexe. Corey entra à son tour en scène et commença à se déhancher. Elle donna à Hartley une petite tape sur le bras. En les voyant, tous les trois, Lucy se mit à danser. Elle trémoussait son corps menu tout en agitant les bras.

Bientôt, nous dansions tous ensemble, nos verres à la main, par un mercredi soir du mois de décembre. Skrillex succéda à Macklemore, puis ce fut Avicii. Je regardais Scarlet secouer sa chevelure soyeuse. Elle surprit mon regard et me fit un clin d'œil.

Hartley tenait la main de sa copine pendant qu'ils dansaient, pour l'aider à garder l'équilibre. Lucy grimpa sur la banquette de la fenêtre pour avoir une meilleure vue. C'était à la fois ridicule et somptueux. Ces derniers mois m'avaient donné l'impression d'avoir cent ans. Mais voilà que j'avais retrouvé ma jeunesse.

J'étais jeune et incroyablement heureux.

PARTIE TROIS

« *Elle ne prit conscience du fardeau qu'en goûtant à la liberté.* »
— *La Lettre écarlate, de Nathaniel Hawthorne*

TROIS MOIS PLUS TARD

SCARLET

— J'ai oublié neuf fois sept ! s'écria Lucy depuis sa chambre.

Les mains de Bridger étant couvertes de viande hachée, il ne pouvait pas la rejoindre pour l'aider.

— Quelle est la table de neuf ? se contenta-t-il de crier.

— Ah oui… fut la réponse qui lui parvint.

— Tu veux que j'aille lui donner un coup de main ? demandai-je.

— Elle va y arriver. J'ai besoin que tu rajoutes du ketchup juste ici. Je crois que j'en ai terminé avec la partie poisseuse.

Il brandit la spatule en bois dont il s'était servi pour fourrer la purée de pommes de terre au centre du plat et éclata de rire.

— J'ai l'impression que je viens de *violer* un kilo de viande hachée.

Son rire était contagieux. Bientôt, je fus secouée de hoquets à tel point qu'étaler le ketchup devint mission impossible.

— Rappelle-moi qui a décrété un jour que fourrer un pain de viande était une bonne idée ?

En souriant, il secoua la tête et prit une feuille d'essuie-tout.

— J'espère qu'elle appréciera.

— Qui, Lucy ou ta mère ? demandai-je à voix basse.

Ses yeux verts se voilèrent.

— Lucy, bien sûr.

— Elle appréciera, évidemment, lui promis-je.

— Je le sais.

Il me déposa un baiser sur la joue en se dirigeant vers l'évier, et je glissai le plat dans le four préchauffé.

Bridger et Lucy prenaient la majeure partie de leurs dîners au réfectoire Beaumont. Et quand je ne mangeais pas avec les Katie, les soirs où le groupe de musique folk que j'avais intégré ne répétait pas, je les retrouvais pour le repas. Mais Lucy n'avait de cesse de lui réclamer le pain de viande fourré de leur mère, et ce soir-là – un dimanche –, il avait fini par céder.

Malheureusement, nous ne disposions pas de la recette de leur mère. Bridger et Hartley avaient vidé la maison avant que la banque la mette en vente. Il n'avait pas voulu de mon aide, ni de celle de Lucy.

— Il n'y a pas grand-chose à récupérer, avait-il dit à propos de sa triste corvée.

Il avait pris le bureau de son père, ainsi qu'une commode pour Lucy, que j'avais repeinte en rose, un samedi pendant les vacances de Noël.

Par conséquent, la recette du pain de viande de sa mère resterait introuvable. J'en avais choisi une sur internet et doublé la quantité d'ail, comme ma mère l'aurait fait. J'éprouvais une pointe de culpabilité en songeant à ma mère, à présent toute seule dans notre grande maison. Nous ne nous étions plus adressé la parole, toutes les deux, mais plus je mettais de distance entre l'an dernier et ma nouvelle vie, plus j'aurais de chances de pouvoir, un jour, surmonter certaines de nos différences.

Un jour.

J'avais passé les congés de Noël ici, avec Bridger et Lucy. Et j'avais également pris quelques jours pour rendre visite à Brian, à Boston.

— Tu n'es pas obligée de venir, si tu ne te sens pas prête, avait-il précisé lorsqu'il m'avait invitée. Mais sache que tu seras toujours la bienvenue.

J'y étais allée. Ces quelques jours n'avaient pas été de tout repos, ni pour lui ni pour moi, mais j'étais contente que nous nous soyons retrouvés. Ma visite suivante serait sans doute plus facile. Nous nous téléphonions une fois par semaine et projetions d'assister à un concert de guitare classique à Boston, le mois prochain.

Sur le plan de travail de la cuisine, le téléphone de Bridger émit une sonnerie.

— Tu as reçu un message, lançai-je.

— Dis-moi qui c'est, demanda-t-il, les mains dans l'eau de vaisselle.

Je pris son téléphone.

— Hartley. Il veut savoir où tu manges parce qu'il a quelque chose à te demander.

Après s'être séché les mains, Bridger rappela Hartley.

— J'ai cuisiné ce soir, dit-il lorsque son ami décrocha.

— *Qui* a cuisiné ? soufflai-je.

— Écoute, jeune femme, dit-il en levant son beau menton vers moi. C'est moi qui avais de la viande crue jusqu'aux oreilles.

— C'est juste.

Il reprit sa conversation.

— Alors si tu veux me voir, tu vas devoir passer.

Il y eut un silence.

— Rien. Apporte juste ta belle gueule. Rien ne presse. Ce ne sera pas prêt avant une heure.

Il raccrocha.

— Tu as regardé le match, hier soir ? demandai-je en prenant une miette de Parmesan sur la planche à découper au-dessus de laquelle je l'avais râpé.

— J'ai regardé la rediffusion ce matin, juste après avoir chargé la vidéo, avoua Bridger.

Il avait toujours le mot de passe qui lui donnait accès aux enregistrements des matchs.

— C'était génial.

J'avais accompagné les Katie à la patinoire et assisté en direct à la victoire en quart de finale de l'équipe masculine de Harkness contre Cornell. Ils se qualifiaient pour la demi-finale.

— Quand Hartley a marqué ce but entre les jambes du gardien, les gens sont devenus fous.

— C'est dément que l'équipe atteigne un tel niveau.

Bridger sortit un brocoli du réfrigérateur et retira son emballage.

— Ce n'était encore jamais arrivé.

— En réalité, la dernière fois que c'est arrivé, c'était en 1982.

— Quelle perfectionniste, dit-il en souriant.

Il rinça le brocoli sous l'eau du robinet.

Ça me rendait folle. Bridger était en train de laver un brocoli pendant que son équipe de hockey s'apprêtait à remporter la coupe universitaire. Il ne semblait même pas frustré. Je me demandais comment il arrivait à le supporter. En assistant au match, la veille au soir, j'avais senti la fièvre du jeu me saisir. Chaque fois que l'équipe d'Hartley prenait possession du palet, j'avais éprouvé une irrésistible envie d'aller aiguiser mes patins.

— Je m'en charge, lui dis-je en le poussant pour prendre sa place devant la planche à découper. Toi, ouvre la bouteille de vin.

— Tu m'intéresses.

Hartley franchit la porte quarante-cinq minutes plus tard, un sac de la boutique de cupcakes de Bank Street à la main.

— Waouh ! s'exclama Lucy en s'empressant de le délester de son paquet. Oh ! s'écria-t-elle. Les minis !

— Attends, dit Bridger en soulevant le sac au-dessus de sa tête. Après le dîner.

— Je veux juste regarder !

Il ne bougea pas d'un pouce.

— Est-ce que tu as terminé tes maths ?

Elle hocha la tête en sautant pour attraper la boîte.

— Même les divisions ?

— Il n'y en avait pas cette fois, dit-elle. Je déteste les divisions. C'est difficile.

Bridger ricana.

— Vraiment ?

Il abaissa les cupcakes à son niveau.

— Si nous les divisons en parts égales, combien en auras-tu ?

Lucy sortit la boîte en plastique du sac et l'examina un instant.

— Trois.

— C'est bien. Maintenant, que dis-tu à Hartley ?

— Merci, merci, merci ! fit-elle en détalant pour admirer les cupcakes miniatures à son aise.

— Du vin ? proposa Bridger à Hartley.

— Avec plaisir.

Bridger nous servit avant d'aller surveiller la viande.

— Ça a l'air bon, annonça-t-il en s'emparant des maniques.

— Ça sent bon, en tout cas, approuva Hartley. Qu'est-ce que c'est ?

Bridger s'esclaffa.

— À toi de le deviner.

Comme la cuisine était exiguë, j'échangeai ma place avec Hartley.

— Tu as fait un pain de viande fourré ? Sérieusement ? fit-il en riant. Ça me rappelle tellement l'école primaire, quand on mangeait chez toi après quelques tirs au but.

— C'est vrai, n'est-ce pas ? À table.

Nous prîmes place autour de la table basse, car le petit guéridon sur lequel Lucy et Bridger mangeaient habituellement n'était pas assez grand pour nous quatre. Les genoux sous la table, chacun goûta une bouchée.

— Waouh, dit Hartley. C'est bien meilleur que…

Bridger lui lança un regard sévère.

— … que dans mes souvenirs, conclut-il.

— Non, objecta Lucy en mâchant. C'est le même. Bridger a fait *exactement* le même.

— C'est ce que je voulais dire, reprit Hartley en piquant un autre morceau du bout de sa fourchette. C'est exactement le même. L'ail apporte une note savoureuse.

Bridger m'adressa un clin d'œil et je souris. Étrangement, sa mère et la mienne avaient collaboré sur ce plat. Les deux femmes qui avaient causé le plus de malheur dans nos vies étaient elles aussi invitées à cette table. J'écartai cette pensée en me promettant d'y revenir plus tard.

Hartley se servit des brocolis et il pointa sa fourchette vers Bridger.

— J'ai une question importante à te poser. Mais je suppose que ça concerne aussi Scarlet.

Je croisai le regard de Bridger, mais il haussa les épaules pour m'indiquer qu'il ignorait de quoi il s'agissait.

— Tu es au courant de la commotion cérébrale de Mike Graham ?

Bridger fit la grimace.

— Ça avait l'air sérieux sur la vidéo. Mais quand Orsen est passé me voir au café, il m'a dit que tout irait bien pour Graham.

— Oui, ça ira, dit Hartley. Mais il est hors-jeu pour le reste de la saison.

— Ça craint. C'était votre deuxième meilleur atout.

— Je suis pris de court, Bridger. J'aimerais que tu viennes à l'entraînement demain.

La fourchette de Bridger resta suspendue à mi-chemin vers sa bouche.

— Je sais que tu as des obligations. Mais il n'y a que deux finales universitaires. Puis quatre matchs de championnat de la NCAA. Six matchs en cinq semaines. Et encore, si nous allons jusqu'au bout.

— Vous *irez* jusqu'au bout, m'exclamai-je. Bridger, accepte !

Certes, je n'aurais pas dû intervenir comme la petite amie insistante que j'étais. Mais *bon sang*, combien de fois dans une vie une telle opportunité se présentait-elle ?

— Je ne suis pas sûr que ça fonctionne, rechigna Bridger. Nous en discuterons une prochaine fois.

Il mâcha sa bouchée en détournant le regard.

Je savais qu'il avait raison – nous ne pouvions pas entrer dans les détails usants des obligations familiales de Bridger tant que Lucy serait assise avec nous. Mais je pouvais voir les rouages de son esprit s'animer, de l'autre côté de la table.

Fais-le, implorai-je en silence.

— Ça fait un an que je ne suis pas monté sur des patins, mec, dit-il pendant qu'Hartley faisait la vaisselle.

— C'est comme le vélo, insista Hartley en lui tendant une assiette rincée.

— D'accord, mais je ne suis pas allée à la salle de muscu de la fac plus de cinq fois cette saison. Et ça, ce n'est *pas* comme le vélo.

— Je m'en fiche, répliqua Hartley. Sinon, nous serons obligés de faire appel à des joueurs extérieurs. Je préfère que ce soit toi.

— Mike est défenseur.

Hartley se contenta de hausser les épaules.

— Tu devras peut-être jouer en défense. À moins que quelqu'un d'autre s'en charge. L'entraîneur le déterminera.

Bridger secoua la tête.

— Ce scénario pose trop de problèmes.

— Non, pas du tout ! me récriai-je en jetant un œil par-dessus mon épaule pour m'assurer que Lucy n'écoutait pas.

Mais elle était assise devant la télévision et passait les chaînes en revue.

— Je prendrai la relève, Bridger. Lucy me demande souvent de lui apprendre à jouer de la guitare.

— Les entraînements, ça peut durer très tard, rétorqua Bridger. Ça fait beaucoup de guitare.

— Six matchs, grand maximum, dit Hartley. Trois, plus vraisemblablement. Ma mère peut te donner un coup de main si ça dure jusqu'à la fin du mois. Elle a des vacances au printemps.

— Je vais y réfléchir, dit Bridger.

— Réfléchis vite. L'entraînement est à seize heures demain.

— C'est noté.

Il jeta un œil à l'heure affichée sur le micro-ondes.

— Pour l'instant, je dois coucher Lucy. Et elle doit se brosser les dents, d'accord ?

Je terminai de mettre de l'ordre dans la cuisine en compagnie d'Hartley, pendant que Bridger bordait Lucy.

— Tu crois qu'il le fera ? me demanda-t-il.

— S'il ne le fait pas, je serai terriblement déçue, avouai-je. Si l'un de vos gardiens de but se blesse, tu as mon numéro, n'est-ce pas ?

Hartley sourit.

— D'accord, je garde ton nom dans un coin de ma tête.

Son visage retrouva alors sa gravité.

— Il y a quelque chose que je voulais te dire.

— Qu'est-ce que c'est ?

Je rangeai les dernières fourchettes dans le tiroir avant de le refermer.

— J'ai reçu ma première paire de patins de hockey quand j'avais dix ans. Jusqu'alors, je n'avais que du matériel dégoté dans des vide-greniers. L'une des paires était orange et les autres gamins se moquaient de moi.

J'avais du mal à l'imaginer.

— C'est qu'ils n'avaient pas encore vu ton jeu.

— Évidemment, répondit-il en souriant. Mais mon équipement était décalé, tu vois ? Jusqu'à ce qu'Ailes d'Acier interviennent et me donnent un matériel digne de ce nom.

— Oh.

Oh. Voilà qui me laissait sans voix. Dans l'un des articles de journaux, j'avais lu que l'organisme caritatif de mon père avait distribué des équipements à hauteur de deux millions de dollars. Jusqu'à présent, je n'avais encore jamais rencontré l'un de ses bénéficiaires.

Les grands yeux marron d'Hartley étaient rivés aux miens.

— Mes patins coûtaient quatre-vingts dollars, Scarlet. C'étaient les plus belles choses que j'aie jamais possédées. Et je les gardais sur mon bureau pour pouvoir les admirer entre deux matchs.

— C'est…

Je ne savais pas quoi dire.

— Tu dois être content de ne jamais avoir croisé la route du fondateur de l'association, non ?

Il s'adossa contre le plan de travail et croisa les bras.

— Bien sûr, oui. Je n'essaie pas de lui trouver des excuses. Mais l'aide qu'il m'a offerte était concrète. Elle était réelle.

— D'accord, répondis-je avec une petite voix. Merci de me l'avoir dit.

Hartley me serra un instant contre lui.

— De rien. Je dois y aller et essayer de réviser un peu si je ne veux pas me retrouver le bec dans l'eau la semaine prochaine.

— Merci pour les cupcakes, dis-je.

Il me fit un clin d'œil et prit son manteau.

— Je vous en offrirai une dizaine d'autres, à Lucy et à toi, si tu réussis à me l'envoyer à l'entraînement demain.

— Je ferai de mon mieux.

BRIDGER

Après m'être brossé les dents, j'éteignis les lampes du salon et fermai la porte d'entrée à clé. En tournant le verrou, j'éprouvai une forte satisfaction. Les personnes que j'aimais le plus au monde étaient réunies du même côté de cette porte, avec moi à la maison.

Même si la proposition d'Hartley m'enthousiasmait, je disposais déjà de tout ce dont j'avais besoin. Et c'était juste là, dans ce modeste appartement.

Je retournai dans ma chambre à pas de velours avant de refermer la porte. Lucy n'entrait jamais dans ma chambre la nuit, mais je préférais me déshabiller avec Scarlet en étant certain qu'elle ne pourrait pas me voir par inadvertance.

Ma petite amie était allongée au milieu du lit, occupant les deux oreillers, les mains derrière la tête. Elle avait le regard brillant et mon corps ne manqua pas de me le faire remarquer. D'une main, je fis glisser mon t-shirt par-dessus ma tête. J'aurais juré voir la lueur dans ses yeux s'intensifier.

— Viens par ici, dit-elle.

Ce n'était pas du genre de Scarlet de me donner des ordres, mais j'adorais ça. La partie la plus ambitieuse de mon corps réagit aussitôt. Je retirai mon jean, que mon caleçon soudain trop étroit ne tarda pas à rejoindre. Ensuite, je m'avançai au bout du lit. Son regard de braise suivait mes moindres mouvements.

Remontant le long de son corps, je la pris au piège sous le drap.

— Tu voulais quelque chose ?

— Oui. Je *veux* quelque chose, rectifia-t-elle.

Je me laissai tomber, mes avant-bras soutenant le poids de

mon corps. Mon entrejambe épousa la forme du sien. Seul le tissu fin nous séparait. Oh bon sang, elle était nue là-dessous.

— Et que voulais-tu ? demandai-je. J'aime quand tu te montres autoritaire comme ça.

— Tant mieux, fit-elle en se cambrant pour se coller contre moi. Parce que je compte te montrer mon autorité toute la nuit.

Je vous jure qu'on aurait presque entendu le souffle d'air de la flamme que ses paroles avaient allumée en moi. J'étais déjà en feu et elle ne m'avait pas encore touchée.

— Donne-moi des ordres, dis-je pour la mettre au défi. Je veux t'entendre.

Scarlet posa les mains sur mes fesses nues et dit :

— Va à l'entraînement demain.

J'éclatai de rire.

— Je ne pensais pas que ça nous conduirait sur ce terrain-là.

— Oh, ça peut nous conduire sur *plein* de terrains, murmura-t-elle en me caressant de ses mains douces. Mais promets-moi que tu y participeras.

D'une main, je tirai le drap qui nous séparait sans quitter la chaleur de son corps.

— Et si j'y vais, qu'est-ce que j'y gagne ?

Scarlet fronça les sourcils.

— Tu y gagnes que tu joueras en demi-finale, idiot.

— Qu'est-ce que je t'aime, toi, dis-je en baissant la tête pour embrasser le sein d'un blanc laiteux que je venais de dévoiler. Sexy et dure à cuire, le combo gagnant.

Son visage se radoucit. Alors que je continuais à titiller son téton du bout des lèvres, elle se liquéfia sous mon corps. Je me glissai sous le drap tout en déposant des baisers sur chaque centimètre carré de peau que je découvrais au passage.

Peut-être avait-elle dit ce qu'elle avait à me dire. À moins que je sois un amant exceptionnel. Toujours est-il que je n'entendis plus la moindre tentative de négociation. Ce ne furent plus que des soupirs et la douceur de sa peau contre la mienne. Elle aimait chaque minute de notre corps à corps. En un rien de temps, je tendis la main vers la table de chevet pour m'équiper, puis je plaquai mon corps sur le sien, l'excitant par mes caresses avant de me retirer à nouveau.

— Eh ! s'exclama-t-elle, déclenchant mon hilarité.

— Tu as un avion à prendre, Scarlet ?

— Tu es méchant.

— Oh, tu te trompes.

Je posai les lèvres sur son ventre pour la couvrir de baisers. Pendant ce temps, ma main se faufilait dans un geste qui la fit tressaillir. Je levai les yeux vers elle.

— Scarlet, dis-je en suspendant ma main. Es-tu vraiment très douée au hockey ?

— Hmm, gémit-elle. On s'en fiche, Bridger…

Je ricanai contre son nombril.

— Es-tu douée ?

— La meilleure de l'État, murmura-t-elle.

Je levai la tête.

— Pourrais-tu me battre en combat singulier ?

Elle ouvrit brusquement les paupières.

— C'est justement ce que j'essaie de faire. En ce moment.

Je remontai le long de son corps, le sourire aux lèvres.

— Je suis sérieux. Qui de nous deux gagnerait ?

Frustrée, elle laissa retomber sa tête sur l'oreiller.

— Tu tires sûrement plus fort que moi, dit-elle en fixant le plafond. Mais je suis sans doute plus furtive. Et tu aurais du mal à me feinter. J'ai passé tellement d'heures à observer la glace pour trouver des failles dans la défense…

Je baissai les yeux sur elle.

— Est-ce que tu te rends compte à quel point c'est sexy ? J'ai envie de jouer contre toi. Je pense que je peux gagner, tant que tu portes des vêtements. Accepterais-tu une petite partie, un de ces jours ?

Comme elle ne répondait pas, je ramenai ma main à sa place de choix.

— S'il te plaît ? implorai-je.

— Bien sûr, fit-elle en souriant. J'adorerais.

— Ouiii… dis-je enfin en donnant un coup de hanches pour m'insérer là où elle m'attendait.

Les paupières de Scarlet se fermèrent et je cueillis son gémissement du bout des lèvres.

La vie était vraiment, vraiment belle.

SCARLET

La section réservée aux étudiants était bondée. Il ne restait que des places debout. Mais Lucy et moi rejoignîmes la section adjacente, où se trouvaient les sièges VIP. Chaque membre de l'équipe recevait deux billets gratuits à offrir à leurs proches. Nous trouvâmes nos places à côté de Corey et Theresa, un rang devant l'équipe féminine de hockey.

— Lucy ! lança Theresa. Il paraît que tu viendras dormir à la maison si l'équipe part jouer à Philadelphie.

— J'espère qu'ils vont gagner, dit Lucy. Ce serait amusant.

Une fois que nous fûmes assises, l'entraîneuse Samantha Smith – la femme à qui j'avais présenté ma démission au mois de septembre – posa une main sur mon épaule, et l'autre sur celle de Corey.

— Comment allez-vous, Mesdemoiselles ?

— Très bien ! s'exclama Corey d'un ton jovial. J'ai promis à Hartley que s'ils arrivaient dans les quatre premiers, je me peindrais son numéro sur le visage.

L'entraîneuse éclata de rire.

— Étant donné l'équipe qu'ils forment, tu risques fort de devoir t'y plier.

— Je suis prête à subir cette petite humiliation si ça veut dire qu'ils ont remporté la victoire, répondit Corey.

L'entraîneuse se tourna vers moi.

— Et comment vas-tu... commença-t-elle avant de s'interrompre. Je suis désolée, j'ai oublié ton prénom.

— Scarlet, lui dis-je.

— *Scarlet*, reprit-elle, la mine contrite.

Je ne lui en voulais pas. Elle m'avait recrutée un an plus tôt sous le nom de Shannon.

— Elle est célèbre, Coach, dit la fille assise à côté d'elle.

Zut. Mon sourire s'estompa. Je regardai attentivement la fille, qui portait une veste *Équipe féminine de hockey - Harkness*. Manifestement, je ne l'avais encore jamais rencontrée.

L'entraîneuse haussa les sourcils, comme si elle cherchait ses mots.

— ... Elle est célèbre pour avoir pris Bridger McCaulley dans ses filets, poursuivit la fille en souriant. Personne n'avait encore jamais réussi cet exploit.

— C'est de mon frère que tu parles, intervint Lulu. Il n'est pas facile à attraper, parce qu'il est très rapide.

Les joues de la sportive virèrent au rose.

— C'est... exactement ce que je voulais dire, répondit-elle tandis que ses coéquipières partaient d'un grand éclat de rire.

L'entraîneuse m'adressa un clin d'œil et le sujet ne fut plus abordé.

— Bonsoir ! tonna le présentateur dans les haut-parleurs. Et bienvenue à la demi-finale de hockey des universités de l'Est, qui opposera Harkness et Quinnipiac !

La foule applaudit à tout rompre et les premières notes de guitare familières de *Where The Streets Have No Name*, de U2, se firent entendre en fond sonore.

— Laissez-moi vous présenter votre équipe. Il nous vient d'Etna, dans le Connecticut, votre capitaine Adam Hartley !

On aurait pu croire que les acclamations les plus vigoureuses proviendraient de notre banc, mais j'avais l'impression que toutes les femmes de l'Université de Harkness poussaient des hurlements de fan-girls. Au fur et à mesure qu'ils étaient présentés, les joueurs glissaient jusqu'à leur ligne bleue.

— De Harkness, Connecticut, l'ailier gauche Bridger McCaulley !

Lucy se leva d'un bond pour hurler en chœur avec quelque deux mille autres fans. J'avais beau être au dixième rang, je voyais Bridger sourire de toutes ses dents.

— Veuillez tous vous lever, tonna le présentateur par-dessus la musique des haut-parleurs... Pour l'hymne national, interprété pour vous ce soir par le groupe Accord Parfait de Harkness.

— Ça commence ! s'exclama Lucy en se levant avant de poser une main sur son cœur.

Les lumières faiblirent et le silence se fit dans la foule. Sur la mezzanine, les chanteuses du groupe féminin a cappella se penchèrent vers leurs micros et entonnèrent l'hymne national. Ces derniers mois m'avaient sans doute rendue fleur bleue, car les larmes me montèrent aux yeux. Il n'y avait aucun autre endroit au monde où j'aurais préféré être ce soir-là.

Le coup de sifflet fut donné et je me laissai emporter par l'action. Les deux équipes donnaient *tout* pour remporter le match. C'était rapide, intense et brillant. Le seul mauvais moment fut lorsqu'un adversaire coupa la route de Bridger, l'envoyant percuter le bord. Il s'étala de tout son long et Lucy connut un instant de panique.

— Il va *bien*, insistai-je en l'installant sur mes genoux. Donne-lui une seconde.

L'entraîneuse Smith donna à Lucy une tape sur l'épaule et lui offrit un Skittle. Quand la fillette se tourna de nouveau vers la patinoire, Bridger avait retrouvé son équilibre.

Je regardai par-dessus mon épaule.

— Merci, articulai-je.

L'entraîneuse se pencha alors pour m'adresser la parole :

— Accepterais-tu de venir boire un café avec moi la semaine prochaine ? J'aimerais que nous gardions le contact.

Je ne m'y attendais pas. À l'idée que l'entraîneuse ait envie de m'entretenir au sujet de la prochaine saison, des papillons s'envolaient dans mon ventre. Je pris une profonde inspiration, emplissant mes poumons de l'odeur glacée de la patinoire, avant de m'accorder le temps de la réflexion. Les sons qui résonnaient autour de moi – l'acier sur la glace et le palet contre les bords – étaient aussi naturels que le bruit de ma respiration.

— Vous savez, j'aimerais beaucoup, lui dis-je.

— Formidable, répondit-elle.

Je me retournai alors pour apercevoir Bridger en train de sauter par-dessus la bordure afin de laisser entrer un autre joueur sur le terrain. Lucy se trémoussa sur mes genoux et le palet traversa mon champ de vision. Je jetai un œil à l'horloge. Il ne restait plus que deux minutes avant la fin de la période.

C'était le rôle du gardien de surveiller la patinoire dans sa globalité. J'avais vécu ces derniers mois avec un sentiment d'échec. Mais ce soir-là, je comprenais que si l'on gardait son cœur sur le match, il y aurait toujours une période supplémentaire à jouer. Et d'excellents partenaires de jeu.

Que la partie continue.

Fin

DU MÊME AUTEUR

À PROPOS DE L'AUTEUR

Sarina Bowen est originaire du Vermont. Ses ancêtres étaient bûcherons et fermiers dans la région nord-est du pays, où ils vivent depuis les années 1760. Sarina se réjouit que ces 250 dernières années aient permis l'invention de la plomberie, des cafés expressos et du wi-fi. Sur quelques hectares de terrain boisé, elle vit avec son mari, ses deux enfants et tout un bric-à-brac d'équipement de ski et de hockey.

sarinabowenenfrancais.com